新潮文庫

空の怪物アグイー

大江健三郎著

目次

空の怪物アグイー

不満足

I

僕と菊比古《きくひこ》とは鳥《バード》につれられて汽車で二時間の地方都市へ、肉屋に就職するためにでかけていった。僕と菊比古は、僕らの小さな町の定時制高校の午後の時間を早退《はやび》けしてきたのだった。鳥《バード》は、自分のつとめている漢方薬店の仕事を朝のうちにすまし、その主人から僕らのために肉屋への紹介状をもらってきてくれていた。

鳥《バード》が、その渾名《あだな》でよばれるようになったのは中学校の英語の教室においてだったが、それ以来かれはずっと鳥《バード》なのだ、すでにかれは二十歳だが鳥《バード》だ。中学校の教室の硬くてせまいストイックな木椅子《いす》に、やはり硬く道徳的な尻《しり》をのせ自分の足の長さに悩んでいる連中のほとんどのものが英語の名前をもつそういう流行の一時期がある。

背高のっぽのロング、泣き虫《ウィーパー》、木で鼻をくったような無愛想がもってうまれた性格のツリー・バインディング・ノーズ、熊《ベア》、いつも不健康な顔色のブルー・ブルー。このような英語趣味はたちまち退潮して、次に自意識のキラキラする複雑な趣味の渾名の流行となるのだが、鳥《バード》はあいかわらず鳥《バード》だった。

鳥《バード》には、容貌《ようぼう》、骨格、肉づき、姿勢、態度すべてに、あの神経過敏な羽根だらけの運動体を思いださせるところがあるからだ。鳥《バード》のすべすべして皺《しわ》ひとつない鼻梁《びりよう》は鳥のクチバシのように張って力強く彎曲《わんきよく》しているし、眼球はニカワ色のかたく鈍い光をもって用心深く、あんずの実の形でつりあがった眼《め》のなかで動いている。脣《くちびる》はいつもひきしめられているように薄く硬く、頰《ほお》から顎《あご》にかけては鋭くとがっている。髪は赤っぽく炎のように燃えたって空にむかっている。鳥《バード》が肩をはって前屈《まえかが》みに歩いているところは、痩《や》せた運動家タイプの老人のようで、そして結局、鳥に似ている。そしてかれの性格の若いながらの重厚さとうらはらな金切声は、それは確かに鳥だ、鳥《バード》……

しかしかれは時どき嫌悪《けんお》にたえないような暗い顔になって《鳥《バード》か、子供向きだ》と不平をいったりもしていた。僕は十六歳で、菊比古は十五歳だったから、鳥《バード》は大人向きの世界が自分のもので、子供向きの世界は僕と菊比古のものだと、細心に区別していたのである。もっとも、鳥《バード》と菊比古と僕とが仲間になったとき、僕らは定時制高校のおなじクラスにいたのだ。この隣の市への汽車のなかでも鳥《バード》は大人の世界の代表者のような顔をしながら、興味と無関心と嘲弄《ちようろう》とを交互にしめしながら、なぜ僕と菊比古とが急に肉屋などへ就職したくなったのか、そもそもなぜ仕事をさがしはじめたのかと、聴きだそうとした。そこで僕と菊比古は逆に子供の領分に閉じこもって、鳥《バード》にそれを結局子供の気まぐれなのだ、と感じさせようとした。

僕と菊比古は自分たちの体のなかに蜂《はち》のように巣をつくり、ぶんぶん唸《うな》る怖《おそ》れ、ずっしりと重い恐怖について、鳥《バード》にうちあけることが羞恥《しゅうち》のあまりにとてもできなかったのだ。

僕らの定時制高校に、警察からきた男がひとつの演説をした。警察附属の軍隊があたらしくつくられる、それに応募してもらいたい、きみたちは生れてはじめて自分の愛国心をこころみる勇気の機会をもつだろう。それはみんな不熱心で寒さを嘆いて体をかきむしるだけの滑稽《こっけい》な体育の時間におこなわれた演説だったが、警官がかれも身震いしながら去ってゆくと、白いトレーニング・パンツとランニング・シャツだけで体じゅうに銀河系の恒星の数ほど鳥《とり》肌《はだ》をたてた生徒たちはひどく深刻になった。

それより少し前に不意に校庭から消えた高校生がじつは人買いに誘拐《ゆうかい》されて朝鮮の戦場におくられたのだという暗い噂《うわさ》もあった。警察附属の軍隊は結局、朝鮮へおくられるだろう。それはマックアーサーがそう考えているのだ。応募者が少なければ、高校を退学になったり、進学も就職もしなかった連中が、強制的に徴兵されるのだという噂もあった。そもそも定時制高校を廃して生徒をそれにあてるという噂さえ流れた。見知らぬ場所へ強制的につれてゆかれることほど恐ろしいことは僕や菊比古にはない、しかも他人どもの戦場へ、外国語でどなりちらす指揮官のもとで……

こういう噂を信じることはなかったのかもしれない、街の噂はつむじ風のようにわずか砂と枯葉とをかさこそかきたてて去るまで眼をつむり耳をおさえてじっと自分のなかにかくれていればやりすごすことができるものだったかもしれない。こういう噂はやがてすぎさってしまえばあたたかくなったビールのようで滑稽でさえないのかもしれない。

しかし僕と菊比古には、この噂に敏感ならざるをえない理由がひとつあったのだ。僕らはその週末の職員会議で退学処分をうけることになっていたのである。僕と菊比古と鳥《バード》とが、僕らの地方の米軍基地へ《朝鮮で死ぬな、脱走せよ》というビラをくばりにいって日本人の警官につかまった。もし米軍の憲兵につかまっていたなら僕らは死ぬほど殴られたにちがいない。むしろ警官は僕らを、かれら憲兵の罠《わな》のまえで救いだしてくれたのだ。

僕も菊比古もなにひとつこのビラの運動について知っていたわけではなかった。鳥《バード》がどこかから手にいれてきたビラの束をくばりにいっただけだ。警察でも僕らから政治的に意味のあるなにごとかを聞きだすのはまず不可能だとみきりをつけて、すぐに、いくらかむくれている僕らを釈放してくれた、ただし高校の地学の先生の腕のなかへ釈放したのである。僕は鳥《バード》がそのビラについて僕らよりずっとくわしく知っているのではないかと疑っていた。しかし鳥《バード》は仲間である僕らにもけっして他人の秘密をもらしたりはしない男だった。それは鳥《バード》はすでに退学処分されていたので地学の先生の罠からもするりとくぐりぬけることができた。僕と菊比古はこのビラの事件ではなく、それ以前の事件、鳥《バード》が退学になった事件の共犯としての疑惑がむしかえされて、それで退学になるだろうと、痩せて眼鏡をかけ脣をひびわれさせているほか、いかなる特徴もなく、指や掌《てのひら》を金属結晶の標本で傷つけた地学のおとなしい犬のような先生は、僕と菊比古がふるえあがるほどけたたましい音をたててその小さくて三角の鼻をかんでからいった。先生は署の待合室で僕らを深夜までまっているあいだに風邪をひいたのだ。警察をでたとき向うの暗闇《くらやみ》のなかに煙草《たばこ》の火とふたつのキラキラする眼がみえた。鳥《バード》が僕らを待っていたのだ。しかし地学の先生は鳥《バード》があきらめて立ちさるまで僕らを離さなかった。あんな生れつきの不良青年とつきあうから、きみたちのように成績の良い生徒が、この学校の首席と次席とが退学なんてひどいことになるんですよ、とかれはいって鼻をもういちどかんだ、こんどは僕も菊比古も用心していたので驚かず冷笑した。しかし地学の先生が僕らを学校から追うことをつらがって涙を痩せてかわいた白い頬にこぼしたので結局、僕らは驚かないではいられなかった。四十年間、地学をおしえつづけてきた先生には、僕らはみすぼらしくてあわれなほんの子供にすぎなかったわけである。

　鳥《バード》が退学になった事件というのは、かれが下級生の女の子と寝たことだ。体育館の跳び箱のバリケードのかげの泥《どろ》まみれのマットレスの上で鳥《バード》と女の子が寝た。僕と菊比古は平行棒の台に背をもたせて腰をおろし、シューマンのイ短調ピアノ協奏曲が英雄的か感傷的かという堂々めぐりの議論をしていた。僕も菊比古もそれを市のアメリカ文化センターのコンサートで一度しか聴いていなかった。しばらくして不機嫌《ふきげん》な鳥《バード》と上機嫌な女の子が平行棒にぶらさがりながら出てきた。僕も菊比古も羞恥に圧倒されて、その女の子の顔をまともにみることができなかった。一週間たって女の子は反省し考え方を変え、鳥《バード》に強姦《ごうかん》されたと校長室へ駈《か》けこみ訴えした。それは女の子が《カストロの尼》を読んだからだ、と鳥《バード》はいっていた。その時は僕と菊比古は無事だった。

　鳥《バード》が退学になったのは夏休前で、かれはすぐに町のめぬき通りの漢方薬店に就職した。鳥《バード》は各種の蛇《へび》から毛虫、ひきがえる、みみずなどを平気であつかえたし、薬草の採集と処理、分類にはきわめて細心だったから店の主人は鳥《バード》を大切にしていた。夏休に僕と菊比古とは毎日菊比古の父親がフィリッピンでかぶっていた鍔《つば》の広い麻の帽子を頭に紐《ひも》でしばりつけて、こちらは裸の頭のようやくのびてきた髪を汗で濡《ぬ》らし、まじめな顔でたえまなく放屁《ほうひ》する鳥《バード》について地方都市の近郊の林や野を駈けまわった。ある夏のさかりの朝、鳥《バード》が枯れた草の匂《にお》いのたかい茂みから背に黒い筋のある栗色《くりいろ》の小さな蛇をつつきだし、つめたく昂奮《こうふん》してそれをとらえた。鳥《バード》の指に頭をつかまれ、その腕首にまきついた蛇の体は、小さな鱗《うろこ》がかさなりあっていない隙間《すきま》から、じつに弱よわしい地肌をのぞかせて哀れな感じだった。鳥《バード》はそれをタカチホヘビだといい、この地方でタカチホヘビをとらえたなぞ革命みたいなものだとしだいに熱くなる昂奮に涙ぐまんばかりでくりかえした。しかし漢方薬店にもどり、店主がその蛇の発見について地方新聞に電話しようというと、それをことわって猿《さる》の干物のぶらさがっている、むし暑い暗がりで憂鬱《ゆううつ》に黙りこんでその蛇を、どこからもちだしたのかわからない金色の唐草模様のあるものすごく豪華なビンにつめた。漢方薬店主は鳥《バード》を傷つけたことでおろおろし、そのビンについてはなにも不平をいわなかった。あのすべてに無関心で自尊心の強固な鳥《バード》が、新聞に顔写真いりで暴行犯とかきたてられたことに深くうちのめされていたのだということを知って、僕も菊比古も上機嫌の頭に水をぶっかけられたように感じ、やはりおろおろして黙りこんでいた。

僕と菊比古は地学の教師から退学処分の内定についてきかされたあと、確かに、まずはじめに鳥《バード》とおなじ漢方薬店につとめることを考えた。一日じゅうずっと鳥《バード》と働き、仕事がおわると三人で町を歩く、それはじつに楽しい生活であるにちがいない。しかし漢方薬店は格別に繁盛してもいなかったので店員は鳥《バード》一人でよかった。店主はかれの弟がやっている隣の市の肉屋に紹介状をかいてくれたが、鳥《バード》は僕らの就職自体に反対で、わざわざ、隣の市の肉屋などにつとめるより、夏休の時のように鳥《バード》の働いている所で手伝ったり遊んだりしているほうがいいじゃないか、とくりかえし説得しようとした。僕も菊比古も本当はそうしたかったのだ。鳥《バード》のいない僕らの生活は空想することさえむずかしかった。鳥《バード》は核だった、僕と菊比古は小さな電荷をおびて鳥《バード》のまわりをぶんぶん公転している粒子だったのだ。それでもなお、僕らが隣の市の肉屋につとめようとしたのは、あの暗く危険な噂、退学処分になった高校生が徴兵され朝鮮におくられるという噂への恐怖心においかけられる気分だったからである。しかしそれを鳥《バード》にうちあけることは僕にも菊比古にもできなかった。それはあまりにも自分で自分の羞恥心をふみにじる思いのする行為となったろう。

鳥《バード》はあらゆる種類の恐怖心から自由な男だった。僕は鳥《バード》が恐怖におそわれているところを見たことがなかった、そういうとき鳥《バード》は、ただ不機嫌になり冷酷になるだけだった。鳥《バード》はその性質の根本のところできわめて生《き》まじめな男だったから、恐怖をそそるものにたいして、ふざけてごまかすというのでなく、まっすぐそれにたちむかった。かれはほんとうに勇敢な若い男のひとりだった。それだけに僕と菊比古は鳥《バード》に自分たちの臆病《おくびょう》さを嘲弄されたくなかったのだ。僕はとくに鳥《バード》にからかわれることがあればそれが僕の世界の終りだとさえ思いこみかねなかった。菊比古のほうは、時どき鳥《バード》にからかわれていた。鳥《バード》は菊比古を同性愛だと疑っているふりをしてふざけるのが好きなのだった。僕は無傷だったが、そのことで逆に僕が、菊比古と鳥《バード》の関係を嫉妬《しっと》するということはあった。

汽車のなかで僕と菊比古は肉屋につとめるのは金がほしいからだと鳥《バード》に信じこませようとした。その金は来年の夏のはじめ鳥《バード》を中心にして劇団をつくりシングの《プレイボーイ》を上演するためか、または、いつか鳥《バード》が関係をつけてきた、ある潜行中の共産党幹部へのカンパにしたいのだと僕と菊比古は主張した。この潜行幹部の場合も、実はあの絶望的に危険なビラ配りのときと同様に、僕と菊比古は共産党についてもコミュニズムについてもほとんどなにひとつ知らず同情もしていなかった。小さなヒロイズムと抵抗の気分はあったが、僕と菊比古はむしろ、こういう現実的なるものにたいして、無関心だったというほうが妥当だ。無関心の協力。二十歳の鳥《バード》にはビラ配りも共産党の大物へのカンパも現実の問題だったが、十五歳の菊比古と十六歳の僕とには、それらはいわば夜の森のなかのおそろしげなもの、とでもいう存在にすぎなかった。このように年齢のちがう僕ら三人がひとつの教室にいたことがあるのは、僕らの学校が定時制高校であったためである。ちなみに鳥《バード》を裏切った女の下級生は、まだ十四歳でしかなかった。

僕らがその地方都市の駅のプラットフォームにおりたとき、僕らの列車と逆のがわを急行列車が通りすぎた。それは奇妙な列車だった、触角と大顎の最初の環節だけのムカデのようで、最新型の巨《おお》きい機関車は一輛《りょう》の客車、それも寝台車しかひいていなかった。そして僕らは、ただひとつひらかれた汽車の窓から、顔の下半分のない若いアメリカ人が所在なげに外を眺《なが》めているのを見たのである。恐怖心の洪水《こうずい》が僕と菊比古とをおし流した。堤防は、はるか水の底だった。汽車が眼のまえをすぎてしばらくして苦痛の呻《うめ》き声と歌声とが鉄の音にまじって風のように吹きすぎた。

僕と菊比古の動揺と狼狽《ろうばい》が鳥《バード》にも感染したようだった。改札口を出ると僕らはその地方都市の内臓のなかへのみこまれる水のようにしゃにむに駈けこんだ。僕らはその遠方の戦場からの通信と、汽車の匂い、鉄と炭粉と火と、他人どもの尿の匂いからのがれさるために駈けているのだった。思ってみればそのころの僕らの日常生活のいちばん重要な部分が駈けることだったかもしれない。朝鮮戦争での負傷兵をいっぱいつめこんでふくれた寝台車をひいて、憂鬱な犬のような機関車が地方都市の夕暮のなかを海にそった森のなかへ砂地への水滴のようにすいこまれる。本能からのように凄《すご》いスピードで駅員が帽子の顎紐《あごひも》を脣のあいだにかみしめて僕らを追いかけてき、先まわりして僕らをさえぎったが、不意にがっくりと気落ちしてひきかえしていった。僕らは無賃乗車したわけでもなく貨物を盗んだのでもなく、ただ深刻な恐怖におそわれただけだったのだ。駅員は理性にめざめたわけである。

僕らが駅前の広場を駈けぬけてゆくのを市電の運転手がまるで自分の電車を世界でいちばん大切な乗り物と考えている崇拝者でも待ちうけているような尊大な様子で待っていた。ついそれに誘われて僕らは電車の方向にむきをかえて駈けた。僕と菊比古にしてみればそれで、鳥《バード》の眼から駈けはじめたことと恐怖の発作とを切りはなすことができるわけだった。

——あんなやつらを汽車でこの日本にはこんでくるんだ、ひどいやつよ、マックアーサーというヤンキーは、嘔《は》きたくなるよ、と菊比古が青ざめて眼をなんどもまばたき、嗄《しやが》れた平板な声でいった、子供の声だった、息もきれていた、僕は自分が先にくちをきかなかったことを喜んだ。

——戦争だからね、しかし、あいつも下顎がついていれば口笛を吹いていたにちがいないよ、と鳥《バード》は余裕をもっていった。

——戦争でもひどいものはひどいよ、あいつはまだ驚きからさめないような、ぱっちりした鳶色《とびいろ》の眼をしていたよ、と菊比古はいった。

——菊比古は女のパンツはいている、と一句うかんだよ、季題は菊です、と鳥《バード》は嘲笑しはじめた。菊比古はひそかに女のパンツをはいているために昂奮しやすく感じやすい、全世界に同情している、それになにものかを怪物のように惧《おそ》れている。男のパンツのお化けに咬《か》みつかれることを惧れて夜ふけに泣きながらパンツにレースがついてるかどうか触ってたしかめている。

菊比古がむっと腹をたて青ざめた頬をかたくひきしめた、歯をかみしめているのだ、菊比古は怒ってもナルシシズムにふけるところがある。僕は独りで妙にいこじに微笑しつづけている鳥《バード》から眼をそらし、鳥《バード》がじつは僕らの心配が男のパンツの怪物ではないことを感づいているのではないかと不安に思った。

電車は古風に鐘をならし腰の高い木箱のようにぶるぶる震えながらひとまがりして、いまは直線のコースを走っていた。いちど停車し、中年の小さい女をのせてまた走りはじめた。女は猫《ねこ》について運転手に話しかけた。僕とむっとしている菊比古と微笑をこわばらせた状態の鳥《バード》が黙りこんでそれを聴いた。

——あんまり憎らしいからいってやったんですよ、人間にうるさくされるのが猫の義務じゃないか、それをおまえは、時どき後姿をちらりと見せるだけで、もう外へ遊びにでかけてしまうじゃないかとね、私いってやったんですよ、と決断のなみなみならぬ強さをみなぎらせて女はいっていた。

——運転中の運転手に話しかけないでください、とその時になって運転手はいい、脇《わき》をむくと真赤になってぷっとふきだした、かれは自分のタイミングのいい切口上に自己満足したわけだった。

すでに市電は狭い地方都市の中心部にさしかかっている、笑ってしまったあとの運転手とその無礼さに腹をたてなかった女とは、あらためて夢中になって猫の話をしていた。僕らは黙っていた。

——ここだよ、と鳥《バード》がいった。

——おれはもう肉屋にゆきたくないんだ、と思いつめたように菊比古がいった。

僕はこの沈黙のあいだ菊比古が僕とおなじように、朝鮮で傷ついた若いアメリカ人が肉や骨をむきだしにしてごろごろ転がっている眺めを想像して怯《おび》えていたのだということをさとった。僕もいま肉屋にゆきたくなかった。あの顔の下半分のかわりに血と脂《あぶら》の色の煮こごりがぱっくりひらいている若いびっくりしたアメリカ人が肉屋の鋼鉄の鉤《かぎ》につるされて息もたえだえに、オオ！　ヘルプ！　ヘルプ！　などと叫んでいそうで厭《いや》だった。

——僕もいきたくないよ、と僕は菊比古の率直さにすこしだけ感動して、その瞬間には僕らの共同の敵である鳥《バード》にいった。

——降りるんですか、降りないんですか？　と運転台からふりかえって運転手がいった、気味の悪いほど額のせまく低い男だった、気がついてみると、この電車ではかれひとりで車掌の仕事もやっているのである、客はかれの所へ歩いていって切符を買うわけだ。

——いま急に、降りないことになったんだよ、と鳥《バード》が電車の線路に直角にのびている市いちばんの繁華街の方を見てからいった。

——じゃ城山の昇り口で降りますか？　この電車は第一号線だからねえ、港へはいきませんからねえ、あなた終点までのるつもりじゃないでしょう？　と運転手は鼬《いたち》のようにすばしこく僕らを見まわして罠《わな》をかけるようにいった。

——それが終点までなんだなあ、と無警戒をよそおって嬉《うれ》しそうに鳥《バード》はいった。

——終点は市の精神病院ですよ、と待ちうけていた運転手はいい、脇をむいてまた顔を真赤にするとぷっとふきだした。

——ああ、そうだよ、この電車には危険な変り者がずいぶんのるだろうなあ、とポーカー・フェイスで鳥《バード》はいった。

運転手は友人と永い別れをしたあとのように、事務的で金属質で悲しげな表情、鉄でつくられた北京《ペキン》原人の表情にかえって、いかにもこの職業に疲労と嫌悪《けんお》を感じていることを示したがる態度でハンドルをまわした。震えながら腰高の木箱は衰弱した線路をゆるがせて動きはじめ、しだいにスピードをまし、途中の駅にはいちどもとまらないで終点まで、きいきい鳴いて走りすぎた。それから運転手は静かにふりかえると、こういうのだった。

——黄色切符二枚ずつと急行料金です。

——なぜ急行なんだ、厭がらせをいうな、と鳥《バード》がいった、かれの声は粗暴で太く脈うっていた。

——なあ、おまえたち、この市にきて大きい顔するな田舎者、と運転手がもういちど顔を赤くしていった。かれはもうふきだしそうではなかった、ラムネ壜《びん》のような鉄色の切符きりを筋ばった大きい掌に握りしめていた、武器としてそれを使うつもりなのだろう。

僕はそこまで観察すると電車の窓の歪《ゆが》んで塗料のはみでた木枠《きわく》の外の風景に眼《め》をそらした。不愉快な、生理的に嫌悪をもよおさせる、この世界。音がして呻き声が続き、そのすぐまえの果実が土地におちるような音が、人間の腹を殴った音だとわかった。菊比古が僕の胴を脇におしやった。僕はふりかえって、それまで僕の左の靴《くつ》が踏んでいた床に、運転手がその不充分に剃《そ》れた頬《ほお》をおしつけ、そのまま、もの憂《う》げに、黄土色の汚物をぐっぐっと嘔いているのを見おろした。鳥《バード》は昂奮して小さな紅潮を頬の片側だけにうかべていた、そして僕がかれを見ると、その熱いほうの頬に、拳《こぶし》をといて短くしっかりした指をあてた。僕と菊比古とが肉屋への紹介状をほごにしたことで、鳥《バード》は内心では腹をたてていたのだ。鳥《バード》は、高校をやめて勤めだしてから、時どき、僕らと直接につながらない、いわば大人の世界の反応をしめした。僕はその鳥《バード》を、ほんのすこしながら不満に感じていた。逆に菊比古は鳥《バード》が運転手を殴りたおしたことで上機嫌になっていた。僕はいまかれが自分の内部にかすかにしのびこむ卑怯《ひきよう》さや恐怖への敏感、臆病さを、鳥《バード》からかくしておきたい衝動からうごいていると感じた。運転手を殴りたおした鳥《バード》にかんじる僕の不満、嫌悪感は、僕が突然の暴力のまえで震えおののいているのだというのでない。唯《ただ》、僕は年上の醜い男を殴るものがいるということが厭なのだ。鳥《バード》と菊比古、そして僕とは、おたがいにばらばらの気持で電車をおり、そのまま、沈黙のなかをぶらぶら歩いた。

それから不意に背後で、荒あらしくどなりたてる五人の男が森の深みの獣のようにまったく唐突にあらわれて僕らにおそいかかったのである。僕らはたちまち結合を回復して、警戒をうながす叫び声をあげると、いちもくさんに駈けはじめた。たびたび駈けなければならない夕暮だ。僕らは鬼ごっこのように充分楽しんで駈け、そのうちにみんな胸のなかの屈託のかたまりを解消させた。

そしてもうどの男も追いかけてこなくなったとき、僕らは身震いとともに秋の終りの夕暮の郊外の空気のつめたさに気がつき、自分たちがさびた色の鋪道《ほどう》を、一段低く夜の影のなかにすでにはいっている狭く不景気な運河にそって駈けていることに気がつくのだった。運河のむこうには、おそらく軽症の入院患者たちの耕作するはずの精神病院附属農場が、いまは季節がらすっかり裸でひろがっていた。僕らの鋪道の正面をさえぎって城のように精神病院がたちふさがった。そこは具体的にもうひとつの終点の感じだった、人の善い患者たちはみんなそう思いこんで悲しむだろう、と僕は憤懣《ふんまん》とともに考えた。あの病院のむこうで世界が縦にすっぱりと切りとられているように感じるのにちがいない。それというのも、あの北京原人の運転手が脇をむいてぷっとふきだしながら暗示をかけて電車からおろすからだ、結局、鳥《バード》があいつを殴ったのは正しかったのだ。

僕らのまえにそびえている精神病院の建物自体は決して美しくなく特異でもなかった。それは正面の建物と、中庭をかこんで僕らにむかってのびてくる両翼の建物とからなっている。それらの建物は汚ならしい葡萄色《ぶどういろ》にぬりたてられ、そして人間の住居らしいいかなる装飾もない。ただ、建物群を袋のようにすっぽりつつんでいる鉄柵《てっさく》が美しいだけだ、それはおそらく病院長が鉄柵をこの建物群のもっとも本質的な外界への信号だと考えているからにちがいない。僕らは駈けるのをやめて立ちどまり、鉄柵と、その尖端《せんたん》の真鍮《しんちゅう》の花かざりが、僕らの背後ですでになかば靄《もや》のなかに沈みこんだ太陽のほそぼそした挨拶《あいさつ》を、わずかに寒ざむと、しかしキラキラと緊張した輝くオレンジ色に照りかえすのを見た。

そして運河には二米《メートル》ほどの規則正しい間隔をおいて燃えたつ発光性の皮をきたオレンジ色の淡水魚が浮びあがる。僕らはうっとりしてそれを眺めた。病院のこちらがわの鋪道、運河、農場、その向うのひろがりのどこにも、僕らのほかに人影はなかった。気がついてみると僕らのまわりでは、湧《わ》きたつ、焦《こ》げたオレンジ色の夕暮の光が眼にみえる速さで色あせてゆくのである、菊比古の細いうなじの白っぽいうぶ毛に夕暮の最後の光がしずくのようにひっかかり、不意に夜が近づく。菊比古と鳥《バード》がふたたび歩きはじめても、たちどまったままかれらをやりすごして、かれらの後頭部を一瞬間眺めていた。ひとつの予感があった。ふたりとも、背後からみると、自負にみち傲慢《ごうまん》で、それに優しく内的なところと愚かしい無表情のゴムのまじりあった、結局は僕とおなじ様子をしているのだ、しかし僕らはやがて別れねばならないだろう。

——犬を訓練しているんだよ、と鳥《バード》が菊比古にいっていた。脱走者の匂いさえかげば追っかけて喉《のど》を咬むように仕込んでいるんだよ。

僕は鳥《バード》と菊比古に追いつくためにちょっと駈けて、かれらをおどかしたが、かれらはその会話のほうに強く支配されていて驚かなかった。僕らはもう正面の柵から中をのぞけた。

——見ろよ、つまらないことしないで、ほらセパードだ、と菊比古がいった。

僕らの周囲よりいちだんと暗い中庭を、バケツほどの頭をした愚直なセパード群が、バレエ靴を舞台の板にこすりつける鋭く軽い音に似た爪音《つめおと》をたてて駈けまわっているのだった。セパード群の中央に長靴をはき長いスカートをはいた屈強な人間が向うむきに立ってじっと身じろぎもしないでいた。

——あいつは女かなあ、そんな恰好《かっこう》をしているだけじゃないのか？　と僕は自分の質問のナイーヴさをすぐに恥じながらいった。

——いや、女だよ、おれはあいつを知っているよ、と鳥《バード》が過度に無頓着《むとんじゃく》にいった。

僕と菊比古は笑った、そしてセパード群の疾走中の耳がいっせいにこちらを向くのを見て、いい気持になった。

——嘘《うそ》じゃない、と鳥《バード》はいった。ここの庶務課のやつに頼まれて、入院患者のサークルの芝居の装置をやりにきたことがあるんだよ。象の山というのとカシミヤ山羊という二つの劇だけど、結局、おなじ内容なんだなあ、家にひとり患者がいて家族みんな不幸に暮すという内容さ。それで女のパートをあの訓練係がやったんだよ。おなじサークルの女をいれると、みんながなんだか反抗的になってね。

また僕と菊比古は笑った。そして、その時、中庭をかこむ葡萄色の煉瓦《れんが》の建物のどこかから狂人たちの一人の夕暮の信号の叫び声があがり、それに呼応して、他のすべての狂人のものすごい叫喚が何分間も、僕らのまわりをどす黒い感じでうねり、そして谺《こだま》が怯えた鳩《はと》の群のように、すでに暗い空のたかみへまっしぐらに駈けのぼって消えたのである。そのあいだは、セパード群も訓練係の制御にしたがわないで吠《ほ》えつのった……

——おれはその庶務課の友達に会ってくるよ、と鳥《バード》が、僕らの笑いとか狂人の叫喚とか犬の吠え声とかに無関心に冷静にいった、かれは僕らが疑ったことで、むきになっていた。

——おれたちも、この柵のむこうにはいりたいよ、あの犬どもを、そばでちょっと見たいんだよ、と菊比古がすばやく僕を一瞥《いちべつ》しながらいった。

——ああ、そうだなあ、と僕もいそいでいった、鳥《バード》を困惑させることに快感があった。

しかし鳥《バード》はまったく困らなかったのだ。かれは菊比古と僕とをしたがえて鉄柵にそって建物の裏側にまわり、柳の樹《き》の茂った通用門の守衛とごく短い時間はなしあい、そして僕らみんなを柵のなかへむかえいれさせたのだった。

アーケードをくぐってセパードが訓練されている中庭にでると、鳥《バード》は僕らにそこで待つようにいい、自分はその庶務課の友人に会いに葡萄色の建物のなかにはいりこんでいった。僕と菊比古はしばらくセパードの調教を眺めていた。訓練係は男のように上唇《うわくちびる》のあたりに髭《ひげ》を生やした中年の女で、僕らにまったく無関心だった。犬もすぐに僕らへの関心をすてておだやかになった。鳥《バード》はなかなか戻ってこなかった。そのうちに僕らもセパード群への関心をうしなった。

——自転車に乗ろう、と菊比古がいった。自転車が三台に空気ポンプ一台、きっとおれたちを歓迎するためなんだよ。また、健常な人間が自転車に乗っかっているところを入院患者に窓からのぞかせて、やつらのハゲミにするんだね。

自転車と空気ポンプとはアーケードの暗くかげった内壁にたてかけてあった、それらは暗い壁になお暗く、静かなしみのような細い影をおとしていた。皮をはいだ兎《うさぎ》のようだ。暗いアーケードのなかに戻ると犬どもと訓練係のいる運動場の中庭は具体的に黄色の明るみをおびた活気さかんな場所におもえた。

——連中の体操用なら、使うと悪いなあ、と僕は弱気になっていった。

——病人に許されているものが、おれたちに禁じられることなんて、ただ、自分で病人であることだけだ、他にありえないよ、と菊比古はいった。

鳥《バード》がいないとき菊比古は僕にたいして、余裕と優越感と、そして疑わしい人間なら軽蔑《けいべつ》だと感じかねない態度をとった。意識して、さわがしいほどいそいそと、そうするのだ。かれは僕より年下であることを負担に感じているのだ。菊比古が、自分のものに選んだ自転車に空気をいれるあいだ、僕は跪《ひざまず》いてそのゴム・タイヤと空気ポンプのホースを押えてやっていた。指のあいだを水のように空気がすべりぬけ、中庭の敷石ほどにも硬くなったタイヤは、びりびり震えて、肥《ふと》った獣の仔《こ》のようだ。菊比古は猛然と空気ポンプをうごかし、汗ばむほど屈伸運動して、それから弾みすぎる自転車の抵抗感と硬さに、おかしな自己満足をしめして、静かに無造作に、せまいアーケードのなかの淡い暗闇《くらやみ》をのりまわしはじめた。

僕が空気をいれおわって自転車にまたがるのをまって菊比古はその回転の輪をさっとほどき中庭に乗りだした。中庭の向う半分を通過するセパード群の、脅《おび》やかすような爪音、荒い風のわたるモミの木立の数しれない小さな葉のざざめきのようにパチ、パチ、シュッ、シュッという音が、たちまち僕らをおしつつんだ。動く空気のなかにはわずかな犬の香りもあった。向うがわから風が吹いてくるのだ。僕は獣や野蛮人の待ちぶせには風下から近づけ、とか犀《さい》をうちまかすためにはまず牙《きば》を叩《たた》きこわせ、とかいう短い忠告をあつめた《すぐに役にたつ猛獣狩一口辞典》という本を菊比古から見せられたことがあった。かれの父親はその本を実用書として使った体験をもっているということだった。菊比古も、その一行を思いだして満足しながら、風の流れにさからってセパード群に近づこうとしているのだ。僕らはガニマタでゆっくりペダルを踏んでいった。

僕らが背後から近づいてくるのをふりかえってみた訓練係が突然に調子のかわった掛声を

かけて、すでにまったく昏《く》れなずんだ中庭の黒っぽいかたまりどもをおののかせた。

——ああ！　ああっ！　ああ、ああ、ああっ！

それでも菊比古と僕とは平気でセパード群にむかって自転車をすすめた。訓練係の女はなおセパード群へ警戒をうながす叫び声をなげかけ、それはまるでこの髭の中年女がセパード群に強姦《ごうかん》されているとでもいうような騒ぎなのだ。そして、敷石の上を、あえぎながら広い口いっぱいに唾《つば》をあふれさせて駈けている犬の群のなかに僕らの自転車が入りこむと、犬の都市の雑踏をよこぎっている人間共和国の代表ででもあるような気がした。セパード群は、無意味に執拗《しつよう》に、この世界をひっかいている苦行者たちのように見える、犬の爪の音のわずかな驟雨《しゅうう》。

しかし犬の群をいったんとおりぬけてしまった瞬間に僕は、もし訓練係がセパード群にけしかけて僕らをおそわせたとしたら、転倒した自転車に足をはさまれたまま、喉を咬みくだかれるほかないのだと気がつき、恐怖におののく思いだ。それは菊比古もおなじだった。鳥《バード》のいないとき、菊比古と僕は小さな恐怖においてつながる。そこで僕らは犬の群をはなれて中庭を大きく回ることにした。訓練係がものすごい怨恨《えんこん》の眼で僕らの背や尻《しり》を見おくった。

敷石のあいだの窪《くぼ》みを荒あらしくバウンドしてのりこえるとき、自転車は強い性格の馬のような手ごたえをかえしてくる。ときどき自転車は新しい塗料の匂《にお》いをたてて、自己満足の微笑みたいなものが僕の頬に湧く。ハンドルのちがう部分に握りかえ、そのつめたさにびく

っとし、ぐったりと肩や腰の力をぬいて自動的にぐるぐるまわりながら、

——とにかく病人でないことは気持がいいなあ、と僕は菊比古にいった。

——ああ、そうだよ、と素直さをむきだしにして僕をびっくりさせ、菊比古が微笑した顔を一瞬ふりむけて叫びかえしてよこした。

かれのピンク色の真珠光沢をもった内臓をかんじさせる微笑が僕の眼から頭のおくにとびこみ、そこの暗い空間を、永久運動体のように、いつまでもいつまでも回転しつづける。とにかく病人でないことは気持がいい、恐怖心にかられるときがあるにしても気持がいい時も確かにある。正気でなくなると、友人にたいする感情はいったいどのようになってしまうのだろう、精神病院にはいってから友達をつくった男はいるだろうか、そういうことを孤独にとりとめなく考えながら僕は自転車に乗っていた。

僕の自転車のゴム・タイヤのなかに閉じこめられている不運なひとかたまりの空気。犬の群の駈《か》けまわる中庭の向う側の鉄柵のあたりにただよう秋の終りの憂鬱《ゆううつ》で澄みきった一日の最後の昼間のしるし。狂人たちがなお、時おり叫びたてる。かれらの生活がそのなかにとざされている窓はすべて暗く水たまりにうつった夜の空のようだった。

鳥《バード》が大声で僕と菊比古を呼んだ。僕らは、自転車に乗っていることが、わずかながら得意で、片手離しや両手離しをやってみたりして鳥《バード》がでてくるアーケードの前に戻った。

——逃げだした患者をひとりつかまえてきてくれと頼まれたんだ、と鳥《バード》はいい、僕らのと

まどった反応を上機嫌《じようきげん》でみつめた。

——そんなことは病院の保安課かなんかがやる仕事だよ、と菊比古が鳥《バード》を信じないでいった。

——連中が医者団に反抗してストライキしているんだ、その間の事故なのさ。病院では市の議会に患者を逃がしたことを知られるとまずいから警察にとどけていないんだよ。それと同じ理由でストライキの連中にもかくしてあるんだよ。それで、おれたちがうまい具合に仕事をまかせられたわけなんだ。

——いつ逃げたんだ？　とまだ疑わしげに菊比古はいった。

——今日の昼だよ、そして昼のあいだ、おれの友達がひとりでさがしていたんだ。あいつは、いまひどく、疲れて、こんな所に就職したことを反省して嘆いてるよ。おれたちが今夜のあいだに探しだしたら、シングの芝居をやるとき、この病院で一公演まるまる買うといってるんだ。ということは、ここで一回やればその金で、うちの市でまあ正気のつもりのやつらに見せる分の仕込みもなにもかもできるということだからね。

——今夜中にか？　と菊比古がいった、かれは鳥《バード》を信じた瞬間に昂奮《こうふん》しはじめた。

——夜明けまでにさがしあてられないと、やはり警察に申告しなければならないからな、その前にセパードを放して見つけさせるとおれの友達はいってるんだ。

——じゃ、おれたちも、あのセパードを一頭ずつ借りて行こうよ。

——その逃げた男がセパードを死ぬほど恐《こわ》がっているんだ、地獄の犬だと思ってるんだよ、普通じゃないからね、それで、犬が探しにきたら、もの凄《すご》く抵抗して結局は咬《か》みころされるんじゃないかとおれの友達は心配しているんだ。

——夜明けにセパードが放されるまでに探しださないと、そいつを殺すことになるのかい、と僕はいった。そうだとすると。

僕の声が臆《おく》したように聞えたなら、それはその瞬間、僕の背後で犬の群の爪音の雨がスピードをましていっさんに遠方へ駈けさる気配があったからだ。僕はふりかえって、女の訓練係が調教をおわって犬舎に戻る犬の群を追い、長い黒いスカートを夜の風にはためかせて駈け去るのを見おくった。僕の内臓のあたたかい血と粘膜と肉の畠《はたけ》に恐怖の種子がもう一粒あたらしく今まかれたところだった。それはやがて芽をだすだろう、そしてこんな芽の成長に対抗できなかった者たちがこの建物群の暗い水の窓のむこうに沈むためにやってくるのだ。

——ありえないよ、ありえないよ、と菊比古が僕とおなじようにふりかえって背後を見ていた頭をねじって不意に確信をこめていった。

僕と鳥《バード》はびっくりしてかれを見た。菊比古はかれの自転車を壁にたてかけ、三台目の自転車に空気ポンプのホースをつなぐために屈《かが》みこんだ。鳥《バード》が空気ポンプのハンドルを押した。

——おれたちが自転車にのって出発すれば、その逃げだした男はたちまちつかまってしまうからなあ、血にかわきたる犬の顎《あご》、うるおさるることあらじ！

——それほどやさしくないかもしれないぞ、と鳥《バード》がいった。

——地面をよくみながら自転車で走ればいいんだよ、やつのひそんでいる地下の穴ぐらからは、直径五ミリの空気孔をつうじて湯気がたちのぼっているからね。エスキモーが氷のしたのセイウチをとらえるのとおなじ原理だよ、もしやつが地面のしたにいるならば、そういって菊比古はひとりで笑った。

——探してるのは特殊なセイウチか？　と鳥《バード》は冷淡にいった。おまえこそ女のパンツをはいた特殊なセイウチだ。

——ほら、と僕にむかって鳥《バード》はいった。これがそいつの顔だよ。

僕は写真をうけとって暗がりのなかに眼《め》をこらした。菊比古もたってきて汚れた指を写真にのばしてふれようとしながら覗《のぞ》きこんだ、かれのあたたかい息が僕の頬《ほお》にふれ、そして写真をごくこまかな水滴でくもらせる。鳥《バード》がひとりで空気ポンプをおすと硬いタイヤはバネのようにホースをはじき、ホースは地面をシュウ、シュウ土埃《つちぼこり》をまきあげて烏蛇《からすへび》のようにのたうっていた。

写真の男はフィリッピン人のように油質の艶《つや》をおびて浅黒い皮膚の、額のひろい中年男だ。すでにわずかながら禿《は》げあがっている。厚い脣と、おどおどしておとなしい子供のような眼とがたがいに排しあって、丸く広い顔を分裂させている。鼻は大きくて鈍い角度にまがっている。小さな獣の耳のようなかじかんで巻きこんだ男の耳。炎のように燃えあがっているちぢれた髪、それは鳥《バード》に似ている……

僕は理由もなく息苦しい気持になって写真から眼をあげ、その男の眼のように濃い黒の空をみあげた。眼が痛く、暗闇は空からなだれおちるようにうつる、僕は嘆息した。

——どこから探しはじめよう？　と菊比古がいった。

——この市の中心からか、それとも畑や林のなかからか、どちらかだ、と鳥《バード》がいった。

僕と菊比古と鳥《バード》とは暗く静まった柵《さく》のむこうの農場とその暗闇のひろがりのむこうの、すでに距離感の湧く手がかりのないあたり、半円形の丘とその周辺の疎林《そりん》とを眺《なが》めた。僕の心のなかに予感のように徒労感と漠然《ばくぜん》とした嫌悪感《けんおかん》がおこった。

——もし自分が逃げ出した男ならどこへ出かけてゆくか、を考えてみればいいんだ、そしてそこへ出かけてゆけば、この逃げ出した男もいるだろう、と菊比古が確信なくいった。

——それじゃ市の中心に出かけよう、と鳥《バード》がいった。とにかく、あの畠や林のなかを探しまわるのには三人では少なすぎるよ。町のなかだって夜になれば森みたいなもんだ、やつは夜の森を鹿《しか》みたいにおずおず歩いているわけだ。

僕らは自転車に乗って肩をはり口笛でトスカの《星は輝きぬ》の所をやりながら市街のなかの夜の森への狩猟に出発した。僕らはきわめて無責任な狩人だったのだ。市立精神病院をでてからしばらく運河にそって暗い道を走っていると、背後から犬の吠え声と狂人たちの大合唱がきこえた。ふりかえってみると病院の建物群にはいっせいに盛んな灯《あか》りがついて城のようで、そこから数人の見張り番のような入院患者たちの黒い頭がのぞいた。

僕と菊比古とは鳥《バード》の声にうながされて、それまで黒いタイヤの回転を見つめながら走っていた自分の頭をあげ、運河が別の運河にそそぐ場所の橋のたもとの人だかりを見た。僕らは、運転手と喧嘩《けんか》をした市電の線路にそった鋪道《ほどう》へ出ることを避けて大きく迂回《うかい》しながら、市の中心部にむかって走っていたのだった。

僕らは人だかりに近づいていった。人びとは劇場の観客のように共通に昂奮して、かれらの熱い心を鰊《にしん》の群のようにいっしょに遊泳させていた。かれらは僕らがそれにそって自転車を走らせてきた運河とは別のもっと深くもっと広くもっと暗い運河を見おろしてはむっと昂奮して考えこんでいるのである。かれらの足もとにおびただしい水に濡《ぬ》れた地面があってそれは橋のたもとの街燈《がいとう》のオレンジ色のあかりのなかで乾こうとしていた。

——たれか溺《おぼ》れたので？　と鳥《バード》がたずねた、僕らは自転車を傾けて左足で自転車と自分とを支えていた。

人だかりの中央の窪みからぬっと魚のような顔をだした若い警官が僕らをじろじろみまわし、そして黙ったまま、また屈みこんだ。しかし人だかりのなかの市民のひとりが警官の無愛想の責任を感じて頰をぱっとあからめながら説明してくれたので、僕らは腹だちを忘れた。川におちこんだ女の子供を、ある勇敢な男が、瓶《びん》のかけらや板ガラスの破片でぎっしりつまった川床にとびおりて救ったのだ。女の子供は仔犬かなにかのように無器用にうかんだままでいて、無傷だったが、男は跳びおりて足を怪我《けが》し尻もちまでついて腰から下を傷だらけにし、そして血みどろで濡れそぼったまま恐慌《きょうこう》にかられて市の中央の方へ逃げ去ってしまった……

——なぜ逃げたんだかなあ？　ガラスが足に刺さったのさえぬかずに駈けて逃げたなんて、本当に普通じゃないよ、と鳥《バード》はいい、自分の言葉にぎくりとひっかかって唾をのみ脣をなめていた。

——痴漢なんだねえ、と頬をあからめたままの、内気でおしゃべりの市民が悲しげにいった。その男は昼まから橋桁《はしげた》のしたで寝そべっていたんだが、夕暮になって橋の上にでてきたんだよ。そして通りかかる人間に、この世は地獄かそうでないかなどと、ばかなことを聞いていた、一種の特殊な乞食《こじき》だねえ。それから女の子供がやってきたら、裸になってくれと頼んだんだ。痴漢だ。そして女の子供がヒステリーをおこして泣きわめいて川に落ちこんだのを、助けたわけだ。痴漢だったんだよ。

——なぜそんなにくわしくわかってるんです？　女の子供がしゃべったので？

——若い両親がそばで見ていたんだ、そして子供が川におちても、そこにガラスがいっぱい刺さっていることをしっているから、危なくないところまで駈けおりていって、子供が溺れながら流れてくるのを待っていたんだよ。

——その男はどんなやつでした？　額の広くて丸い色黒のやつじゃないですか？

——ああ、そうだよ、小男でキンキン声で女みたいな動作をするやつなんだよ、襟《えり》のとがった旧式の縞《しま》の白っぽい服を着ていたんだ。

鳥《バード》が昂奮の熱い心の鰯《いわし》どものような群泳にくわわって僕と菊比古をキラキラする眼でふりかえった。僕らも昂奮してうなずきかえした。

——それでこの世は地獄かどうかという乞食の質問の答はどちらが多かったんです？　と鳥《バード》がたずねると親切な市民は厭《いや》な顔をして答えなかった。

僕らも質問の答を待っていたわけではなかった。僕と菊比古と鳥《バード》はペダルの上にたちあがって重みと力とのすべてをこめ自転車をむりやり加速し、橋をわたり、繁華街から遠い町並の広く暗い鋪道を走って行った。

——なぜあんなこと聴いたんだ、鳥《バード》？　と菊比古がいった。

——おれもこの世が地獄かどうか教えてもらいたいよ。

中学校の夏休の九州旅行でみた暗く激しい海のむこうの荒れた小さなあの半島では、いま地獄が地の底から石油のように湧《わ》きあがって山河をみたしている、晴れた真昼にも雷はおどろおどろ鳴りどよめき草や木をたおして黒い風が吹きあれる、そして所在なげに溶けた眼をした若いアメリカ人の白い体が血にまみれる。僕は身震いし、頼りになるものをもとめるようにハンドルを握りしめた。あすこへ送られることにくらべたら、肉屋などなんだろう、僕はやはり肉屋にいってみるべきだったのかもしれない、行ってみれば鉤《かぎ》にぶらさがった肉のかたまりも、半分にたちわったボートのようで恐怖心や嫌悪をひきおこさない単なるかたまりに見えたかもしれない、慣れて無関心になることさえできたかもしれない、結局この市のこの時刻が地獄であるはずはないのだからと僕は考えた。もし他に仕事を見つけることができず退学になり、あの噂《うわさ》が本当だったら……

――おまえはどちらだ？　と鳥《バード》が僕に自転車をよせてきてささやきかけるようにいった。かれは意地悪な微笑をくちばしのように硬くとがらせた脣を中心にひろがらせていた。

――地獄についてなら、ばかばかしいから、なにも意見はないよ、と僕は強い声でいった。

――いや、その男があいつかどうかだよ、おまえは地獄について考えていたのか？

――絶対にその男があいつだよ、と菊比古が陽気に叫んだ。おれたちは、ついてるよ、無責任にどんどん自転車を走らせてると、あいつが凄い自己宣伝をしている所にでてきたんだからなあ。

――調子いいね。

――おれもあいつがその男だと思うよ、鳥《バード》、と僕はいった。

――おれもそう思うよ。しかしおかしなやつだなあ、痴漢でそして勇敢な人命救助者だ、どういうつもりなんだろう？

――普通じゃないんだよ、と菊比古がいった、それだけだよ。

——しかし傷だらけで逃げてゆくなんてひどいなあ。

——普通じゃないんだよ、と菊比古が無邪気にくりかえした。傷のことなど気がつかないよ。

——この道すじの薬局によってみよう、と鳥《バード》がいった。クロフツのシステムでやろう。しかし僕らは地味な探偵《たんてい》小説の警官のように入念に調査しなくてよかった。その暗い町並には唯《ただ》一軒の薬局しかなかったし、僕らがキンキン声の小男のことをきくと、眼玉が鼻より前につきでようとするのを強度の近眼鏡でおさえている、やはり小男の薬剤師が、たちまち雄弁に、この風変りな無一文の男について物語ってくれたのである。

——金はもってなくてもねえ、現実に怪我をして血を流しているんだし濡れてもいるんだからねえ、と憤激して眼玉の破裂する寸前の薬剤師は説明した。もしそういう男が人間らしい遠慮深さをもっている人間なら、こういう薬だらけの場所にのっそり無一文であらわれるべきじゃないよ、ヒューマニズムを悪用してるよ。まあ靴《くつ》をはいてるんだから足の傷はたいしたことないが尻《しり》はひどかったね、あれでは椅子《いす》に坐《すわ》ることはできないね。一応治療してやったんだが、お礼にどんなことをしたと思う？　馬鹿《ばか》にしてるよ、この世界は地獄だから気をつけてくれなどというんだからね、とくに犬とか馬とかの家畜がじつは鬼なんで、人間のなかにも鬼がいるんで、それを忍耐するためには鬼でない人間が気をつながなければならん、精神病院とか監獄とかにいれて、他人と手をつなぐ機会をとりあげてしまうのは、いったんこの世が地獄だと知っている人間にやっていいことじゃない、むごすぎるなどといってたよ。

——小さい女の子供のことをいってませんでしたかねえ、と菊比古がいった。

——女の子供も天使じゃなく鬼だとさ、小っぽけな鬼だといってたね。

鳥《バード》と菊比古が声をあげて笑うと薬剤師も声をあわせて笑い、それからがっくりと気落ちしたように憂鬱な顔でくちをつぐんだ。

——どこへ行くつもりかわからなかったかな？

——ああ、それはどうだったかなあ、と薬剤師は眼鏡のむこうでとびでた眼球にゆっくり土色のまぶたをかぶせて鶏のように緩慢に眼をつむり、そうだなあ、と分別くさくいった。夜ふけに人間はなぜ独りぼっちでいられるものか疑っているんだと話してたがねえ。この世の地獄のなかで夜ふけに独りぼっちでいるのはつらいといっていたよ。白夜の国に生れてきたらよかったんだと後悔していたね。

薬剤師は思い出のなかの禿げあがった小さい四十男の空想を軽蔑《けいべつ》し自己満足して笑っていた、独りで。薬の陳列棚《だな》のすきまから白っぽく萎《しな》びた女の顔がのぞいた、不機嫌そうで苛々《いらいら》している大きい顔だった。

——ありがとう、と鳥《バード》はいった。

——おまえたち、蝮団《まむしだん》の連中か？　あいつをリンチしたのかい？　と薬剤師が下等な好奇心に眼のまわりを紅潮させて、薄わらいして訊《たず》ねた。

——そうじゃないよ、薬屋、と不意にきまぐれなぞんざいさで鳥《バード》がいった、薬剤師とその狭い肩のところにのぞいている大きい女の顔がびっくりして上をむいた。ギャング漫画か犯罪テレビをおまえの汚ならしい女房とみたあとでトランキライザーを処方してのむのを忘れるな。それから声をそろえて、あれは現実じゃない、と呪文《じゅもん》をとなえるんだね。

鳥《バード》と菊比古と僕とは上機嫌で自転車をはしらせた。夜のおとずれない北欧の国まで自転車で脱走者を追いかけるわけにはゆかない、そこで鳥《バード》が繁華街の深夜喫茶とその裏どおりの酒場とをいちいちあたってみるという方針をきめた。

僕らの走ってゆく道すじがしだいにせばまって昇り坂になり二筋に別れる。まっすぐ昇ってゆくと市の中心の城山への登山口に出るのである。かつてこの城山の小さな城がこの地方の政治権力を代表していたころ、僕の祖父は百姓一揆《いっき》の指導者をだまして裏切らせ孤立させたうえで殺し、そして城主から拳《こぶし》ほどの金の亀《かめ》をもらった。僕はその祖父を恥じて、鳥《バード》にも菊比古にもそれを話したことがなかった。いま城山の頂上には公園がある、僕は小学校のときの遠足でこの公園にきて祖父がもらったのとおなじ金色にぬった亀のかざりを見て泣いたのだった、それは僕にも先祖からの卑怯《ひきょう》さと裏切りとの血が流れているようで恐かったのだが、女の先生には亀の顔がこわいからだと嘘《うそ》をいってひどくやさしくなぐさめられた、ああ、僕はあんなに小さい頭のなかで最初の嘘をつき、それで今になっても自分の卑怯さを正直に友人にうちあけることができず、また友人をいつもいまにも裏切ってしまいそうな危険を感じるのだ、鳥《バード》にも、菊比古にも……

鳥《バード》が先頭にたって鋪道の別れ道でハンドルを城山の逆の方向にきり、僕らはなだらかな短い坂を市電のとおっている鋪道におりて行った。すでに暗い道すじを自転車で走っている者たちを明るい電車の高い運転台から、あの殴りたおされた運転手がめざとくみつけることのできる可能性はまったくないと思われた。見つけられたとしてもなんということはないのだ、考えてみれば僕らが夕暮に、しにものぐるいで逃げのびたのは、あれはゲームの規則にしたがったまでなのだ。僕の恥ずかしい心の底に、泥《どろ》のなかの鮒《ふな》のように時どきキラキラしてひそんでいるのは、もっと別の湿っぽく複雑な恐怖感だった。

港の方向から貨物で巨《おお》きく重くなったトラックがわずかに海の匂《にお》いをこぼしながら、それ以上にもうもうと土埃をあげて走りすぎる時刻だった。市電はすっかりその腰高の小っぽけな箱であるにすぎない自分に自信をうしなって、トラックの群のあいだをよろよろ駈けっこしていた。僕らは車道のはしをゆっくり走り、僕らの頰《ほお》の肉をぴくぴく震わせ上衣《うわぎ》とズボンをはためかせるトラックの疾走を冒険映画のかかっている劇場の暗闇《くらやみ》にでもいるように充分に楽しんだ。自転車のペダルの上に腰をうかせて立ち、のびあがって僕らが、一瞬追いこしてゆくトラックの運転台をのぞきこむと、運転手は航海中もの凄い大ダコに舷側《げんそく》からのぞきこまれた船長のように、信じることができないといった、脅《おび》やかされたぎごちない身じろぎをするのだった。そしてその危険なわりにほんの一瞬しか快楽のあじわえない遊びにしても、その遊びをしているあいだは、僕にはあのいじいじした懸念《けねん》はなかったし、鳥《バード》も菊比古も僕とおなじく、逃げだした小男のことさえ頭に思いうかべないといったふうなのだ。もし飽きさえしなければ僕らは夜のあいだずっと自転車をのろのろ乗りまわしては、轟然《ごうぜん》と夜のなかへつきすすんでくる猛烈なトラック運転手どもをおびやかして遊んでいたかもしれない、あの男は夜明けに咬《か》み殺しにくるセパード群にまかせておいて。

しかしまず鳥《バード》がうまい具合に、市の繁華街と市電の鋪道の接点でこのゲームにあきた。そしてかれはトラックのライトのなかへ黒いカマキリのような細い影になって自転車をつっこんでゆき、トラックの流れを混乱させた。菊比古と僕とは上機嫌《じょうきげん》で鳥《バード》にしたがい、咳《せき》をするようなクラクションの嵐《あらし》のなかを酔っぱらいのようにくねくねうねって鋪道を横切った。まだ鳥《バード》が僕らの同級生だったころ、この遊びは僕らの学校での流行だった。週に四日間、自分の家でも、つとめさきでも、過度に働かされ疲れきって、残りの三日間の学生生活に戻ってくる学校で、憐《あわ》れな定時制高校生たちは、このように危険な遊びをすることでやっと、強い麻痺《まひ》を強い酒で追うように、息のつまる労働と拘束の四日間のなごりから自分を解放して自由になったのである。鳥《バード》と菊比古と僕とは、むしろ怠惰からこの高校をえらんだ例外の三人だった、そこで僕らはこの遊びにクラスメートたちのようには必死にならなかった。近郊の農家の息子で最も苛酷《かこく》に働かされていた、無口で小心な生徒がいちばんきわどい冒険をして小使室の自転車ともどもぐしゃぐしゃになり、この遊びは禁じられた。僕がいまその遊びをたっぷり楽しんだのは、この数週間の僕の心のはずかしい鬱屈《うっくつ》が僕を一種の激しい夏の畑仕事のようなものに縛りつけて、休息するひまさえあたえなかったからだ。そして僕にしてみれば休息することは小さく爆発することなのだ。こんな無意味で危険なだけの、つまらない遊びをつうじてだけ、ポンポン小さく爆発して内部の圧力を整えるのだ。ところが、あの蟹《かに》のような頭の青ざめた百姓の次男は、真面目《まじめ》で融通がきかなくて、すっかり爆発してしまって自転車といっしょにぐしゃぐしゃになって死んだのだ。繁華街の入口の他愛《たわい》ないヤナギのかざりのたれさがっている街燈のしたで鳥《バード》と菊比古と僕は作戦をねった。この地方都市の蛙《かえる》どもご自慢の繁華街は市電の通りから城山と逆の方向に二百米《メートル》つづき、それは右にまがって百米のびて行きどまりだ、もうひとつの市電の始発駅がそこにある。そしてこのカギ型の繁華街にかこまれている部分に酒場やら食いもの屋、あいまい宿やらがぎっしりつまっているのである。そこだけが、この地方都市で深夜もなお明るい場所だ、その周囲の暗がりで善良な蛙どもは驚くべく早い時間に世界を信じて眠りこんでしまうのだ。

――おれが、このごちゃごちゃした方角をあたってみるよ、かなり知ってるから。おまえたちが、大通りをさがしていってくれ、きっと菊比古が見つけるよ、探し物なら女のパンツをはいた男に限るんだなあ、と鳥《バード》がはげました。

――それよりも、とむくれて菊比古がさえぎった。めしを食わないか、鳥《バード》、おれたちはもう二時間も探したよ、そしておれの考えでは、そいつはきっと見つからないよ。

——あと四十分たって九時に向うの市電の駅で待ちあわせよう、あいつをつかまえても、つかまえなくても、九時にあすこへやってきてくれ、それからめしを食おう、と忍耐強く鳥《バード》はいった。おまえたちがつかまえたら、普通じゃないんだ、殴るな。

鳥《バード》が自転車にとびのって独りだけ走りだすのを見おくりながら菊比古がぶつくさいって僕をびっくりさせた。

——あいつはひどく熱心になっているよ、なんにも関係のない人間ひとりに、と菊比古はいったのだが、鳥《バード》のいないときにその種の悪口を菊比古が僕にいったのはそれがはじめてだった。

——ほんとに鳥《バード》は熱中しているなあ、夏休に漢方薬屋の蛇《へび》をとりにいったときもそうだったけど、鳥《バード》は夢中になって仕事をするのがすきなんだよ、と僕はうしろめたい共犯の気持でいった。

——年だなあ、鳥《バード》はとしだ、と菊比古はいった。おれたちとふたてに別れたのは独りで仕事したかったからだよ、漢方薬屋だってもし鳥《バード》がおれたちと一緒に働きたいと強くでたら、きっとおれたちを傭《やと》ってくれたと思うよ。鳥《バード》はおれたちと別れたくなってるんだよ。おれは鳥《バード》が新しい友達と話しているのを見たしなあ。

——どんなやつだった？　と僕はいった、嫉妬《しっと》が僕を一瞬、放心状態にして、僕の声はあわれに嗄《しゃが》れた。

――いつか、新聞に《年寄は若いうちに殺せ》という詩を書いて送ったやつがいたろう？裾《すそ》のひろいズボンを長めにはいている連中を諷刺《ふうし》した詩だよ。あいつは凄《すご》い不良だったんだけどいまはひどく静かになって、いつもおだやかに微笑していて、毎日、自転車に弁当をしばりつけて港の化学工場へかよっているよ、子供までいるんだ。

――あいつか、知ってるよ、鳥《バード》はもとあいつのことを嫌《きら》ってたよ。

――そうだよ、しかしいまはそうじゃないんだ、鳥《バード》はそいつの仕事のためにずいぶん骨をおってやったんだよ、おれが鳥《バード》に会いにいったら二人でひなたぼっこしながら黙っていて、ちょうどトレーラー・バスが車庫から外へでようとするところだったんだが、それをみて、あいつが、悪魔のごとき柔軟性！　と叫ぶと、嬉《うれ》しがっておれの方を自慢するように見るのさ。あいつは勤勉に生活しているもと詩人といった自己満足ぶりさ。鳥《バード》もああいうふうに満足した大人になりたがっているんだよ、いつも不満足なおれたちと別れて。

――鳥《バード》はそんなふうにはならないよ、今日だって喧嘩《けんか》をしたじゃないか。僕と菊比古は欲求不満のように顔をあかくほてらせ怨《うら》みっぽい眼《め》をして、自転車をおしながら繁華街のなかへ歩いてはいりこんだ。憐れな小男のことより鳥《バード》の新しい友達のことが気にかかって胸がいっぱいなのだったが、しかしそのことについて、これ以上話すのは、女のようにとりみだしているようで厭だった。それにしても鳥《バード》が大人風の生活の満足をもとめるなんて……

――おまえ右側をのぞいて行けよ、あいつは一文無しだといってたけど、喫茶店にお金があるような顔でウェイトレスをだまして坐りこんでるかもしれないよ、と気をとりなおして菊比古がいった。しかしおれたちはこの市まででかけてきて、なぜ、こんなことをやっているんだ、腹ぺこで、関係ない人間を探しているんだよ。

——鳥《バード》とおれたち、おれとおまえとだって、おたがいにどんな関係があるんだろう。

——関係あるじゃないか！　と菊比古が叫んだ、まわりを歩いている地方都市の鈍感な他人どもが僕らをびっくりした眼で眺《なが》めた。

——とにかく探そうよ、と僕は菊比古の歪《ゆが》んでいる顔から眼をそらせていった。そして車道を横切って通りの右側に自転車を押して移って行った。僕のまえには二百米の光り輝く他人の地方都市があり、そこで他人どもが歩いたり立ちどまったり話したり商売したり黙って考えたりしている。ひとりぼっちでそこへ自転車をおしながら入りこんでゆくときになって始めて僕に、他人の国へやってきているのだという実感があった。鳥《バード》と菊比古と僕の三人でいるあいだ、この市のこの他人どもの群衆はまるで存在しなかったかのようだった。僕らはすくなくともかれらの存在を感じないで勝手気儘《きまま》なふるまいをしてきたのである。僕らは地方都市をばかにしていたのだ。僕らは小さい町に住んでいる、しかしそれは独得な町だ。東京を夢中になって模倣する地方都市とはちがう。しかしその間もここに他人どもは群れつどい、蛍光燈《けいこうとう》やネオンの光のなかで不健康な、死んだ鮫《さめ》のような顔色でしかもなおキャッキャッと嬉しがりながらここにこんな風に存在していたのだ。狭い海の向うのあすこでの戦争や、血だらけ膿《うみ》だらけの外国兵の一団の通過などに気をやむことなく永遠に死ぬことのない特殊人間のように平然として……

僕は頭をふり身震いし、それから心をきめて自転車をとめると、まず最初の喫茶店に入ってみた。昂奮《こうふん》した鳥のようなフラメンコ・ギターの音楽が壁紙の破れた部分をガリガリ震わせていて、暗い室内はがらんとしていた。学生たちが何人かかたまって汚ならしいノートなどのぞきこんでいた。店の奥からあわてて駈けだしてきた給仕女が僕に微笑をおくってよこしたが、僕がすぐに表へ出ようとするのを見てとると微笑のスイッチを無関心のスイッチへと切りかえた。口惜《くや》しがったわけである。頭をあげた学生たちが、いやに横柄《おうへい》に僕を見た。僕は腹をたてるのをやめて外に出て自転車を押しながら、また歩きはじめた。向うからやってきたスコットランド格子《ごうし》のスカートに白ソックスの女学生が僕の自転車をほんの一瞬だけ値踏みするように見た。僕は自分と自転車とを見すぼらしく腹だたしく感じた。空腹で疲れてもいた。繁華街は雑踏していて自転車はいろんな連中にごつごつぶつかった。通りの向う側を見わたしたが菊比古は見あたらなかった。そのあいだに僕の自転車はひどく肥《ふと》った大女の尻《しり》に乗りあげようとして、僕は、ふりかえったその肉の襞《ひだ》のかたまりに、眼をナイフのかわりにつかおうとねがっているようなすさまじさで睨《にら》みつけられた。そこで僕は群衆を気にかけないでいようとして口笛を吹きはじめた。口笛を吹き、その歌の言葉を頭のなかにシメジのような多数塊状にもくもくはびこらせながら、無関心なふりで次つぎに喫茶店やらレストランやらを覗《のぞ》いてまわったが、問題の男とおぼしい人間はいなかった、たれもかれもみんな地獄をこわがっているようでなかった。そして僕は生れてはじめて、人間というものはこのように決して地獄をこわがってはいない様子で生きているものだったのかと思うのだった。そして、あの男がどこか奥深いところの暗がりで薬剤師にめぐんでもらった沃度《ヨード》チンキの匂いをぷんぷんたてながら毒草のようにじっとちぢこまって地獄をおそれているのだと思うと、なにか非現実的な気分になった。そしてまた、あの男への好奇心も湧《わ》いてくるのである。僕はその新しい感情の居心地のわるい傾斜にすべりこむことから踏みこたえるために口笛をぴいぴい吹きならして自転車を押していった、マリオ、マリオ、あ、死んでる、死んでる、お、マリオ、死んでるの？　あんたがこんなふうに？　こんなみたいにおしまいなの？　あんたが、死んでる、死んでるヨオ……

ひとつの喫茶店ではカウンターのかげのもっとも濃い暗がりで十人ほどの不良高校生どもが、衿《えり》をはだけた服のあいだから汚ならしい小さな喉《のど》ぼとけを自慢するようにおのおのつきだして煙草《たばこ》をのんでいた。その喉ぼとけのすぐしたに、もうひとつの喉ぼとけのようなものが眼について、それはよくみると蝮の頭の形をした木彫りのブローチだ、ああ、こいつらが薬剤師のスリルあふれる好奇心の中心、蝮団か、と思っていると、

——おい、なにを珍しがってるんだ、百姓の息子と、そいつらの頭領かぶが犬よりもひどいこの市のなまりで凄んでみせた。

僕が扉《とびら》の外にでると思いあがったこの地方都市の住人の嘲笑《ちょうしょう》が喫茶店のなかで煙草の煙といっしょにもうもうとうずまくのが轟《とどろ》いてきた。そして暫《しばら》く歩いて行くと誰かが僕を尾行しているようなのだ、蝮団の厭《いや》がらせだろう。僕は自転車をおっぽりだして、蝮団のなかの一匹の蝮に凄んだなまりいり呼びかけの返事をしたかったが、自分で驚いたことにその瞬間僕はこの脱走者探しに熱中しはじめていて、自転車のハンドルを命の綱とにぎりしめるような具合なのだ。

そのとき人ごみのなかに緊張で歪み醜くなっている菊比古の幼い顔があらわれて駈《か》けよってきた、かれもまた夢中になっているのである、多分、自分では気がついていないだけだ、気がついたら口惜しさやら屈辱感やらで、あの男を敵のように憎むだろう、菊比古は確実にいちばん子供なのだ。

——おい、と声をはずませ熱っぽく秘密めかして菊比古がいい、僕の肩をぐいぐい押してゆこうとする。僕は歩道のすみに押しこんで自転車をとめてから、昂奮した菊比古の苛いらしたそぶりに感染して頭をゆさゆさせながら駈けて車道をわたった。

菊比古は僕を繁華街から脇《わき》へそれる映画館への路地のまえまでつれていった、僕の腹のあたりがびくっと魚のように震えた。極彩色のガラス玉ののれんのさがった焼鳥の屋台の前で、ずいぶん長いズボンをはいた小男が厚いガラスコップをお茶の規則にしたがってでもいるように眼の高さにささげもち、蝿《はえ》かなにかの死骸《しがい》をみつけたあとで飲みほすつもりらしく骨折って調査しているのである、そして男の長いズボンの右足はだぶだぶにたるんでたくしあげられたフランネルの布地のしたに、生のめん類のようにぬらぬらと白く光る繃帯《ほうたい》のかたまりが靴《くつ》からはみだしてつながっているのである。男は繃帯につつまれたくるぶしを保護するために靴のなかで爪先《つまさき》だちし、よろよろしていた。そのくるぶしが夕闇のなかで揺れる様子は、ひどくこんぐらかった網文様の赤靴に小さいめんどりがとまろうとしているようだ。僕は黙ったまま喉を乾かせた。

——焼鳥屋なんかやっている女は警察のスパイだからな、おれはあいつを連れだすとき注意しなければだめだと思うんだよ、ポリに横どりされないように、なあ、と菊比古が震えるボーイ・ソプラノでささやき、湯気のむこうで上気している中年女の顔を顎《あご》でしめした、その顎は小さく震えている。

——しかし、こいつがあの男かどうかわからないよ、と僕も僕自身と無関係に震える細い嗄れ声で息もつまる思いでささやきかえした。

——おれが試す方法を考えておいたんだよ、と菊比古が考え深そうにいった、そしてかれは男に近づいていくのだ。

——このあたりに地獄を恐《こわ》がってるみたいに憂鬱そうな男がこそこそしてませんでしたか？　と菊比古がなにげなくいうのがきこえた。

——憂鬱そうな男？　とその男は太い親指と人差指で濡《ぬ》れそぼれた大きい蝿をつまみだし

てから菊比古を見つめていった。それはおれだよ、ここに蝿をつまんでこそこそしているよ、この足を見てくれ。

濃い湯気と煙のむこうで女がけたたましい上機嫌の笑い声をあげていた。あぶり焼きにされている獣の臓物の悲鳴の代弁のようだった。

——なあ、きみ、会社にでかけようとして玄関で靴ベラを探す、無い、それでバタ・ナイフを使って踵《かかと》をロシア酢づけのキュウリみたいにふたつに切ってしまった男が憂鬱でないか？

——このあたりを、どこかから逃げだしたばかりみたいな中年男が憂鬱そうにうろついているのを見ませんでしたか？　と耳まで赤くなってどもりながら菊比古はいった。

——どこかから逃げだしたばかりみたいな中年男なら、と梅毒でやられたにちがいない凄い嗄れ声で女がくちをはさんだ。

——見ましたか？　とほっとして菊比古がいった。

——そんな中年男なら憂鬱どころか、ある瞬間の犬みたいに気も晴ればれと走って行くのよ。

——さよなら、と腹をたてて泣きそうな声で菊比古がいった。じゃ他を探しますよ。そして僕の方へ眼をふせて戻ってこようとする菊比古の肩を蝿をつまんでいた指でしっかり押えて男が執拗《しつよう》に話しつづけようとするのである。

——おい、きみは急いで小学校へ出かけようとしてだな、靴ベラのかわりにバタ・ナイフを使って踵をロシア酢づけのキュウリのように深くたちわったことはないかい？　きみなら可愛《かわい》らしいお嬢ちゃんのようにピイピイ泣くよ。

菊比古のうなだれている顔が額から頬にかけて、こんどは夜めにもあざやかに白く色をうしなった。そして菊比古はふりかえると、かれの肩から手を離してふらついている男の繃帯でくるまれた傷ついた踵をラグビーのボールを蹴《け》るように入念に力強く蹴りつけた。男がお嬢ちゃんの怪物のように一声吠《ほ》えて屋台に倒れかかるとのれんのガラス玉が揺れて涙のように光っていた。

——なんという酷《ひど》いことを、なんという酷いことを、とびっくりして女がくりかえすのを背後にきいて、菊比古と僕とはぐんぐん人ごみを分けてそこから遠ざかった、自転車はおいてきぼりにしていた。

——酔っぱらいめ！　と菊比古は昂奮して批評した。あいつは会社に行きたくなくて、わざわざバタ・ナイフで踵を切ったんだよ。

夜気が頬に新しい冷たさを味わわせるので僕もまた自分が昂奮し腹をたてていることに気づくのだった。

——あの女ときたら色情狂だ、とも菊比古は批評した。ある瞬間の犬なんてほのめかしたのは交尾して離れたときの犬のことなんだ、まったくそんな色情狂みたいなことばかり、あの種の女はいってるよ、おれは一生涯《しょうがい》、あの種の女とやりはしないぞ。

——もう探すのはよそう、関係ないよ、夢中で何時間も探しまわってばかげてるよ、と僕はいった、僕は五分間まえの激しく昂奮していた自分に腹をたてた。

——おれもそう思ってたんだよ、疲れたし腹はすいたし、体じゅうこの汚ない小都会の埃《ほこり》でざらざらしてるよ、鱗《うろこ》が生えたみたいだよ、ばかばかしい。

——待ちあわせの所へ行こう、鳥《バード》もばかばかしいと気がついて飛んできてるよ、まったく地獄がおれたちの周りにあると惧《おそ》れている人間のことをなぜおれたちは真面目《まじめ》に心配しはじめていたんだろうと疑うよ。そして僕と菊比古は、繁華街の向うのはずれの市電の駅まで急ぎ足に歩いていった。約束の時間の十分前で、鳥《バード》はまだやってきていなかった。僕らは構内のベンチにかけて電車の発着を眺めながら鳥《バード》を待った。そのこぢんまりした駅からは港の方向へ行く市電のほかに、僕らの小さな町とこの市とをつなぐ私鉄も発車するのだった。国鉄の汽車の二倍も遅い私鉄の電車は市電の電車同様に旧式で小さな車輛《しゃりょう》がふたつずつつながっていて駅を出たすぐの踏切をわたるためにさえ殆《ほとん》ど停車しかねない苦労のすえ、やっと乗りきるという鈍さなのだ、僕らはたいていこの踏切で電車に跳びのり、僕らの町の手前の踏切で跳びおりるのだった。

鳥《バード》は約束の時間をすぎてもなかなかあらわれなかった。僕と菊比古は寒さと疲労と空腹とで苛《いら》いらし腹をたて鳥《バード》を待っていた。それに眠くもあった。僕らは一分おきに交替であくびをする一組の怒れるあくび人形だった。鳥《バード》はいったいなにが楽しくてあの男を探しまわり僕らを待たせておくのだろう、僕はひどく不満に感じていた。鳥《バード》は新しい友達を僕のしらないうちにつくり、それを秘密にし、僕から離れた場所での生活をもとうとしている、それはもう二年間ちかい僕らの仲間としての生活をうちこわすためのようなものではないか。鳥《バード》はもう菊比古と僕のことを仲間だと考えなくなったのだろうか？　いまのように約束した時間から四十分間も平気で僕らを待たせるというようなことはかつてはなかったではないか？　僕のなかでやりばのない不満がふくれあがり僕を憤懣《ふんまん》で身もだえさせるほどなのだ。患者がひとり病院を脱走して、この世界を地獄だと思いながら夜の闇のなかを逃げまわっているとしても、それがいったい僕らになんの関係があるだろう？　僕らこそ、海のむこうの赤土とポプラの荒野へ戦争につれてゆかれることの恐怖にさらされて生きているのではないか、そしてそのための手をうちにきた地方都市で、なにひとつ自分たちのためには働かず、この世界を地獄だという男をセパードから守ってやるために夜遅くまでとびまわって疲れきり腹をすかせ眠くなり寒がっているのだ。不機嫌に黙りこんでいた菊比古は、気がついてみると、ベンチにあげた両脚を猫《ねこ》のようにしっかりかかえこんで膝《ひざ》に頰《ほお》をつけ眠っていた。眠りの熱で赤くなった幼い頰のほかは、すっかり寒さに鳥肌《とりはだ》だっていて汚ならしかった。そして眼《め》のくぼみに無意味な涙が白くにごってたまっていた。僕の憤懣にやるせない苛だちと恥ずかしい悲しみとがまじってきた……十時になってやっと、鳥《バード》が寒さに色をうしなった平板な顔に、眼だけ異常なほどキラキラさせて大股《おおまた》に駅のなかへ入ってきた。むっと黙ったまま僕は、すでに僕の肩に重くあたたかくよりかかって眠っている菊比古を邪慳《じゃけん》に揺りおこして、おい、一時間も遅れて平気で鳥《バード》がきたよ、といった。

——遅れて悪かった、ラーメンを食いながら話そう、いろいろ手がかりをつかんだんだよ、逃げたのは面白い男らしいんだな、会った連中がみなそういってるよ、と快活に上機嫌で鳥《バード》は僕らの不機嫌にはいっさい鈍感にいった。さあ、のろのろしないでソバ屋にゆこう、そこにあるんだよ。

僕は一瞬、ぼうぜんとする思いだった。鳥《バード》がこれほど僕らの気分を荒あらしく踏みにじって自分中心にふるまったことはなかった。憤懣につきうごかされながら黙ったまま僕は鳥《バード》についていった、菊比古はまだ眠りからさめきらず不平をぶつくさいいながら、よろよろして歩いていた。自分のなかの緊張した感情の充実から黙っている鳥《バード》と不機嫌と不満とから黙ってる僕と菊比古とが石灰水のようにまずいラーメンを食べた。途中でやめると、嫌悪感《けんおかん》が口腔《こうこう》から消化器ぜんたいにぎっしりつめこまれたかわりに空腹感はそのままだ、気がついてみると鳥《バード》だけは不満足そうにすっかり食べてしまって汁を飲んだりしてるのである。

——あの男が、と鳥《バード》は眼をなお生きいきと輝かせながら報告しはじめた。ここで二人の人間に会っているんだよ。一人はおかまのやつでもう一人はまだ子供みたいないんばいなんだ、おれはその二人と話してきたんだ、それで遅くなったんだよ、とくにいんばいが客をとっているあいだ洗浄所の脇の土間で待ってたからな。

僕と菊比古とはほとんど食べのこしたラーメンの汚ならしい鉢《はち》のまえで空腹感と不満とにじりじりしながら、しかし疲労と眠りの誘いからのぐったりした虚脱感のせいで、鳥《バード》の自己満足の熱であつくなった雄弁を忍耐していたのである。

——おかまがあの男にめしを食わせてやったんだよ、若いおかまなんだが、その男は、本当にこの世界を恐れているんだと感じたとおかまはいってたよ、その男が極端だけど心底からこの世界を恐がっているのを見ていると、その男をつうじて真実の世界がみえてくるようなんだといっていた。しかも恐ろしい現実世界にひとりぼっちでいる勇気もあたえられるみたいだといっていたよ。おれたちが安穏と生きていられるのは、かわりのあんな男がこの世界の地獄について考えているからじゃないかとおかまはいうんだね。そしてあの男のことを、自分が今までと未来に会ういちばん優しい人間だと感じたといってたよ。あの男が港へ行きたがっていたから港までの電車賃をやろうとしたけど、あの男はおかまの気持を傷つけないように上手にことわったんだよ。なあ、足をひどく痛がってたけど歩いていってしまったそうだ、港には明日になって行くらしいよ。

そしていんばいはこういうふうにいったんだ、と鳥《バード》は熱中して眼をますます光り輝かせながら話すのだ。いんばいはプリントの花模様の夏のワンピースをきてサンダルをはいて店の前に立っていたんだ、そこへあいつがきてじっとたちどまって黙って見ているんだね。すぐ病人だとわかったけど、なにかもひとつ別の病人なんだというんだよ。子供みたいに透明にあの男はいんばいのまえにたってじっと見つめていた、《ズボンの前をみるとね、ぐっと立っちゃってるのよ、だけど静かに、泣きつかれた赤ンボみたいに、あの人はじっとわたしを見てるのね。それはとても恐いことがあってわたしと寝たら一分間だけ恐くないんだけどお金もないしなあ、と反省してるみたいなのねえ。そいで、わたしはぜったいの貧乏で独りで立てちゃってわたしに責任とらせるの、ばかみたい！　とからんじゃったのよ。それから急にわたし、これから一生いんばいしていくけど、穴でやってるのか皺《しわ》でやってるのか定かならず、の年齢になるまでこの商売つづけていくけど、いま、この人とやるとやらないとでは、ずいぶん生きてるということが変ると感じたのね。エロの意味じゃないよ、わたしは性感なしなんだから、わかるでしょ、反・エロの意味なのよ、だけどつい、無料で提供するといいだしそびれたのよ、お粗末なものですけどと遠慮してもってくことあるでしょう、あの過度のやつにかかったのね、それで自分に反抗おこして他のお客をツイバンだのよ、ヒステリーみたいに後から泣いていたんだわ、わたしのいんばい生涯はもうずっとこのままなのよ》

——おかまはあの男をいわばキリストみたいだなどと誇張していうほどで、と鳥《バード》がいって、微笑しながらつづけようとした、それを突然はげしい声で菊比古がさえぎったのである。

——もういいよ、おかまもキリストも関係ない、汚ない連中のことはもういいじゃないか、ほっといて帰ろうよ。

——なぜ汚ない連中なんだ、と鳥《バード》が凄《すご》いほど冷酷に決定的な調子でいった。菊比古、おまえこそおかまじゃないか、文化センターのアメリカ人と寝てるじゃないか？ 僕が生れてはじめて味わうほどの濃く深い気まずさの沈黙が鉛の蓋《ふた》を僕らの頭のうえにどすんとおとした、時間がとまり鳥《バード》の呪文《じゅもん》で世界は眠り姫の城になった、僕は鳥《バード》の顔も菊比古の顔もみることができず紅潮した自分の顔を身震いがおこるほどじっと硬くうつむけているだけだった。傷ついた感情、憤激、奇妙にさむざむした不幸の感覚、それに場ちがいの欲望まで僕の凍りついた体の内部で渦《うず》状星雲のように深い無限の暗黒の淵《ふち》のうえでくるくる光ってまわった。ソバ屋のずっと高みで深夜の秋の風が吹きすさびはじめる気配があった。それから不意に小さな野蛮な獣のような呻《うめ》き声をほんの一瞬だけもらして菊比古が立ちあがり外へ出て行った、かれのなげだした四枚の十円硬貨のひとつがテーブルの溝《みぞ》にはまりこむのを僕はうなだれたまま見つめていた。

——鳥《バード》、あんなことをいってはいけなかったんだ、取りかえしがつかないよ、と僕は急に苛だたしい悲しみに揺りうごかされてうつむいたままいった。ああ、と鳥《バード》もぐったり虚脱していっていた。

僕らのあいだに刺《とげ》のいっぱいはえたいら草の茎のような沈黙があった。僕は明日にも新しい法律がつくられ、退学になって仕事もない僕と菊比古が戦場へおくられるかもしれないのだ、と絶望して考えた、僕も菊比古も戦場ではおそらくハウス・ボーイにされるだろう……

——朝の三時まで酒場や深夜喫茶がひらいてるんだ、そのあと町がすっかり暗くなったら、城山の遊園地の木馬の所へ行ったらいいとおかまがあの男におしえたというんだよ、おれはそこへ探しに行くよ。

——菊比古にあんなむごいことをいって傷つけておいて、そして、まだ、あの男のことしか考えてないんだ、と僕は激昂して叫んでいた。おれはもう、菊比古とおなじだ、鳥《バード》、おまえの友達じゃない。

——十一時の終発の私鉄で、菊比古はかえるんだよ、一緒に帰ってやってくれよ、と僕がたちまち後悔するほど悲しみと疲労にみちた声で鳥《バード》がいった。おれはこの仕事をほうりだせなくなったんだよ、いままでおれが自分を勇敢だと思ってやってきたいろんなことが、本当は卑怯《ひきよう》な無責任なことだったという気がしてきたんだよ。運転手を殴ったりしたこともなあ。おれは無責任は厭《いや》になったんだよ、唯《ただ》、自分のまわりに不満足で暴れている無責任がな。おまえたち、自転車さえどこかへ棄《す》ててきたんだろう?

僕は答えないで鳥《バード》をあとにのこしたまま店を駈け出た。菊比古は発車まぎわの終電のうしろの箱にひとりぼっちでうなだれて坐《すわ》っていた。黙ったまま僕は菊比古のそばに坐った。菊比古は僕にまったく無関心だった、ひどく青ざめて眼をつむって脣《くちびる》に淡い血をにじませていた、自分で嚙《か》んだのだ。僕は疲れきり空腹で眠かった。徒労におわった今日、おりのように恐怖の沈澱《ちんでん》する明日、ひとつの奇妙な情熱を追いかけて僕らを去った友人、傷ついた年少の友人、悲しみと憤懣のあいだを不安定に揺れて、僕は判断放棄しそうになった、放棄して眠るのだ。

終発の赤ランプをつけて僕らの電車が鐘をうちならしながら震えにふるえて駅を出た。踏切で徐行する、限りなく永い時間もぞもぞしている。そして菊比古が発作をおこすようにびくっと頭をあげ、立ちあがって暗い深夜の窓にのりだして叫んだ。

——鳥《バード》、おれは恐かったんだよ！

自転車を走らせて大急ぎで、鳥《バード》がこちらに向ってこようとしていた。僕も胸をあつくして立ちあがった。しかし電車がスピードを回復するまえに、鳥《バード》は不意に方向転換すると、闇《やみ》のより濃い方へ消えてしまった。菊比古は静かに泣きはじめた。

2

鳥《バード》は他人の市の孤独な夜の道を恐いとは思わなかった。唯、街燈《がいとう》を背にうけて鋪装された道を走っているときには、自転車と自分の影が眼にとびこんでくるので、それだけ嫌《いや》だった。むしろ真暗闇のなかを宇宙にうかんでいるように方向と上下の感覚のあいまいな状態でぐらぐらしながら前へむかっている方がすきだった。

自転車に乗って走っている自分の影は、鳥《バード》が自分自身についてもっているイメージよりずっと幼く見えて不気味だし、自転車の速度がかれ自身の髪をさかだて、うしろになびかせ、燃えたっているような、風のなかの草のような感じに見えるのも、鳥《バード》には、じつに厭だ。それはイタリアの一枚の絵を鳥《バード》に思いださせ、それが厭な気持につながっているのである。静かな街角をじつに静かな建物、つんぼのような建物の静かな濃い影のひく街角を、女の子が輪まわしをしながら駈けてゆく絵だ。その女の子の髪が、いま自転車で走っている鳥《バード》の髪のように、風になびいて流れているようだったのだ。あの絵は厭だ、街と建物とをひどく恐ろしくみせる、そしていまのおれの影も厭だ、この地方都市のすべてを凄《すさま》じく恐ろしく感じさせる、と鳥《バード》は考えた。

そして鳥《バード》は自転車を走らせながらあおむいて、暗い空の片隅《かたすみ》が割れ、わずかな星のきらめきがあらわれる瞬間を見た、思いだしてみると鳥《バード》のそれまでの生涯で、夜の空は暗く曇っているか、または星にみちあふれているかのどちらかにきまっていたようだった。そこで暗い空の一角が古い建物の壁のように崩れ、その穴ぼこに星が輝くという瞬間をはじめてみたということが、いまはひとつの信号のように思われた。おれはきっと、あの男にめぐりあえるにちがいない、と鳥《バード》は考えた、《おれはあの男を、逃亡した入院患者をつかまえるというふうにではなく、遠方からの客のようにむかえよう。おれはこういうんだ、さあ、寒かったでしょう、傷が痛むでしょう、僕のそばで地獄のことを忘れてくつろいでください、そして僕にあなたの頭のなかのこと、あなたの見たこと、聞いたことを話してください。もし、あなたが港へゆきたいのなら、僕が港まであなたをまもって行ってあげます、海の向うへ逃げたいのなら、できるだけの援助はしますよ》鳥《バード》はもう、あの男を病院につれ戻そうと思ってはいないのだった。菊比古たちは二台の自転車をなくし、鳥《バード》がかれを逃がしたとわかったら、かれと病院とのあいだには面倒なことがおこるだろう。しかし鳥《バード》はあの男をセパード群から救って逃亡させるつもりになっていた。

鳥《バード》は様ざまな人間がかたったことからあの男についてひとつの信ずべきイメージをつくりあげそれを信じていた。かれは眼をつむって行動する不満な若者として昨日までをすごしてきたのだったが、そのあいだも、かれは、いったん開いた眼でみたことは信じる勇気をもっている人間だった。いま、鳥《バード》にはその男が暗い夜の道を自分だけにしか存在しない地獄におびえて駈《か》けているのが見えた。鳥《バード》はなにものかを信じたのだ。鳥《バード》は自転車をとめて腕時計を暗い空気の粉をはらいのけるようにして眺《なが》めた、深夜の二時だ、かれは城山の裾《すそ》をひとめぐりしてみたところなのだ、一周に五十分かかった。鳥《バード》はあの男が、どのような怪物、怪獣におびやかされてこの急峻《きゅうしゅん》な坂道をあえぎながらのぼるのかと考え、そのまえにあの男を見つけだして港へ案内する話をしてやりたかった、それに彼はあの男から、この世界の地獄についての話をききたかった。セパード群がどんな火炎を背におった地獄の犬に見えるのか聞きたいと思うのだった……

三時までにもう一周することができる、と鳥《バード》は黒ぐろとそびえたつ城山の深い樹立《こだち》をみあげて考えた。不意に疲労と眠気とがおそってかれを自転車の上でよろよろさせた。鳥《バード》は姿勢をたてなおし、あのいんばいのいた洋館風の門がまえにしもたやの附属した家にむかって自転車を走らせた。すでにその路地のすべての窓が灯《ひ》をけして黒ぐろとし、暗い空がむしろ明るくひろがって市街をおおっている印象だ。かれは路地にブレーキの音をきしませ、鳴りひびかせてはいりこんでいったが、あのいんばいはもうそこに佇《たたず》んでいなかった。思いがけなく暗く深い失望に体をひたされて鳥《バード》はびっくりした。狭い路地で、小さな穴にもぐりこもうとしているように窮屈にぎくしゃくと自転車を方向転換する。網にとらえられたエビにかわったような気がする。遠い所で急ぎ足に小さな弱い子供が階段をかけおりてくるような音がしていた。

——見つからない？　と意外に近い窓がひらいてそこから頭だけのぞかせたいんばいが鳥《バード》にささやきかけるようにいった。

——ああ、と鳥《バード》はこの夜全体とまったく無関係な一瞬の幸福感に酔ってこたえた。自転車にのったままの鳥《バード》の頭といんばいの覗《のぞ》いている窓とがおなじ高さだ。鳥《バード》は女の子が髪をおさげにし化粧をおとし睡《ねむ》たさから涙っぽい眼をして、かれを黙ってしげしげと見まもるのを見ると、それがいんばいというよりまったく小さなばかの女の子供にすぎない、なんだか稀薄《きはく》な人間の印象しかあたえないのを発見する。それは心臓が頭ほどの大きさになって死んだ鳥《バード》の従妹《いとこ》に似ているような気がする女の子だった、もっとも暗くて顔は、はっきりしない。鳥《バード》はてれくさがって自転車をいつまでもエビのようにぐるぐる、ぎごちなく回転させ、腰で重心をとっていた。

——可哀《かわい》そうに、といいんばいの声にもどってざらざらと鈍感な感じで女の子がいった。

——ああ。そうだよ、可哀そうだよ。

——あんたのことといってるのよ。

鳥《バード》はちょっと狼狽《ろうばい》して自転車をとめ片足をのばして地面に体をささえた。

——あの人は、結局、普通じゃないのよ、と考えぶかげに女の子は結論をくだした。

——ふん、と狼狽から回復して鳥《バード》はいった。

——だから結局、ほっておくことなのよ、眠ってしまうことなのよ、疲れた顔してるのよ、と女の子はいった。結局、無関係なのよ。

——ふん、ふん。

——ネエ、オアガリニナッテ!

鳥《バード》はそれこそ無関係に女の子が睡たさからでない涙をいっぱい小さな眼《め》にためていて、それが夜の光にきらめくのを見た。鳥《バード》は黙ったまま自転車を走らせて女の子の暗い窓から遠ざかっていった。鳥《バード》は疲れていた。睡い、そして好奇心も心の昂揚《こうよう》もいまは色あせてしまっていた、じつに体の奥底まで根本的に睡い。たしかにおれは無関係だ、と鳥《バード》はやみくもに自転車をひとりぼっちの鋪道《ほどう》に走らせながら考えた、《おれはあのエロティクで親切でばかでちっぽけな女の子のところにひきかえして、あの一滴の涙のそばにぬくぬくと寝てしまうこともできるんだ。そしておれが気持よく睡っていると、このつまらない地方都市にひとつの朝がおとずれ、解きはなたれたセパード群があの男を追いつめて喰《く》ってしまう、そしてそれはおれに、どんな関係もないのだ。それもセパードは訓練されているし、地獄の犬でもないし、あの男をほんのすこし咬《か》むことさえないだろう。ただ、あの男が、地獄の犬に喰われるというもの凄い恐怖におそわれて、いちばん酷《むご》いショック死をするだけだろう。それはあの男の頭のなかの狂った世界にだけ関係があることで、おれとは無関係だ、しかしあいつは》

——ああ、だから、だからおれは困るんだよ、嫌になるんだなあ、これが！　と鳥《バード》は辛《つら》い憤懣《ふんまん》の思いで叫んだ、嫌悪《けんお》の泥《どろ》にまみれた熱い声が自分の耳に戻ってきた。

鳥《バード》はその嫌悪の声から逆にもうひとつの不安な暗い思い出にゆきあたった。かれは呻き声をあげた。小学生の鳥《バード》がごく無関心な遊びの気分で、友達の坐ろうとする木椅子《いす》をうしろにひく。友達は倒れ、鳥《バード》はちょっぴり楽しい。その友達はそれが原因で脊椎《せきつい》カリエスになり、いまもなおベッドに寝たままだった、青年の胴体に小学生の足がしなびてぐんにゃりとくっついてぴくぴくしている。

——ああ！　おれが悪いんじゃないのに、と鳥《バード》は悲鳴をあげた。

疲れきって痛む足で、すでにのろのろとしかペダルを踏むことのできない鳥《バード》の耳に、あの無益に敷石をひっかいて走っていたセパード群の爪《つめ》の音の驟雨《しゅうう》がよみがえった。シュッ、シユッ、とそれは暗闇のなかでなる、シュッ、シュッ、シュッ！　カサッ、カサッ、カサッ、シュッ、シュッ、シュッ！　あのグロテスクで奇怪な犬どもめ、と鳥《バード》は憎悪にたけって考えた。犬はグロテスクで奇怪だ、猫《ねこ》もグロテスクで奇怪だ、鶏もグロテスクで奇怪だ、人間も……

鳥《バード》は暗い鋪道の向うの、城山の登り口の街燈のしたを白っぽい光をおびた縞《しま》の背広の小男が急いで通りすぎようとするのを見た。鳥《バード》は声をあげようとし、一瞬ふりかえったその男が、恐慌《きようこう》におそわれたように、あたふたと暗い坂道をかけあがってゆくのを見た。そして鳥《バード》の眼には白っぽく光った縞の上衣《うわぎ》のひらめきだけしかのこらなかった。

鳥《バード》は深夜の巨大なトラックを一台やりすごし、鋪道をわたり、自転車を投げだして城山への坂道を追いかけようとした。ひどく昂奮して足がもつれるほどだ。突然、街燈の光の輪に四人の青年がぬっとあらわれて鳥《バード》をさえぎった。かれらの背後に、夕暮の市電の運転手が怨《うら》みにもえて鳥《バード》をみつめていた。青年たちは首に蝮《まむし》のかざりをぶらさげてじっと無表情に鳥《バード》を眺めていた。鳥《バード》は泣きわめきたいような切実な焦燥感にかられた。《おれはいま、やっとあの男の後姿をみかけたところなのに、あの男はおれに追われていると考えて、おれを地獄の鬼だと考えて、城山からまたどこか他の場所へ逃げてしまうかもしれない》怒りが鳥《バード》をとらえた。かれは嘔気《はきけ》を感じた。鳥《バード》はすばやくかがみこみ、ズボンの折りかえしの裏に錐《きり》のようにぬいこんであるナイフをとりだし安全ボタンを親指の爪でおしさげながら、四人の不良青年どもを観察した。三時だった、街はすっかり寝しずまって暗く、いまや夜の空は夜自身の光で淡くあかるんでいた。そこへ背の高い四人の黙りこんだ青年たちが立ちはだかって頭から靴先《くつさき》まで、まっ黒に見えた。黒い苛酷《かこく》な醜い四つの頭が、緊張し注意深く、流れるように静かに鳥《バード》にむかって動いた。鳥《バード》は自分のナイフの刃がとびでるシュッという音を懐《なつか》しい呼び声のように聴く、鳥《バード》は体をおこしざま、すばやく右後方に駈けた。敵がナイフを見てあきらめればいいとかれは思う。

――逃がすな！

四人の攻撃者に混乱がおこる、一人だけとびだしてきた青年に、鳥《バード》は短く迂回《うかい》しておそいかかる。青年は悲鳴をあげ肩をおさえて尻《しり》もちをつく。鳥《バード》の敵は三人になる。痛いよう、痛いよう、と坐りこんだ青年は、すすり泣いていた。鳥《バード》は街燈の光にナイフをきらめかせて威《い》嚇《かく》する。唇からしゅうしゅう音をたてて荒い湿った息がもれ、自分がコブラにかわったような気分だ、勇気が水のようにさいげんなく湧《わ》いてきた、鳥《バード》はナイフで戦うことが好きなのを思いだす。三人の蝮団員はあきらかにためらっていた。鳥《バード》の方から攻撃に移ろうとする。

背後から拳《こぶし》ほどの石のかたまりがとんできて鳥《バード》の首のうしろにあたった。鳥《バード》は暗闇にひそんでいる運転手を忘れていたのだ。鳥《バード》は自分がひどく緩慢にがっくり膝《ひざ》をつき前屈《まえかが》みに倒れて行くのを感じた。自分が刺した男のすすり泣きがきこえ、地面に激突した自分の頭のすぐわきに、血のしずくと蝮のかざりと切れたコモ糸とが転がっているのが見えた。次の瞬間、もの凄い攻撃がかれの体にくわえられはじめ、鳥《バード》はもう何も聞かず何も見なかった。あの男をやっと見かけたのに、やっと追いつけたのに、と残念に感じ、そしてひどく睡かった。死んでしまうのかもしれないと思う。はじめて鳥《バード》は深夜のがらんとした空虚な電車に二人だけ乗っていた、棄てられたばかりの少年たちのことを思いだし懐しむ。しかしすぐに鳥《バード》はギャッと叫んで気をうしなってしまった。幸福な北京《ペキン》原人の顔をして市電の運転手がいつまでも鳥《バード》の体の柔らかい部分の上での深夜の跳躍をつづけていた、午前三時半……

セパード群が爪音《つめおと》を激しく気ぜわしくたてて鳥《バード》の頭のすぐ脇《わき》を駈けぬけていった。鳥《バード》は冷たい地面に露に濡《ぬ》れて草のように冷えきってうつぶせに横たわっていた。眼をひらく、苦痛と夜明けの光がかれをはっきりめざめさせる。セパード群の最後の一頭が明るい坂道をいっさんに駈けあがってゆくのが見えた。鳥《バード》は唸《うな》りながら努力しておきあがり、よろめきながらセパード群を追いかけて坂道をのぼっていった。急に鳥《バード》の周囲は犬の吠《ほ》え声でいっぱいになる。鳥《バード》は呻《うめ》いたり唸ったりしながらのろのろ登っていく。そしてかれは坂道を二米《メートル》ほど灌《かん》木《ぼく》の茂みに踏みこんだ所で、小柄《こがら》な男が向うむきに首をつってぶらさがっているのを見つけた、かえでの樹《き》に。セパードの群は悲しげに不機嫌《ふきげん》に吠えたてながら首つりの男のまわりを駈けまわっていた。鳥《バード》は無感動に無感覚に濡れた灌木の茂みに立って、わずかに震えてじっと見つめているだけだった。それから鳥《バード》はしばらくすすり泣いて頭をたれ拳をにぎりしめて黙禱《もくとう》しているように敬虔《けいけん》にみえた。濡れた草、湿った葉、樹幹、土、そして犬の群の匂《にお》いで鳥《バード》のまわりはむんむんしていた。

鳥《バード》の肩に背後からおだやかにひとつのあたたかく柔らかい掌《てのひら》がおかれた。庶務課の友人がセパードの群を追ってやってきたのだ。

——これを病院にもってかえりたいんだよ、病院のなかで死んだのでなければ困るんだ、いろんな人間が困るんだよ、と庶務課の友人がおだやかな医者のような声でいった。

鳥《バード》はまえをむいたまま無抵抗にうなずいた。

——オート三輪に車覆《くるまおお》いがつっこんであるから、あれでこれをつつんで持ってかえろうよ、なあ、おれはオート三輪できてるんだよ、運転してきたんだよ。

鳥《バード》と庶務課の苦労人の友人とは、浅葱色《あさぎいろ》のごわごわした防水布に男の小さな死体をつつみこみ、ふたりで坂道を運びおろした。結局、鳥《バード》は男の顔をいちども明瞭《めいりよう》には見ることがなかった。上衣の背が深夜の街燈の光の輪のなかを白っぽく光りながらひるがえって過ぎたこと、それが平静な朝の光のなかでじっとり霧に湿ってつめたく厚ぼったかった感触。セパード群はもう吠えもさわぎたてもしない、白い息をはきながら尾をたれて体をよせあい、防水布のかたまりをオート三輪につみこむ鳥《バード》たちをじっと見あげているだけだった、それらは昨夜のグロテスクで奇怪な犬ではなく、草や陽《ひ》の光のように単純でありふれた犬の群だ。

庶務課の友人がハンドルを握ってオート三輪は発車した。鳥《バード》は補助席をおろして、友人のハンドルを握るためにひろげた腕に窮屈におしつけられ、痛む体をちぢめて腰をかけていた。こぶになった後頭部がうしろの荷台の枠《わく》にぶつからないように少し前屈みになって黙っていた。セパード群は爪音をたてながら駈けてオート三輪から遅れまいとしていた。カサッ、カサッ、シュッ、シュッ！　と爪音はきこえてきたが、それも昨夜の空想のなかでのように、暗闇と孤独のなかでのように、鳥《バード》を悪夢の淵《ふち》へさそうことはなかった、朝だ、悪夢は近づいてこない……港の工場へ出勤する工員たちの自転車を鳥《バード》と友人のオート三輪が次つぎに追いこしてゆく。朝の光に、睡りたりなくて不機嫌で、洗いたての頬《ほお》を冷たい朝の空気に赤くした工員たちが、キラキラ光りながら自転車で走っていった。かれらは一日の労働をまえにして健康で生きいきとし、そしてどっしりと重い屈託と生命感とをうちにひめていて、そして鳥《バード》たちに無責任な好奇心をしめすことはなく、無関心に自分に閉じこもり、自転車で工場へ走ってゆく。鳥《バード》は自分がもう昨日までの苛《いら》だたしい不満足から解放されていることで、その工員たちとおなじ静かな大人のひとりであることを感じた。鳥《バード》はもう、菊比古たちの不満と恐怖の世界に戻ってゆくことはないだろう、かれはいま、工員たちとともにキラキラ光りながらオート三輪の補助席に前屈みにかけて、むっと黙りこんで走っていた。大人たちの朝だ。

スパルタ教育

冬の夜明けだった、わずかな雪がふってすぐに乾き、眠っている人間たちは、白みかかった暗闇《くらやみ》のなかを凍《い》てつく毛皮の獣がさっと駈《か》けぬけていったような戸外の雪の気配だけを感じて、眠りながら身震いする、そのような夜明けだった。若いカメラマンが、夢のなかで啜《すす》り泣いていた。そして眼《め》をさましてみると、かれの耳にきこえていたのは、隣のベッドの妊娠している妻の啜り泣く声なのだった。

「吐き気がするのかい？」とかれは、妻に怯《お》ずおずした小さな声でささやきかけながら、妻が夢のなかで泣いていることを、そして朝になればそれを忘れてしまうことをねがった。

「しない」と、はっきり眼ざめている声でいって妻は再び激しく啜り泣いた。

「どうしたんだ？」

「この世界で新興宗教を信じている人間と信じていない人間とどちらが多いかしら、アフリカ人もいれるんだけど、ねえ？」

かれら夫婦のベッドのあいだの小さな船の形の竹籠《たけかご》のなかで、虎斑《とらふ》もどきのつまらない牡《おす》猫《ねこ》がしわぶき始めた。猫は秋の終りに風邪をひいてそのままだった。カメラマンは苛《いら》だって猫の寝籠を蹴《け》とばした。猫は、あいかわらずしわぶきたてながら、どこかの隅《すみ》へツムジ風のようにくるくるまわって消えていった。カメラマンは身震いしながらベッドからおりて隣のリヴィング・キッチンへ跣《はだし》で出ていった。そして二つのグラスにたっぷりウイスキーをついで寝室に戻った。

「アフリカ人のことは忘れて眠れよ」とカメラマンはウイスキーのグラスの片方を妻にわたしながらいった、そして二人は、おたがいが吐き気をこらえているのを感じながら、その安ウイスキーを飲みほした。

どこかで深い穴ぼこからのように牡猫の咳《せき》がきこえた。若い夫婦も、ウイスキーで喉《のど》を灼《や》いて荒あらしく咳《せ》きこんだ。それでは、もうすこし眠ろう！ 陽《ひ》がのぼり、生きているすべての人間の体温があがり、直接の脅迫者、また潜在している脅迫者どもをふくめた誰もかれもが活動をはじめるまでは、妻もおれも恐怖におののくことはない、とカメラマンは考えた。そして妻が再び浅い眠りにはいるまで息をひそめてじっとしていた。すくなくとも陽がのぼるまでは、じっと孤独に眠ることができると思ってみると昏《くら》い夜明けの気配が花の蜜《みつ》のように匂《にお》いやかに甘く感じられるのだった、それがただちに苛《か》酷《こく》な朝につらなるにしても。

しかし、もういちど眠りにおちると、脅迫されている若いカメラマンは、再び啜り泣いている自分を夢に見た。夢のなかでかれは、女のように組みふせられて、新興宗教の制服に身をかためた若い男に強姦《ごうかん》され、啜り泣きながらいやらしい回心をちかっているのだった。

その年の秋のおわりに、それはきわめて爽快《そうかい》な朝だったが、東京周辺の数しれない団地の数しれないコムパートメントのひとつに他の数しれない夫婦同様巣ごもりする鳥のようにおとなしく住んでいる若いカメラマンとその妻のもとへ、脅迫状がとどいた。それはカメラマンが週刊誌に発表した《狂信家たち》という組写真についての脅迫だった。かれは、様ざまの新興宗教の団体をまわりあるいて、もっと様ざまの信者たちの日常生活、あるいは信仰生活をカメラにおさめた。それを《狂信家たち》となづけたのは、いわばおかしな功名心とでもいうもので特別な主張があったわけではなかった。

週刊誌が発売されていた期間、すでに直接および間接の抗議は、その写真にたいして加えられていた。週刊誌の編集部へ圧力がかかり、交渉がおこなわれるということがあったようだった。はじめ若いカメラマンはそれを知らなかった。編集者たちが周到な配慮をおこなって、抗議者とのあいだに穏便な和解を成立させた、そしてそれは、いわば、世間知らずの若いカメラマンを保護するための最上の処置だった。しかし、翌週号の謝罪広告でそのいきさつを推測したカメラマンの内部には地虫の巣くうような空虚の穴ぼこがひらき、地虫のかわりにふだんにチクチクする恥ずかしさの虫が巣をつくった。それからかれはカメラをもつたびに自分のなかのその虫の存在に気がつき力をうしなった。もともとフリーのカメラマンであるかれは雑誌の編集部に顔を出さなくなり、公的な集会には欠席し、不眠症にかかり、毎夜、すっかり酔いつぶれて眠るまで、安ウイスキーを飲むようになった。そしてかれは写真をとるかわりに、書物の装釘《そうてい》や広告のデザインという、結局は自分の内部に深くかかわることのない仕事をして、その恥ずかしさの虫を巣くわせた穴ぼこが癒合《ゆごう》するのを待っていたわけだった。ところが、そういうときに、それまでの抗議がすべて編集部あてだったのとかわって、かれ自身のところへ脅迫状がとどき、《狂信家たち》の問題をあらためてかれの生活の中心にすえなおしたのである、秋のおわりの、ある爽快な朝に……

《オマエノ写真ハ、ワレラノ信者タチヲ猥褻《わいせつ》ニ滑稽《こっけい》ニ冒瀆《ぼうとく》シタ。狂信家タチトハナンダ。オマエトオマエノ家族ハ、ワレラ信者タチノ名誉ヲマモルモノタチノ手デ処罰サレルダロウ。レンズノ暴力ニカワル、ナイフノ暴力デ。オマエノ妻ハ毎水曜日、大学病院ノ産科ニカヨッテイルナ。シカシ、ワレラノ信者タチヲ冒瀆シタモノノ子供ニ安全ニ生レテクル資格ノナイコトヲオシエテヤル！》

この最後の文句が、若いカメラマンの心を恐怖の酸でむしばんだ。かれは初め、脅迫状を妻の眼からかくして処理しようとした。そいつは屈伏するにしても、そいつと戦うにしても、かれは眼のまえの広大な暗闇に突如としてあらわれた無名の怪物に、ひとりで立ちむかおうと考えたのだった。

しかし第一の脅迫状がとどいて一時間もたたないうちに電話のベルが鳴りひびき、不用意に黙ったまま、妻の動作をみまもっていたカメラマンは、受話器をもっている妻の手の震えから、妻の耳に脅迫状とおなじ言葉がささやかれていることを、ただちに察した。そして受話器を妻の手からもぎとったが、それはすでに遅すぎた。

その日は朝の爽快さが、脅迫状と脅迫の電話の到来をさかいにしてたちまち失われ、夏のなごりが不意に回復したようだった。真昼の団地の小さなコムパートメントの乾いた空気のなかで、かれらは恐怖の汗に体じゅうまみれていた。虎斑の牡猫にも、飼主たちの皮膚をぬらしているものがつたわって毛皮いちめんに不安の電気をピリピリおこしているという感じがした。カメラマンにとって、恐怖は、肉が重くついた雉《きじ》のような鳥が、筋ばった足をしっかりと踏んまえて横隔膜の上にとまっている、という気分だった。カメラマンは広告デザイン用のケント紙にその様子を素描してみた。しかしそれが完成するまえに、かれは自分が自己嘲弄《ちょうろう》的な行為をしていることに気づいてケント紙を破きすてた。

そのあいだ、妻は黒ずんだアブラ汗を顔いちめんにこびりつかせ、男のように唇《くちびる》をかたくむすんで窓の外を見おろしていた。団地の子供たちの遊び場には、恐怖心から自由な子供たちが一個のラッパにその小さな肉体を変えたように、すっかり自己解放して、叫びたてながら駈けまわっていた。妻は、孤独で過度に稚《おさな》く頑強《がんきょう》に自分のなかに閉じこもろうとしながら、しかも閉じこもっての孤立を不安に感じている、見すてられた小娘のような印象で、若いカメラマンは、かれら夫婦が見合結婚した前後のことを思いだした。それは三年前のことだ。その三年前に棄《す》てさってしまっていたように思えたひとつの態度、いわば他人の態度を、いま妻がふたたび事故防止ヘルメットのように採用したのをカメラマンはさとった。恐怖という、この新しく生活の核となったもののレンズをとおして初めて、それまでの平穏無事な結婚生活のあいだに見おとしてきたものが意識の網膜にうつりはじめたのかもしれなかった。

　思ってみればおれたちは、他の幾千万の夫婦たちとおなじように、他人同士なんだ、それをいちおう頭の外にはじきだして、白蟻《しろあり》のように営々と他人でない他人の巣とでもいうものをつくろうとがんばってきたわけだ、そして子供まで生もうとしているわけだ、と若いカメラマンは悲しみのまじってくる、むなしい憤激にとらえられ、不平でいっぱいの反省をした。しかしそれも一瞬のことで、かれはすぐに、ひどく、自分本位な恐怖心の苦い蜜にねっとりとからみつかれて、身動きもおっくうに感じはじめたのである。

　陽が翳《かげ》ってから、飢えた猫の不満の声ではじめて自分たちの空腹にも気づいて、若いカメラマン夫婦は食事をとった。そういうとき、かれらは団地の前の中華料理店に出前をたのむのが習慣だったのに、その日は、ドアの外にかれらへの加害者たちがゴキブリ群のように密集してでもいるというような気分で、電話をつかってさえ、外部と連絡することがはばかられてくるのだ。そこで妻が冷蔵庫のなかのまずしい材料で食事を準備するほかなかった。

　咀嚼《そしやく》しながらカメラマンは、そのように圧倒的な恐怖心のなかで、自分の歯が確実に動き、自分の胃もまたもぐもぐ実直に消化運動をはじめることを、これもまた自己嘲弄的に感じ、こんどは独りで薄笑いした。

　妻はそれを見て、カメラマンが妻の顔にはじめてみるあきらかにヒステリー質のおさえようのない痙攣《けいれん》をざわざわとひろがらせ、欲望にとりつかれでもしたような重い嗄《しやが》れ声で、こう叫んだ。

「わたしは絶対に子供を安全に生むことができない、わたしの小ロビンソン・クルーソーを生きたまま生むことができない。あの電話の声の男が、通りすがりに、棍棒《こんぼう》で、わたしのお腹《なか》を殴るんだから、そう約束するといったんだから。自分たちの信仰だけがこの世界で唯一《ゆいいつ》の価値あるものだと思っている人たちが、異教徒の子供を見のがす筈《はず》はない！　ネロ皇帝の大虐殺《ぎゃくさつ》のことを思ってもみてよ！」

　こうして若いカメラマンとその妻に、恐怖の日常が始まった。翌日から、規則的な習慣のように毎日、一通の脅迫状と、三分間の電話による脅迫のスピーチが、かれらの狭いコムパートメントに届きつづけたのだった。

　脅迫状の文章は、最初のものにならって、ほぼ一定していた。脅迫の電話の言葉についてもそれはおなじだった。ただ、手紙の書体がたびたび変り、電話の声もひんぱんに別の声に交替したので、脅迫者は、多数のメムバーをふくむ一つの団体であるように感じられた。しかし脅迫者たちは、たれもその団体の名をあきらかにしなかった。そこで、若いカメラマンは、脅迫者たちがこの東京のあらゆるすみずみに、いわば鼠《ねずみ》のような具合に潜伏しているのだというふうな妄想《もうそう》にとらえられることになった。

　初め若いカメラマンは、かれがカメラにおさめてまわった数かずの新興宗教の団体の名を脅迫者にむかって電話口で読みあげては、反応をさぐろうとした。しかしそれはいかなることをもあきらかにしなかった。ただ、次のような新しい脅迫の言葉をひきだしただけなのだ。

「オレタチ信者ガ、単ニ、教会ニアラワレタリ、デモ行進シタリスル、イワバ顕在化シタ連中ダケダト考エルナヨ。昔ノ隠レキリシタンノヨウナ信者タチモ、ヒッソリ沈黙シテ憤《いきどお》リツヅケテイルンダ。日本人ミンナノ心ノ奥ニ本当ハ民族的ナ信仰心ガアルンダ。オマエハ、ソレヲ冒瀆シテ、日本人ミナヲ敵ニマワシタンダゾ！」

ある日、若いカメラマンが妻を勇気づけ、おどしたりすかしたりし、やっとのことで産科へ妻をつれだして、（それは脅迫者が、知っているとほのめかした、大学病院の産科とはちがう、新しく見つけた病院だ）自分も待合室の鬱屈《うっくつ》した妊婦たちのあいだで、妻の診察の終るのを待っていると、診察室の奥から、すさまじい恐怖の叫び声が高く鋭くひびいてきた。看護婦の制止もものかは、若いカメラマンが救助にとびこむと、妻は診察台の上で宇宙飛行士のような恰好《かっこう》のまま、裸の足をばたばたさせて叫びたてているのだった。優しげな髭《ひげ》をたてた医師がおさえがたい憤激に頰《ほお》をあからめ、腕をしっかりと胸にくんで、妻の膝《ひざ》のあいだに立ち、それを傍観していた。

「急にあの医者が、信者たちの味方で、あの脅迫者たちの命令どおりに、わたしの小ロビンソン・クルーソーを殺そうとしはじめるように思えたのよ。ああいう医者は、胎児を殺すことには慣れているんだから！」

いくらか平静に戻ったとき、妻はこう弁明した。そして彼女は完全に平静に戻ることはできなかった。昂奮《こうふん》のなごりが、いわば二日酔のように、いくらかの神経異常として残った。

若いカメラマンが妻に、警察官の保護をたのむことを話したときにも、もうひとつ別のタイプの神経異常が妻をみまった。妻は不意に石のように自分を閉じて頑固にそれを拒み、もし警察官に護衛されることにでもなれば、自分は発狂してしまうか、小ロビンソン・クルーソーと一緒に自殺するだろう、といった。そこでカメラマンには妻があらゆる他人たち同様、理解しがたい他者性をもって存在している、ということについての新しい発見ができたわけである。かれらの結婚のまえに、妻と警察官とのあいだになにか為体《えたい》のしれない事件があり、それが妻の内部にひとつの解消困難な固定観念をうみださせたのにちがいない。それをカメラマンは知りたいと思ったが、妻は一切説明しなかった。三年間の結婚生活のあいだ、かれは妻のその種のコムプレクスをまったく知らないですごしてきたわけで、それを思ってみると、若いカメラマンは、あらためて新しい鬱屈の種子をみつけたような気分になった。

かれはウイスキーを昼間から飲むようになり、飲酒の悪疾は、妊娠している妻にも感染した。いくらかの金をつくりだすために若いカメラマンがやむなく外出しなければならない日など、かれは妻が、ウイスキーでいくらか恐怖から解きはなたれて、寝室の中央の、したがってすべての窓から遠いところにおかれた寝椅子《ねいす》に横たわるのを見とどけてからでないと、不安でたまらないのだった。かれのコムパートメントの窓から、コンクリートの地面までの距離は十米《メートル》もあり、カメラマンも妻も、自分たちがその空間を魚のようにすいすい泳いで降下する、恐怖と快楽のいりまじった夢をたびたび見はじめていた。

「今日の夜明け方、なぜあんなに泣いたんだ？」とその昼すぎに、若いカメラマンがたずねた。

「はじめは、あなたの啜り泣く声で眼がさめたのよ」

カメラマンは妙にぐったりして口をつぐんだ。このごろでは妻が素直にかれの質問にこたえるというようなことはなくなっていた。

「脅迫の電話のことで気がついていることがあるんだけど」

「どんなことだ？」

「それはヒカリ館とわたしとが一緒に気がついたことなんだけど、電話は、この団地の中からかけられてくることがあるようなのよ。きっと子供たちの遊び場脇《わき》の公衆電話からだと思うわ。わたしの受話器にあてている耳と、もう片方の耳に、おなじ音楽や、おなじ子供の笑い声がきこえることがあるから。それも最近のことなんだけど」

「なら、つかまえられるじゃないか、なぜ今まで黙っていたんだ？」

「あなたが、恐《こわ》がるのじゃないかと思ったのよ、実際にあの連中と出会うのを。それにヒカリ館が黙っておくようにといったし」

若いカメラマンはショックをうけて、もういちど黙りこみ、妻をいぶかしいものを見るように見つめていた。

ヒカリ館というのは、かれが私立大学の写真科にいたときのクラスメートで、いま、そのような名の写真屋をひらいている男のことだ。ヒカリ館がもっとも常識的な学生だったとすると、その逆の最右翼がかれだったが、大学にいるあいだから、かれとヒカリ館とは親しかった。ヒカリ館が湘南《しょうなん》地方の実家へもどって写真館を後継しかれが新鋭カメラマンとしてジャーナリズムに登場してからも友情はつづいていた。ただ、カメラマンのほうに多くの芸術家タイプの友人たちが新しくできたということはあった。かれの個展のときなど、会場で、善良そうな小肥《こぶと》りのヒカリ館だけが雰囲気《ふんいき》にそぐわないというようなことがたびたびだった。ちなみにカメラマン自身は絵本のロビンソン・クルーソーのようにどこか不安定な大柄《おおがら》の男で、その妻は逆に病的な感じがするほど小柄な女だった。二人ともヒカリ館の、いかにも小市民的な堅固な様子から遠かった。

《狂信家たち》の事件以後、とくにそれがジャーナリズムの話題となったというのでもないのに、いつのまにか、若いカメラマンが脅迫されているというニュースはひろまっているように感じられた。そして若いカメラマンの新しい友人たちはしだいに遠ざかってゆくようで、いま、かれの所へ連絡してくる者たちは、ほとんどなかった。それで、大学のころから変らず月に数度ずつ会いにくるヒカリ館が、現在では唯一の訪問者だった。はじめ《狂信家たち》についてヒカリ館は、あれはエキセントリックすぎる、といって非難していた。しかし脅迫がはじまったことを知ると、自分たちの信仰のために、外部の人間を苦しめることこそエキセントリックだ、と憤慨しはじめた。かれは若いカメラマン夫妻の大切な相談相手だった。しかしカメラマンにしてみれば、ヒカリ館のような常識の権化《ごんげ》が、かれら夫婦の内部の異常な恐怖の厖大《ぼうだい》さについて本当に理解してくれているのかどうか、おぼつかなくなることもあったのだが……

それだけに、いま妻とヒカリ館とのあいだにそのような会話がかわされたということを知って若いカメラマンはショックをうけていたのである。もし、こんなことがなければ、おれは妻の眼《め》にヒカリ館よりもずっとたよりになる男としてうつりつづけただろうし、それにまた、戦争にゆくことのないおれは、一生のあいだ、自分を充分に勇敢な人間だと信じて生きることができたのに、もちろん妻の眼にもヒカリ館という友人の眼にも、いわば勇者として生きることさえできたろうに、とカメラマンは考えたのだった。そしてかれは、妻が妊娠しているその胎児を、小ロビンソン・クルーソーとよぶのも、初めはかれ自身が絵本のロビンソン・クルーソーに似ているということからだったにしても、今では、かれの臆病《おくびょう》さに失望したあげく、子供なりと勇敢な人間になると信じこみたいという理由からなのではないかと疑った。妻の妊娠は、すでに八箇月めだった。

「ヒカリ館はいつきたんだ？」

「あなたが装釘のうちあわせに行った日、恐いから電話をかけてきてもらったのよ。そのとき、ヒカリ館とわたしとで、偶然みたいに気がついたのよ」

ウイスキーに酔って薄暗い部屋の中央の寝椅子に横たわっている妊婦を恐怖から救助するために、あいつは海のそばの写真館をとじて電車に乗ってきてくれたんだ、善良な丸い顔におそらくは不平不満をひどくあきらかに示しながら、しかも、いくらかいそいそとしているような具合に、ああ、なんという善良な熊《くま》だろう！　と若いカメラマンは考えた。もともとヒカリ館が、その知り合いの女子学生との見合いをカメラマンにすすめたのだった。ヒカリ館という男は、そのように友人たちのために献身し、自分の日常生活には荒涼とした風を吹きぬけさせている、という《善良の怪物》だった。

「やはり、おれにもすぐ知らすべきだったんだよ」

「ヒカリ館が黙っているようにといったのよ、なんだか強硬に」

「おれはどこにいるともしれない暗闇《くらやみ》のなかの敵が恐いだけなんだよ。具体的に眼のまえにあらわれてくれれば、それほど恐くないと思うよ。それに、敵が、脅迫の代償になにを求めているのかを問いただすことができれば、犠牲をはらうにしても、一応おれたちは、この脅迫関係をおしまいにすることができたかもしれないんだ。そうだろう？」と若いカメラマンは妻の眼のなかの卑怯《ひきよう》な自分という羞《は》ずかしいイメージに苛《いら》だって、妻をときふせるようにいった、しかし顔はあからみ、声は嗄れた。

「ヒカリ館は、おちついて三人で作戦をねろうといったんだけど」

「ヒカリ館なしでも、おれひとりでも、やれることはあるんだ」とカメラマンはヒステリックにいった。「ヒカリ館のことを、守護天使のようにいうな」

「それじゃあ」と妻もヒステリックに赤い眼をキラキラさせて激しくこたえた。「今日、電話がきたら、すぐ、あなたは階段を駈《か》けおりて行ってよ、わたしは電話を永びかせるから。すくなくとも、コールが十回つづいてから受話器をとるから」

「おれたちがまったくの無抵抗でもないとさとらせてやることにはなるよ」

「今日、こちらへやってきて電話をかけるとすればね、あのどこかの宗教の信者が」

「本当におれはつかまえたいんだ」と若いカメラマンは断乎《だんこ》としていった。

　脅迫者の電話連絡にはひとつの様式があるのだった。まず一回コールして沈黙する。それが、こちらの心臓への最初の一撃というわけだ。そして再び始まったコールは、受話器がとりあげられるまで、決して鳴りやむことがない。若いカメラマンは、いくらかでも妻の神経の負担をかるくしようと、電話機の蓋《ふた》をあけて、ふたつならんだベルの椀《わん》のなかへスポンジ人形をつめこんでいた。それでいくらかベルの音はおだやかになったが、やはりあまりに永いあいだコールがつづくと両隣の居住者たちから不平がとどいた。若いカメラマンも妻も、自分たちが脅迫されていることを、かれらにうちあけてはいなかった。もし不用意にそのようなことを話したとしたら、平均的な市民の魂をもった隣人たちは、投げこまれるべき爆弾や放火についてすさまじい空想の翼をひろげ、早速、若いカメラマン夫婦をこの平和な団地、地上のパラダイスから追いたてる運動を開始するだろう……

その日も、日々の習慣の脅迫のベルが鳴りひびいた。電話のコールが第一と第二の脅迫のあいだの沈黙のみぞにおちこんだとき、若いカメラマンは立ちあがって、妻の青黒い鈍感な光をたたえた眼、怯《おび》えている小さい眼のなかの自分を見おろした。あんなことは単なる思いつきで、脅迫者がこの団地の中から電話をかけてくることなどない、ひとつの冗談だと妻がいうことを、かれは一瞬、期待したのかもしれなかった。それから、かれはサラリーマンの朝の挨拶《あいさつ》のような風に、

「じゃ、行ってくるよ」といった。

「今日は、外からかけてきているのかもしれないんだわ」と妻はそのことだけを心にかけているようにいって眉《まゆ》をひそめた。

「まあ、いいよ、行ってくるよ」

「ワザモノは持った？」と妻は、ぼんやりと感情のあらわれてくる声でいった、業物《わざもの》というのは容易にアメリカン・バッファローでもうち殺せそうな皮ケースいり登山斧《とざんおの》だ、若いカメラマンが登山用具の専門店で買ってきたのである。

「ああ、ズボンのベルトにつけてるよ」

そう答えてから、若いカメラマンは、おれは脅迫者を撃ちたおすためにこの武器をもっているのか、あるいは単に自分をまもるためにそれをもっているのか、と考えた。どちらにし

ても、おれがこの斧をひとふりすれば、敵は死ぬほど傷ついてしまうだろう。上衣《うわぎ》の上から武器の存在をたしかめると、勇気が湧《わ》くと同時に、かれは生れてから今まで殴りあいさえしたことのない自分を、屠殺者《とさつしゃ》のように逞《たくま》しく粗暴に感じた。

若いカメラマンが、しだいに傾斜の急になるかれ自身の内部の恐怖の坂道を駈ける思いで団地の階段をおり、子供たちの遊び場脇の公衆電話ボックスを見わたせる裏口から頭をだすと、そのボックスの乳色に汚れたガラス窓から、学生服を着た、鮭《さけ》のような頭の若い男が、こちらをうかがっているところだった。そいつは、かれを見ると、泥《どろ》のなかで太陽に行きあたったモグラほどにも大慌《おおあわ》てしてボックスをとびだし、子供たちの遊び場の砂地へはいりこんで、難渋しながら逃げのびようとした。若いカメラマンは遊び場をかこむコンクリートの道を駈けて、そいつの先まわりを狙《ねら》った。

かれらは砂場のとぎれる所で、冬枯れた厭《いや》らしいコスモスの丈の高い茎の群生にかこまれて向いあった。団地の数百の律儀《りちぎ》な隣人たちの日常の挨拶が、ひとつ、ここにこれから始まるのだ、とでもいうような具合に。

「なんだ、なんだというんだ？　追いかけて！」と憤慨にたえないように、しかし狼狽《ろうばい》はあらわにして学生服の男は嗄れ声でいった、頭の形のほか眼の色まで、赤く湿っぽく汚れてなんだか鮭に似ている若者だった。

「きみこそ、なぜ逃げたんだ、おれの顔を見てすぐに逃げだしたのはなぜだ？　きみの声は、おれのところへ脅迫の電話をかけてくる声だぞ」

若いカメラマンは相手の狼狽に力づけられてこういい、たちまち敵を屈伏させた。

「許してください、見逃してください。学生アルバイトなんです。電話をかけると、週に千円くれるんですよ、なにもなかったのだと思って、見逃してください！」

学生アルバイト、週に千円、若いカメラマンは、アンチ・クライマックスのギャグをきいたように感じ、硬い核をつくっていた怒りと敵意がたちまちふにゃふにゃと崩れてとけるのを感じた。それから空虚でやるかたない悲しみが、かわりの核をなすのをも。かれら夫婦は、その学生の週給千円のために発狂しかけていたわけだったろうか、流産しかけ、自殺しかけていたわけだったろうか、ひとりの学生アルバイトの男の小さな儲《もう》けのために、ほんの小さな儲けのために……

「誰に千円もらうんだ、誰に傭《やと》われているんだ、なあ？」

「原日本教からです、他にも千円もらって手紙を書くやつがいるんですが、そいつも学生です」と屈伏した脅迫者はいった。「もし、ぼくがつきだされても他の学生アルバイトがすぐに新しい仕事をもらうだけですよ。ぼくだって前の学生にかわったんです」

「原日本教？　そんな団体を、おれは撮りはしなかったし、そんな新興宗教はもともと知ってさえもいないぞ」

「ええ、それは新しくできた団体なんですよ、しかし新興宗教のひとつである以上は、自分の団体が、あなたの《狂信家たち》で冒瀆《ぼうとく》されたと考えるべきだといっているんですよ。あなたの写真は日本人の民族信仰すべてをばかにしているというんですよ」

「きみも信者なのか？」

「とんでもない、ぼくは実存主義者なんですよ」と学生は一瞬昂然《こうぜん》と頭をふりたてていった。「ぼくは傭われただけなんですよ。それというのも原日本教では不言実行ですからね、みんな電話をかけたり手紙を書いたりは、したがりませんからね。とくに原日本教の若い信者たちは、日本に真の民族宗教を回復させるために暴力で戦うという任務をおびているんですよ。かれらはそのために訓練にいそがしくて、そのおかげで、ぼくら学生が職をあたえられたというわけなんです」

「訓練？」

「ミソギみたいなものです、ほんとに狂信家たちですよ。数十人の若者が、カーキ色の制服を着て、短刀を両手にしっかり握り、脇にかまえ、藁人形《わらにんぎよう》にむかって、ナムアミダブツ、ナムアミダブツ、と叫びながら突撃するんですから」

学生の言葉は若いカメラマンの心臓に、露骨なほど具体的にドスンと衝撃をあたえた。それまでの恐怖は、いわば東京ぜんたいにミジンコのように浮游《ふゆう》している敵への恐怖だったが、いまは敵はクロ犀《さい》のようにがっしりとひとつの形をとって猛《たけ》だけしくかれら夫婦へ迫りはじめたようだった。そしていまになってみると、この恐怖のクロ犀にくらべれば、形をあきらかにしないであらゆる隅《すみ》ずみにかくれていた恐怖はむしろしのぎやすかったように思えた。かれの内部で敵および恐怖の感覚がたちまち逆転したわけである。かつては、姿のない、あいまいなものこそ、最大の敵だったのに。

「ぼくをどうするんです？ どうしようというんです？」と苛だっている声で若い男がいった。「ぼくを警察につきだしても、他のアルバイト学生が、ぼくのかわりに電話をかけはじめるだけですよ」

おれはこいつをどうしようというのだろう、と若いカメラマンのほうでも考えた。この斧でうち殺すことなどできはしない。部屋につれ戻って縛りつけておくこともできはしない。しかしあれだけの恐怖をもちこんできた直接の脅迫者を、このままなにもしないで解放してやっていいものだろうか？ それなら、おれが加速度的にたかまる恐怖心の抵抗にさからいながら団地の階段を駆けおりたということは、それ自体、無意味ということか？ そしてまた、もしおれがこのままこいつを解放したなら、こいつの報告をきいて原日本教の連中は、おれのまったくのワラジ虫みたいな無抵抗さに、ますます嵩《かさ》にかかってくるのではないか？ かれは眼のまえの、鮭の頭に似た小男をもてあまして途方にくれた。

「許してください、ぼく個人はもちろん、原日本教など、反動的だと思っているんですよ、邪教ですよ。どうかぼくを見逃してください、もう決していたしませんから！」

「もうするな、きみも学生なら、こういう羞ずかしいことはするな」と若いカメラマンは相手のだした妥協案にとびついてゆく自分をがっかりして認めながら不機嫌《ふきげん》にいった。

そして若いカメラマンが、ふっきれない気分のまま頬《ほお》を紅潮させてひきあげようとすると、学生はくるりとうしろをむき、やにわに、じつに豊富な湯気をたてながらそこに放尿した。子供たちの遊び場の砂はしきりに黄色のアブクを湧かせた。

「きみはなぜ、ここまで電話しにきた？」

「好奇心からです」と臆した声は答えた。

妻は玄関のドアのまえの狭い敷物にべったり尻《しり》をつけて坐《すわ》って待ちうけていた。かれが、捕虜をひきつれてかえらないことをあらかじめ知っていたとでもいうようだった。妊娠している妻がそのように坐ると、せむしの瘤《こぶ》を背のかわりに腹にかかえこんでいるみたいだ。妻は膝《ひざ》もとにウイスキーの瓶《びん》と歯ミガキ用のセルロイド・コップをおいて、すでに酔いに茫然《ぼうぜん》としていた。アルコール飲料は胎児にとって決して良くはないだろう。しかし、脅迫の潮のなかの夫婦はそのことをまじめに考えようとしなかった。それも恐怖が、かれらにもたらした数かずの荒廃のひとつなのだった。

若いカメラマンは黙ったまま妻のまえに坐りこむと歯ミガキ粉の匂《にお》いのするウイスキーを飲んだ。そして妻と自分のために、そのコップを再び安ウイスキーでみたした。かれらは、おたがいに眼をふせて黙っていた。牡猫《おすねこ》だけが、あいかわらず小さなアワのような咳《せき》をはきちらして、気ぜわしく、かれらのまわりを跳びまわり、かつ怯えていた。

「なんでもなかったよ」と若いカメラマンはいった、かれは原日本教という名とその性格について妻に話してあたえるショックを考えて嘘《うそ》をつくことにしたのだった。それはまた、自分の唇《くちびる》から発せられるそれらの言葉が自分の頰の肉をつたわって自分の耳にいたり、そこでもたらすショックを考えてのことでもあった。

「管理室に行って、窓から見おろしていたのよ」と妻は酔いの熱のこもった、うっとりしているような声でいった。

そして同時にのばされた二人の指が、歯ミガキ用のコップの上でごつごつと衝突した。それから不意に妻が、すっかり酔いにとらえられたように、ぐっと体をゆらめかせ、そして、すっくと上体をたてなおして、かれを睨《にら》みつけ、

「あなたとあの学生は馴《な》れあいなのじゃない？　これはみな、わたしを流産させるためにあなたがつくりあげた芝居じゃない？　あなたは、わたしと小ロビンソン・クルーソーを憎んでいるのよ」とまわらぬ舌でいった。

「なぜ、そんなことをいうんだ？」

「あなたは学生を、つかまえもしないし、殴りもしなかった」

「あいつは新興宗教にやとわれている、学生アルバイトにすぎないんだ」

「アルバイトでも、そうでなくても、結局あなたはなにひとつ、あいつに報復できなかったわ、それはヒカリ館もいうとおり、あなたの性格なんだから。あなたは臆病な、本当の負け

犬タイプなんだから！」

若いカメラマンは涙ぐみ、震えながら立ちあがり、そのままドアを出て階段をおり、その午後から夜のあいだ、ずっと団地のコムパートメントにかえらなかった。その夜のカメラマンの行動については弁護の仕様もない。かれは外套《がいとう》なしで冬の深夜の新宿をうろつき、そのあげくひどく酔っぱらい、それから駅前の公衆便所のそばに狼《おおかみ》のように群をなして待伏せしている男娼《だんしょう》たちのひとりと寝た。かれにはそれまでまったく同性愛指向はなかったのだが、その朝の夢に暗示されて、強姦《ごうかん》される女の姿勢をとって。オルガスムの一瞬、かれは啜《すす》り泣き、ああ、おれは鬼に喰《く》われているんだ、と嘆いた。しかし、自分が受身の肉体そのものになることで、あの岩のような恐怖心から一瞬だけにしても自由になることができるのを感じてもいたのである。やがて登山用斧を再び腰のまわりにまきつけるかれを見て男娼は、あんたはおかしな趣味だねえ、と感に耐えたようにいった。ともかく恐怖は若いカメラマンに実にさまざまのことを教育したものだ。

翌朝、当然のことながら、自己嫌悪《けんお》と二日酔、不安と恐怖感のトゲを黒く鋭く雲丹《うに》のように体じゅうからつきだした若いカメラマンが団地の自分のコムパートメントに戻ると、荒れはてた部屋に青ざめたヒカリ館が飢えた虎斑《とらふ》もどきの猫とともに待っていた。妻の気配はなかった。牡猫はしきりに小さくしわぶき、ヒカリ館は涙ぐんだような赤い穢《きたな》い眼《め》で恨めしげに若いカメラマンを見あげた。

「なにかあったのか?」

「きみの奥さんが、自殺しようとしたんだ、病院へ救急車が運んでいったところだよ。きっと、病院で赤ちゃんともども死んでるにちがいない。ああ、そうだというのに、きみは外泊してきたんだ」とヒカリ館は守護天使というより正義をおこなう苛酷《かこく》な大天使のように、かれの丸っこい善良で幸福そうな顔に不似合な悲痛な声で叫んだ。「もう、これ以上、あの人を苦しめられないように、きみには病院の名も場所もおしえてやらないぞ!」

そしてヒカリ館は涙でつるつるになった顔をふりたて嗚咽《おえつ》を嚙《か》みしめるようにしながら、かれの脇《わき》をすりぬけて表へとびだしてしまった。虎斑もどきの牡猫もあわてて後を追った。若いカメラマンはうちのめされたままそれを見おくり、やがてドアをとざすと床に坐りこんで妻がのこしておいた安ウイスキーを飲みはじめた。かれはその憂鬱《ゆううつ》な冬の朝から昼すぎまでずっと飲みつづけた。しかし夕暮になると若いカメラマンは登山用斧のベルトをはずし、かわりに外套を着こんで出発した。

かれは東京じゅうをもの凄《すご》い勢いで鼠《ねずみ》でも追っかけるようにドタバタ駈《か》けまわった。かれは原日本教の本部をさがしていたのだ、そしてかれはそれを見つけだした。本部は、下町の路地の奥のし、も、た、屋で、飾られた旗だけが仰々しかったけれども、そのほかにはなにひとつ、若いカメラマンの意識の敷地に構築された恐怖の大伽藍《だいがらん》と似かよっているところがなかった。

そこで、奇妙にしっくりしないたぶらかしの印象が、若いカメラマンを日常生活の世界へおし戻しそうになった。しかし、一瞬あと、若いカメラマンは追いつめられた幼い獣のように絶望的な憤激の叫び声をあげると、満水のプールへダイヴィングする勢いで、しもた屋の暗い土間に駈けこんでいったのである。まさに徒手空拳《くうけん》で、なにをしようという確たるプログラムもなく……

土間の薄暗いひろがりは曠野《こうや》のようで、かれは無人の曠野を駈ける孤独な馬だった。もし土間がすぐ向うに裏の出口をひらいていたなら、このウイスキーの酔いに猛だけしい孤独な馬は、もの凄いスピードで原日本教を駈けぬけるつむじ風と化しただろう。しかし土間の向うには道場の板の間があり、そこへ土足のまま音たかく駈けあがった若いカメラマンは、突然にカーキ色の葉をいっぱいつけた獣くさい樹立《こだち》にはいりこんだような具合に、イガ栗頭《ぐりあたま》の青年たちにとりかこまれた。かれは背後から、脇から、それにいうまでもなく正面からも、数しれない屈強な胸と腕によって遮《さえぎ》られ引きつけられ小突かれ揺さぶられた。なんだ、なんだ、こん畜生、なんだ？　この野郎、ああ、いったい、なんだ、どうしたんだ？　というような罵《ののし》る声の幾千の蜂《はち》が、若いカメラマンのまわりを、ぶんぶん飛びかった。どいつだ、だれだ、なんだい、なんだい？　いったい、どうしたんだ、ああ、ああ？

若いカメラマンは唸《うな》る蜂どもにこたえるどころか渾身《こんしん》の力をふりしぼって、しゃにむにつき進もうとしたが、その運動がかえってカーキ服の連中にヒントをあたえた。かれはダイヴィングの姿勢のまま、ずるずる押し戻され、ついで飛ぶ蝙蝠《こうもり》さながら、両手両足をいっぱいにひらいて、背後の鋪道《ほどう》へと頭から墜落させられてしまったのである。痛みに呻《うめ》き涙をこぼし、かれは土埃《つちぼこり》とコンクリートと少量の血のクッションに頰をおしつけたまま、カーキ色の壁を見あげた。それは土間の入口に立ちふさがり堅固にそこをかためていた。そしてなおも、ささやき声の幾千の蜂をとばしている。なんだ、なんだ、こん畜生、なんだ？　この野郎、ああ、いったい、なんだ、どうしたんだ？　カーキ色の揺れ動く樹々《きぎ》、しじゅうひらいている数かずの唇の奥の小さな赤っぽい暗がり、驚いて眠りからさめたばかりの鈍感と怯《おび》えのまじった眼の群、赤くほてっている、ニキビだらけの数しれない頰。

若いカメラマンは百人の老いぼれのリューマチをひとりで背おいこんだほどにも体じゅうに痛みをあじわい、やっとのことで膝をついて上体をおこし、再びダイヴィングをおこなおうと腰をあげかけたところで、両脇から腕をまわしてきた二人の警官の腕のなかへ倒れこんだ。そしてかれは自分が独力では立てないほど重く傷ついていることをさとり、無力感と警官の腕の圧迫から、小さい呻き声をたてて嘔《は》いた。警官たちは二人とも、女の子の縄《なわ》とびのように、ひょいと片足をあげて汚物をさけていた。

「あれは気が狂っているんだよ、原日本教にひとりで殴りこむなんて。それに確かに酔っぱらってるよ。気が狂っているんだ」

警官たちに、なかばひきずられてゆくかれの背後で、しだいに陽気になってきたカーキ色のびっくりした連中は、なおもぶんぶん上機嫌な蜂をとばしていた。若いカメラマンは、ずいぶん暫《しばら》くぶりの過激な肉体労働が、かれの血管のなかでふたたび湧《わ》きあがらせた酔いに意識を失おうとして、じつに深甚《しんじん》な嫌悪感、あらゆる外界と自分自身への嫌悪感から啜り泣いた、ああ、おれはここへ何をしにきたというのだろう……

若いカメラマンは留置場で、その苛酷な一夜をすごしたのだが、夢のなかで留置場はひとつの法廷にかわり、死んでしまったはずの妻と小ロビンソン・クルーソーが裁判官となってかれを裁いた。なぜ、被告は、原日本教へ出かけて行ったのか、そこで何をしようとしたのか、ということを裁判官たちもあきらかにしようとした。

——被告は子供のころ小さい柴《しば》犬を飼っていたね、と妻の裁判官がたずねた。

——ええ、そいつは学校友達の飼っているシェパードにいつも苛《いじ》められて小心翼々と生きていました、喧嘩《けんか》になると、そいつのすることときたら、泣きわめきながらひっくりかえり、わざわざ紫色の短いペニスをむきだしにして、それをもの凄いシェパードの牙《きば》にさしだすのです。完膚なきまでに痛めつけられ敗退の極北にいたり、それ以下はない最低の屈辱的な安心立命をかちえたいと急いでいるとでもいうように。結局、ぼくの柴犬は紫色のペニスを冗談半分に咬《か》みとられて死んでしまいました。子供のぼくは、悲しみからでなく憤激のみから涙を流したんですが、それは涙のように眼から流れはしたが、嫌悪の唾《つばき》だったんですよ。

——いま苦い唾のような嫌悪の涙をそそがれるべきなのは、被告自身だ、あなたが負け犬なんだから、と妻はいい、昨日とおなじことを叫んだ。あなたは本当の負け犬タイプなんだから！

ヒカリ館が証人席でしきりにうなずいているのが視野にはいってくる。小ロビンソン・クルーソーは眼からの苦い唾をうかべてかれを見つめている。

――被告は自分のいちばん柔らかいペニスをむきだして敵の牙にさしだし、みずから陋劣《ろうれつ》な敗北をもとめる柴犬だ、と妻はいった。わざわざ原日本教へやってきたのは戦って報復するためではなく、完全に負けてしまったことを敵の眼からも認めてもらうためだ、そして休戦を申し出るためだ、それが恐怖から逃れる唯一《ゆいいつ》の方法だと思いこんで……若いカメラマンは確かにいま、脅迫者、原日本教への恐怖感から自由になったのを感じた。あのようにうちのめしたあと、なおも脅迫したりはしないだろう、と考えたからである。しかしそう考え、そう感じるにしたがって、かれ自身のなかの柴犬への嫌悪感は、耐えかねるほどにも深まってくるのだ。それはまさに最悪の夜だった。

――あなたは本当の負け犬タイプなんだから！　と妻はあらためて判決をくだした。

翌朝、不運な人間の柴犬は、警官たちの取調べのまえに医師の検査をうけた。満身創痍《そうい》だった、打撲傷、内出血はもとより、左肱《ひだりひじ》はくじいてしまっているというような具合で、肋骨《ろっこつ》についてはレントゲン撮影の必要があった。軽くすむにしても肋間《ろっかん》神経痛は、かれの一生の持病となるだろう……

それから警官たちは危険な癇癖《かんぺき》のある子供を相手にするような態度で、若いカメラマンの主張する脅迫のいきさつについて耳をかたむけ、これは当局が原日本教にもぐりこませているスパイからの情報だ、かれらはきみの《狂信家たち》という組写真について脅迫どころか腹もたてておらず、もしかしたらまったく知らないのかもしれないと思えるほどなんだが、というようなことを控えめな様子でいった。そして、きみのいうとおり脅迫があったとして(まあ、それは芸術家の言葉だ、信じよう)それでも、きみがこんどの事件で原日本教を告訴する意志がなければ、向うも、きみを怪我《けが》させたことを本当に悪かったと思っているんだし、もう脅迫などしないと思うよ、それは喧嘩両成敗だしね、と本音をはいた。そこで若いカメラマンは告訴しないと約束し、相手を安堵《あんど》させた。こういういきさつで、めでたし、めでたし、ということになったわけである。

「まさに身を棄《す》ててこそ浮ぶ瀬もあれだなあ」と警官はいい、そして若いカメラマンの頭の底深く再び負け犬の唾の涙が湧いた。

警察へかれの身柄《みがら》をうけとりにきたのはヒカリ館だった。若いカメラマンはヒカリ館があまりに上機嫌なので軽蔑《けいべつ》されたような気持になった。ヒカリ館は顔じゅう微笑でうずめ嘆息せんばかりに陽気なのだ。タクシーにならんで乗ると、腕を頸《くび》につり血と薬品の匂いをたて、なお傷のひらいている口腔《こうこう》に湧く新しい血の味を感じながら黙っているかれに、ヒカリ館は

小肥《こぶと》りの体をクスクス笑いでふるわせて、

「きみはやはり素晴しい人間だよ、芸術家だよ、写真屋の親父《おやじ》のおれが昨日あんなことをいったのはまちがっていたよ。新興宗教に殴りこむなんて思ってもみなかったよ、きみの奥さんは幸福な人だよ」

「幸福な？」と負け犬の極北は不機嫌にいった。

「あの人は大丈夫だったんだよ、おまけに産気づいて、とても健康な赤ちゃんを生んだんだ、早産だけど、もちろん育つそうだ。赤くて元気でエビみたいな子だ、勇敢な若い父親にふさわしい息子だ、さあ、病院へまっすぐ行こうじゃないか」

「団地へやってくれ、病院じゃなく、団地へかえろう」と若いカメラマンは怯えたようにけたたましい声をだしていった。

勇敢な若い父親どころか、股倉《またぐら》をわざわざ敵に咬ませる負け犬の極北の息子の小ロビンソン・クルーソー、と若いカメラマンは、それまでのかれの二十六年の生涯《しょうがい》でもっとも激しい絶望のなかで考えた。ああ、おれは小ロビンソン・クルーソーに会うことなんかできない、赤くて元気なエビをみれば、恥じて死にたくなるだろう……

若いカメラマンとその実直な友人とが団地のコムパートメントにかえりつくと牡猫も家出したままで、まさに見棄てられた室内に電話のベルが鳴りつづけていた。カメラマンは不意におののくような根拠のない期待を感じて受話器をとった。

「おれだよ、脅迫者のおれだ、一昨日おまえに摑《つか》まったとき、おれが嘘をついたら、おまえは原日本教にのりこんだそうだな？　ばかなやつだよ、殴りこんで半殺しのめにあわされたのはムダ骨さ、おれたちは、若い信仰の会なんだからな、驚いたか？　しかも、今日からは、おれたちの会と、腹をたてておまえのことをあらためて調査した原日本教との二本立ての敵をむこうにまわすんだよ、おまえは！　オマエトオマエノ家族ハ我ラノ手デ処罰サレル！」

若いカメラマンは受話器をおき、不意に笑いはじめた。かれは声をたてて笑い、同時に肋骨のあいだの痛みに涙をこぼして呻いた。昨日の冒険は、負け犬がわざわざ咬み倒してもらいに強い犬のまえにすすみ出て許しをこうという行為であるどころか、単なる無鉄砲な空騒ぎだったのだ。かれは純粋な無目的の殴りこみをしただけなのだ。まったく、かれの恐怖とは無関係な所へ。そして依然として脅迫と恐怖はのこっており、かれはこれからそれに抵抗してゆくことで小ロビンソン・クルーソーの勇敢な若い父親になれるのだ。昨夜来、去っていた恐怖の鳥はふたたび、かれの横隔膜に足をふんばって鳴きはじめていた。そしてかれはもう負け犬の極北ではなかった。

「いまのは脅迫の電話だろう？」と幾ぶんかの敬意をこめてヒカリ館が訊《たず》ねた。「しかし奥さんは、小ロビンソン・クルーソーを生んでしまった以上、もう恐《こわ》くはないといってるよ。きみも、あんな勇敢なことをやれる人間なんだ、恐くはなくなったろう？」

「いや、恐いことは恐いんだ、しかし、負け犬の感覚にくらべたら、まだしも恐怖心のほうがしのぎやすいということを勉強したのでね」

「良い授業をうけたね。きみのような芸術家にとっては、この世界は恐怖が正常な状態なんだからなあ」と善良な実際家の友人はいい、そして、その善良さと単純さの皮膚のしたにひそんでいる、もうひとつ別の性格を、ほんの一瞬ひらめかせる言葉をつづけた。「おれは、きみが脅迫されて恐怖におののいているのを見たり助けたりするのがじつにすきなんだよ。それはおれの友人に本当の芸術家がいるということを確かめさせるし、しかもおれのような俗物が芸術家の役にたつことをも確かめさせてくれるからね。さあ、芸術家の二世に会いに行こうよ、男の子だよ」

若いカメラマンはわずかに身震いし、それから気をとりなおして事件以来はじめてもつカメラをとりあげると、ああ、とうなずいた。

「そうだ、小ロビンソン・クルーソーに会いに行こう」

敬老週間

三人のアルバイト学生が、看護婦に案内されて入って行った客間は倉庫のように宏大《こうだい》で暗く、すべての窓に厚いカーテンがひかれ、外部の光も音もすっかり遮《さえぎ》られつくしている孤立した部屋だった。家具がじつに沢山つめこまれていて古道具即売会の展示場のようでもある。真昼の豊かな光に、くまなく照らしだされた熱い芝生を踏んで、屋敷内のこの蔵造りの建物にやってきた三人の学生は、不意の暗がりになれようとして、しきりに眼《め》をしばたたきながら様ざまな家具にごつごつ躰《からだ》をぶつけて自分たちに示された部屋の中央の椅子《いす》まで進み、やっと腰をおろすと溜息《ためいき》をついた。みんなわずかながら怯《おび》えてくるような気分なのだった。それにしてもこの部屋は古めかしく無用めいた家具の森だ。ひとりだけ、夜行性の動物みたいに薄暗がりの中を自由に歩きまわっていた看護婦が学生たちの三つの椅子のまえの背の高い電気スタンドの房かざりのついたスイッチの鎖をひくと、淡い黄色のあかりが学生たちの強《こわ》ばった三つの顔を照らしだした。学生たちは一瞬おのおの顔の秘密をさぐるような具合に眺《なが》めあい、すぐにまたそれぞれ視線をそらした。一列に横にならんだかれらの椅子の前方に丈の低いベッドが葡萄色《ぶどういろ》のビロードの垂れ幕を背にして置かれていた。そのベッドの片すみから、唐突にイタチのように警戒的にまっすぐ頭をもたげた老人が、かれらを注意深く眺めた。白髪を短く刈りこんだ、赤んぼうのように小さな頭をした老人で、眼だけが鷹《たか》のようだった。

「これから一週間、外の世界のことを話しにきてくださる学生さんたちです。あまり昂奮《こうふん》なさってはいけませんよ、三十分ずつですよ、それをおまもりになってください」と学生たちの背後に立った看護婦が、かれらの頭ごしに、老人にむかって押しつけがましくいった。

「ご苦労様です、私はもうずいぶん永いあいだ閉じこもっているのでねえ、死ぬまえに外の世界のことを聞いておきたいと思いはじめてねえ。私は、もう十年ほど、新聞もラジオもいっさい知らないですよ。ああいうものも、いまどんな具合になっているんだか」と嗄《しやが》れて細い咳《せき》をしているような声で老人はいった。

「テレビも」と看護婦がつけくわえた。

「ああ、それよりなにより、私がここに閉じこもってから、訪ねてきてくれた、外の世界の人間は、あなた方がはじめてなんだからねえ。よろしくおねがいしますよ、楽しみにしているんです」と老人は嬉《うれ》しげにいった。

「この方が文科の学生さん、こちらが理科の方、それに女子学生さんは、教育学部の方です。さあ、おじいさん、今日はご挨拶《あいさつ》だけということにしましょう！　昂奮しすぎますからね」と看護婦はいった、彼女もすでに五十歳は越えているようだった、頰《ほお》に深い傷のような荒あらしいタテ皺《じわ》がきざまれていて、それが彼女を怨《うら》めしげでかつ兇暴《きようぼう》にさえ見せた。

「ああ、そうするよ。この女も私同様、外の世界のことをまったく知らないんですよ。なにか聞いてみても、あやふやな返事だけで」と老人はいって穏やかに笑った、声はたてず嘆息しているようなシュウ、シュウいう音だけかすかにひびかせて。

「それでは、みなさん」と看護婦が学生たちをうながした。そういいながら、すでに看護婦は電気スタンドのスイッチの鎖をひいていた。

暗闇《くらやみ》のなかの低みから、老人の声がせわしげに湧《わ》きおこった、

「ひとつだけ、ひとつだけ。まず最初に、一般的な意見として、外の世界はうまくいっていますかね？　私は安穏に死ねますか？」

「うまくいっています、きわめてうまくいっています」といくらかは不安げに、しかしそれを償うに足りる熱情をこめて文科の学生がこたえた。

それから、名残りおしげな老人を後にのこして、三人の学生たちは夏のはじめの真昼の光のなかに出た。かれらは頰にチクチクする熱気を感じながらアジア・モンゴロイドらしく眼をほそめて肩をならべて歩いた。みんな安堵《あんど》にみちた解放された気分だったが、誰も蔵造りの離れの方をふりかえってみようとはしなかった。九十歳の老人が閉じこもっている孤独な城塞《じょうさい》から死の前ぶれの瘴気《しょうき》が湧いてかれらを窒息させにおしよせるとでもいう風に、かれらはしだいに急ぎ足になって芝生の上を歩いた。

看護婦は太陽崇拝の信者のような恰好《かっこう》で陽《ひ》ざしを大仰に両手でさけて学生たちの脇《わき》を歩いていたが、学生たちのしだいに早まる足にとりのこされそうになると敏捷《びんしょう》に小走りしてかれ

らに追いつき、

「最初にいったとおり、外の世界はいま幸福であふれているという風に話してくださいよ。あなたが、うまくいっています、きわめてうまくいっています、といった時、他の二人の方もすぐに賛成してくれればもっとよかったんですよ」といった。

理科生と女子学生は強い陽ざしにしかめっ面《つら》をしたまま急いでうなずいた、確かにあの時この二人も声をそろえて文科生をバック・アップすべきだったのだ。死期近い九十歳の老人に現実世界への花やかに充足した幻影をあたえるべく、かれら三人は傭《やと》われたのだったから。

屋敷の通用門のまえで三人の学生たちは、看護婦に挨拶してまず第一日目の仕事から解放された。かれらは屋敷を出ると掘りかえされた鋪道《ほどう》の隅《すみ》をひょい、ひょい跳ぶようにして地下鉄の駅にむかって歩いて行った。みんなの額はたちまち汗ばんできた。

「それほど容易な仕事でもなさそうだなあ」と理科生が憂《うれ》わしげにいった。

「九十歳だというから、もっと老衰して頭もぐっと弱くなってると思ったんだがなあ、意外に正常そうじゃない？」

「だけど、やはり老衰していることは確かよ。看護婦さんがいっていたけどこの夏を越すことはとてもできないって」と女子学生はいった。

「しかし、なあ、外の世界はうまくいっていますかね？　うまくいっています、きわめてうまくいっています、というきみの応答は、そばで聞いていておれには少し抵抗があったなあ」と理科生がいった。「黙っていて悪かったが、そういうわけだよ」

「きみはどう答えればよかったというんだ、あの看護婦との約束をぬきにしても」と文科生は反撥《はんぱつ》して、なじるようにいった。「死をまえにした老人にむかって、むざむざ、現実世界に失望して死なせるようなことがいえるかい？」

「それとは別になあ、おれはただ、ああいう質問にすんなり答えられる人間はこの世にひとりもいないんじゃないかと思うんだよ。この世界がうまくいっているか、いないか、はっきり結論をだすことのできる存在はもしあれば、神様くらいなものじゃないか？　そんなこと人間にはできないよ」

「ああ、誰にもできないさ、現在の現実世界について正しい結論をひきだせるわけはないよ。しかし、おれもあの看護婦の注文どおりに、いいかげんなでまかせをペラペラしゃべるつもりはないんだ。現にいま死んでゆこうとしている人間が相手で、その老人がここ十年間、部屋の外でおこったことをなにひとつ知らないにしても、無責任な嘘《うそ》は厭《いや》だよ。そこでおれは自分の二十年後のユートピアを話すつもりさ、それが今日の現実世界の眺めだという風にね。未来形で話すかわりに現在形をつかうんだ。結局、二十年早すぎる報告をやっているんだと思えば、その嘘は嘘でなくなるのじゃないか？」と文科生はいった。

「それでは、きみの一九八〇年代の未来の世界は、うまくいくんだね。おれのためにも、そういうことになってもらいたいよ」と理科生はシニックにいった、かれはいまかれら三人のリード・オフ・マンを文科生にとられるのをいくぶん苛《いら》だたしく感じていたわけだ。

「ともかくおれがあの老人に話すことに、一応は調子をあわせてくれないか？　そうでないと、老人の頭を混乱させるからね。あの老人が今日の風景だと思って聞いてることを、おれたちみんなは明日のユートピアを話しているんだとはっきり意識していればいいんだから」

「ああ、調子は合わせるよ。しかし、往々にして、きみのような優しい心づかいをする人間が、面倒の種をまくんだがなあ」

「とにかく協力してくれ、おれは今夜ずっと、おれのいちばん明るい未来像を考えるよ。おれはもともとペシミスティクな人間なんだがね。おれはあの老人が好きになりそうだよ」

「私も、調子をあわせるくらいのことはするわよ。ただ、あまり複雑なユートピアは考えつかないでもらいたいわ。私にしてみれば、無事に一週間つとめあげて、報酬をいただければそれでいいんだから」と率直にいかにも現実的なことを女子学生がいった。

因《ちなみ》に、かれら優しい若者たちが毎日三十分間ずつ九十歳の老人に奉仕して一週間後にうけとるべき報酬は、それぞれ一万円という、アルバイト学生にとっては破天荒な高値で、大学の掲示板にこの仕事の募集ビラがはられた時、志願者は多く、結局クジびきで、この三人の学生たちが幸運を射とめたのだった。そこで三人の学生たちは基本的に機嫌《きげん》がよく、おたがいにまずまず協調的だったわけだ。それから三人の学生たちは地下鉄のプラットフォームで別れるまで、夏休の旅行プランについて話しあった。かれらはみんな二十歳で、暗い部屋にのこしてきた九十歳の老人のまわりに色濃くただよった死の味はすでにこれらの若者たちの肉体にも精神にも、ほんのわずかな思い出をのこしているにすぎなかった。

火曜日、老人は疲れているらしくイタチのように頭をもたげることはせず、夏毛布をわずかにもりあがらせている小さな躰をあおむけに横たえたまま三人の学生たちをむかえた。昂奮しないようにとくりかえし注意して看護婦が部屋を出て行くと、老人は、まず、いくらか他人行儀な気どった調子で、

「いま外の世界で、生れてくる赤んぼうたちは一般に幸福ですか？」と訊《たず》ねた。

「幸福です、ただアザラシ児というような例もありますけど」と女子学生が差別的な言い廻《まわ》しに、というよりその事実をあかすことの意味にも不用意なままいった。

文科生はもとより理科生も、この不注意な女子学生を非難の眼で荒あらしく見つめた。女子学生は自分のミスに気がついてたちまち首筋まで赤くなった。

「それは母親がなにか特殊な薬品を服用した、というようなことの結果ですか？」とおどろくべく敏感に反応して老人は訊ねかえした。

「ええ、睡眠薬です」と女子学生は消えいらんばかりの様子で答えた。

「妊娠したというのに、嬉しがるんじゃなくて、睡眠薬をのむというのはどういうことなんでしょうねえ？　不安な母親が多くなったということで？」

文科生があわてて遮って、

「しかしそのアザラシ児たちも、幸福に育っていますよ、施設も完備したのができていますし、このまえ新聞に、就職して結婚したアザラシ児の青年の写真がのっていました」といった、かれは自分のユートピアに早急にアザラシ児の施設を附加したわけだった。

「癌《がん》で死ぬ人間は、あいかわらず多いですか？」と次に老人は訊ねた。

「いいえ、急速に減っています、癌はいわばもうすでに征服された病気なんです、結核とおなじように」と文科生が力をこめていった。「十年前にくらべて日本人の平均寿命は比較を絶してのびているんですよ」

「それじゃ銀座などは老人だらけでしょうなあ。そのなかを幸福なアザラシ児青年が、若い妻の腕をとって、いやアザラシみたいでは腕をとれないかな、ともかく嬉しげに歩いてゆく、という眺めでしょう？」と老人は無邪気にいった。

三人の学生たちは一瞬疑わしげに老人を見つめて黙りこんだ。浅黄色の夏毛布を茶色の皮膚がつっぱっている鎖骨《さこつ》のあたりまでひきあげてじっとあおむいている老人のひどく小さな頭は老人がそのまま死んでしまったにしてもとくに変った印象をひきおこすことがないのではないかと思われた。老人の乾し肉みたいな色をした薄い唇《くちびる》がどういう言葉を発するにしても、この老いさらばえた小っぽけな躰の持主に三人の若者たちを嘲弄《ちょうろう》するにたるだけのいわば無用なエネルギーが残っているものだろうか？

「自動車事故はどうです？」と老人はあらたまった冷静な声で再び訊ねはじめた。

「減少しています」と文科生が断乎《だんこ》としていった。

「自動車の数はあまりふえませんか？」

「いいえ、それは飛躍的に増大しています。マイ・カー族などといって、ごく一般の小市民が自家用車をのりまわしていますよ。普及率では十年前のアメリカの域にせまっているのじゃありませんか」

「それで自動車事故がおこらないのはおかしい。マイ・カー族というのは自分のお宝の自動車が傷でもつけられれば首をつりかねないびくびくしたカタツムリみたいな連中なのですかな？」

「道路がよくなったんですよ、じつにいい道路が日本じゅうをくまなく走っています、とくにいまや東京はすばらしいですよ」と文科生は頬を紅潮させて力説した。

「そうですか、それで事故がすくなくなったというわけですか。癌で死ぬやつが減り、事故で死ぬやつが減ったとすると、いまいちばんありふれた死因はどういうものです？　日本じゅうが人間であふれてしまうのでなければ、やはり年々、死んでゆく人間もいるのでしょう？」

「それは、もちろん……」

「みんなどんな病気で死んでいます？　癌にとってかわる恐しい病気があらわれましたか

な？」と老人は執拗《しつよう》にこだわりつづけた。

三人の学生たちはたちまち困惑して黙りこんだ。かれらはみな考えていたのだった、二十年後のユートピア世界でわれら日本人がもっともありふれた死を死ぬる、その死とはどのような死なのだろうか？

「ああ、そうだ」とひとりで不意に思いついたように老人はいうと、麻布をかけた枕《まくら》の上の小さな頭をなお黙って考えている三人の学生たちにむかって弱よわしくめぐらせて鷹みたいな眼を一瞬きらめかせた。

「いちばん多いのは自殺でしょうな、たれもかれもが自殺しているわけなんでしょうが？」

水曜日、ますます疲れきったような老人は最初に、皇太子殿下はもう結婚されたかね？と訊ねた。三人の学生たちはたちまち返答につまっておたがいの顔を素早くうかがいあった。この老人は熱狂的な天皇家ファンではないだろうか、御成婚前後に、そういう老人たちのなかにはショックをうけた連中がいたものだが、この老人はどうだろう？　とみんな考えこんでいたのだった。しかし、結局、もっとも実際的な性格の女子学生が、

「ええ、結婚されましたよ、赤ちゃんもあります」といってのけた。

「どの宮家の方と？」と老人は訊ねた。

文科生も理科生も、自分たちは責任放棄して、罠《わな》におちこんだのかもしれない女子学生を

見まもった。そこで女子学生は反撥すると、いかにも直截《ちょくせつ》に老人に一撃加えかねぬ様子でいった。

「いいえ皇族とも宮家ともまったく関係のない、ごく一般の娘さんと結婚されたんですよ」

そこで三人の学生たちは緊張して老人の反応を見まもった。ところが老人は平然としていた。

「それはいい、こういうことは古代にもありましたよ」と老人はいった。「ほら、万葉に、籠《こ》もよ、み籠《こ》もち、掘串《ふくし》もよ、み掘串《ぶくし》もち、この丘に菜摘ます児《こ》、という歌があるじゃないですか」

三人の学生たちはひとつの不安からやすやすとときはなたれて喜びの溜息をついた。しかし老人の攻撃はそれからはじめられたのだった。

「天皇家はやはり日本人の心をひろくとらえていますか？」と老人はいった。

「ええ、そのように見えますけど」と女子学生が答えた。

「それじゃ、あいかわらず政権は保守党のものでしょうなあ」と老人はいった。

女子学生は答えるまえに文科生を一瞥《いちべつ》した。そこでこの二十年後の未来世界の代弁者は、女子学生にむかって不承不承にうなずいて見せた。かれは、女子学生にむかって、ああ、そうだよ、二十年後も政権はあいかわらず保守党のものだろうよ、とがっかりした声でいうかわりに、うなずいて見せたわけだった。そこで、

「ええ、そうです」と女子学生がいった。

「道路が段ちがいによくなったそうだが、それでは税金もかさんだことでしょうねえ？　十年もそれ以上も保守党が政権をとりつづけていてしかも税金が高ければ、人民の暴動かなんか起りそうなものだが、どうでしたかね？　起りましたか？」

「いいえ、起りません」と文科生が女子学生からまた一瞥されて、こんどは自分から援助にのりだした。

「それじゃ、日本の民衆に不満はないのかね？」

「とくに大きい不満があれば保守党は選挙でやぶれたでしょう」

「きみは本当にそう思っていますかな？」と老人は反問して文科生を一瞬、赤面させたが、幸いにもそれ以上に追及しようとはしなかった。「それともひどく景気がいいとか、いうのだろうか？　この十年間に韓国か台湾あたりで、日本人をひと儲《もう》けさせる戦争でもおこりましたかな？」

「戦争はおこりませんでした、これからもおこらないでしょう」と文科生はいった。

「なぜ、これからもおこらないのです？」

「もし戦争がおこるなら、それはもう核戦争しかないんですが、いまや核戦争はぜったいにおこらないんです」と文科生は正真正銘の熱情に揺りうごかされて眼《め》を輝やかせていった。

「そうですか、それじゃ私もここで老衰死するかわりに世界中の人間みなと核戦争で死ぬことを期待していちゃ、いけませんかねえ?」と老人はわずかながらそれを遺憾に感じているふうにいっていた。

「ええ、地球上の人間がみんな一緒に核戦争で死ぬというようなことはおこりえないですよ。そのおこりえないということはしだいに確実になってきています。核兵器のボタンの管理の仕方もどんどん進んでいて、いまやどんな種類の偶発戦争もさけられるようになってきていますからね」と文科生はいった。

「しかし、アメリカの大統領とソヴィエトの指導者が、完全に和解したというのじゃないでしょう?」

「ええ、そのかわりに核兵器をもった二つの陣営のあいだに、恐怖のがっしりした均衡があるわけです」

「両すくみですか? しかしワシントンとモスクワが恐怖の均衡の泥沼《どろぬま》に膠着《こうちゃく》してしまっても、そのかわりに局地戦争がおこなわれるということはありませんか、代理戦争というか、なんというかねえ」

「ええ、ヴィエトナムやラオスで、そういう戦争がありましたよ。しかしそれは過去のことです」と文科生はしだいにかれ自身のユートピアの世界に頭からすっぽり入りこんでなおも深くもぐりながら主張した。かれは老人の魂の平安を祈って、善意の限りをつくそうとしているわけだが……

「そこにもまたやはり恐怖の均衡がおこりましたかな？　そうでしょうなあ、ヴィエトナム人だって核爆弾を手にいれるだろうから。ともかく外の世界は日進月歩ですねえ。けれども、またそのかわりにこんどは部族間の代理戦争がはじまってはいませんか？　戦争の単位がもっと縮小して」

「ええ、ええ」と途方にくれながらも、なおいっきょに挽回《ばんかい》しようと試みて文科生はいった。

「しかし、そこにも平和が……」

「やはり恐怖の均衡？　ラオスの部族長たちまで小さい原爆を購入しましたかな。それでは、こんどは個人と個人とのあいだの代理戦争ですか？　いろんな段階での恐怖の均衡の何重もの壁のなかで、外の世界の今日の人間たちは、それではひどく荒廃した孤独をあじわっていることにはなりませんかなあ？」と老人は恐ろしげにいった。

「それにしても、もう戦争はこの地球上から消えさったんですよ」と歌うような、またすすり泣くような声で文科生はいった。

「地上の楽園ですねえ、しかし、地球上の人間たちが、みんな個人間の戦争に大童《おおわらわ》だとしたら同胞愛とか人類愛とかいうものは喪《うしな》われてしまうほかないのじゃありませんか？」

「それらは、やがて、回復しますよ」

「恐怖の均衡の積木細工の塔がこわれてしまわないままで、それが可能ですかねえ？」

「きっと、いつか……」

「きっと、いつか？　それは、いつでしょうなあ？」

文科生は力つきてぐったりと頭をたれ黙りこんだ。かれの頭のなかのユートピアはいまや個人間の戦争という新しく喚起された毒におかされて酸《す》っぱい嫌《いや》な匂《にお》いをたてはじめていた。

「きっと、いつか、それはねえ」とあいかわらず細く嗄《しゃが》れて、しかもユーモラスに軽やかで生きいきとさえしてきた老人の声が、倉庫のような部屋の数かずの家具群のあいだを鼠《ねずみ》のように走りまわった。

「それは火星人が地球を攻撃するときですよ。個人、個人は和解して味方同士になり、部族間でも同盟がおこなわれ、国家群はその区別を無意味に思い、モスクワとワシントンとは代表をひとりずつ出して、そのどちらが地球防衛軍の総司令官になっても、地球上の人間は誰ひとり文句をいわない。それは火星人と地球人が戦うときですよ。その時は数時間のうちに地球が滅びるかもしれない時ですがねえ」

そして老人ひとりだけがキッ、キッと病弱な子供のように笑った。三人の学生たちは躰《からだ》をすくめ強《こわ》ばった顔をうなだれた。とくに文科生は、昂奮《こうふん》に青ざめた頰《ほお》をいつまでも痙攣《けいれん》させていた。かれは、老人をその暗い未来図から解放してやろうとしながら、その手だてが見つからないで焦《あせ》っているのだった。しかもその暗い未来図とは、もとはといえばかれの善意の行為が撒《ま》いた種子に咲いた思いがけない毒の花ではないか？　かれは瀕死《ひんし》の老人に地獄の予告篇を見せるような、とんでもない苛酷《かこく》なことをしでかしてしまったのではないか？　文科生の頭のなかのこの恐慌《きょうこう》状態はおおかれすくなかれ理科生と女子学生にも影響をあたえた。ひとり九十歳の小柄《こがら》な老人だけが、葡萄色《ぶどういろ》の垂れ幕のまえの寝台をつつむ薄明りのなかで好奇心にみちて生きいきと、ほとんど無邪気に見えるほどな上機嫌《じょうきげん》の状態にあった。もっとも三人のアルバイト学生たちは、老人の満足げな表情をたたえた小さな顔の鷹《たか》のようなヤニ色の眼の奥に、深甚《しんじん》な絶望感のきらめきを覗《のぞ》くような気持だったが……

木曜日、金曜日と文科生を中心にした三人の学生たちは努力をかさねてこの失点をとりかえそうとし、死を目前にひかえた老人に二十世紀風の幸福な来迎図《らいごうず》を描きだして見せようとしたが、かれらが善意のサーヴィスをつくせばつくすほど、意外に絶望的な深淵《しんえん》が不意に老人のまえに出現しては、三人を狼狽《ろうばい》させ失望させるのだった。老人がうけとっているはずのひどいショックのことを思うと理科生も女子学生も、文科生に負けずおとらず、どうにか挽回策を練ろうと努力しないではいられなかった。そこでかれらも自分の頭のなかのぼんやりしたユートピアのイメージをむりやり意識の表面にひきだしては、老人の耳にそれをかれらの現実生活の描写のようにささやきかけてみる気持になった。しかしそれらの描写的な言葉も、老人の嗄れて小さい声の問いかえしに答えているうちにたちまち脆《もろ》くも崩れて、まったくの逆の効果をあらわしはじめるのだ。日々の三十分間の会見のあと、蔵造りの離れにベッドに横たわったまま残る老人はいざしらず、三人のアルバイト学生たちは疲労困憊《こんぱい》し暗く苛《いら》だたしい無力感におそわれ、しかも陰湿な昂奮からなかなか回復できないのだった。

たとえば金曜日の最後の会話は次のようだった。老人が最近の若い人たちは思想的にどういう状態か？　と訊《たず》ねたのにたいして、

「それはとくに十年前と変らないかもしれませんが、左翼もいるし保守的なものもいます。ただ、十年前のように血みどろの乱闘さわぎがおこったりはしません。いわばぼくらは思想的な立場をこえて素直な友情を復興したんです」と理科生がいった。かれがすぐ答えたのは日が進むにつれて文科生がしだいに黙りがちになり先頭をきって答えたりすることが少なくなっていたからだが、理科生自身、最初のシニックな態度はすてて老人の生涯《しょうがい》の最終の日々のために、失地回復すべく懸命になっていたのだ。

「しかし、中国もソヴィエトもアメリカも恐怖の均衡の煉瓦《れんが》の迷路に閉じこめられてしまったそうじゃありませんか？　そうすると日本の青年たちは、たとえ左翼でも保守党の永久政権のもとで、すっかり頭うちということじゃないかねえ？　素直な友情というよりも、対立して抗争する熱意をうしなったんじゃないかな？　いわば頽廃《たいはい》してしまったというのじゃありませんかい？」

「いいえ、頽廃して無気力に和解しているように見えるとしても、それは表面だけで」と大《おお》慌《あわ》てで理科生が遮《さえぎ》った。

「ああ、そうですか、やはり、この前の話のとおり、個人と個人のあいだの戦争はあるわ

け？　いま抑圧されている憎悪《ぞうお》が、やがて爆発して、大学生と若い警官とが、ほんとうに血みどろの対決をおこなうというようなことがおこるかもしれないねえ。あなたにそういう予感はありますか？」

「いいえ、ありません。ぼくらはもっと希望にみちた未来というものを予感しているんです」とむしろ憐《あわ》れげに聞えるほど自信なくしかし虚勢をはって声高《こわだか》に理科生はいった。

「そうだ、明日はあなた方に来ていただく最後の日だから、あなた方が二十一世紀についてどんな希望をえがいているかを話してもらうことにしましょうよ。私はもうすぐにでも死ぬんだが、あなた方は二十一世紀まで生きるんだから、自分たちの未来の姿は眼にうかぶでしょう？　あなたのいわゆる、もっと希望にみちた未来の予感というものを、聞かせてくださいよ。楽しみにしていますよ、本当に心から」と老人はいって眼をつむった。

蔵造りの離れを出たとき、文科生だけが、あとの二人にしばらく待ってくれといい、時間をしらせにきた看護婦とひそひそ話しあいながら屋敷の正門の方へ歩き去った。理科生と女子学生は小学校に入学して以来の最も困難な宿題をもらった気分で、むっと憂鬱《ゆううつ》におし黙って待っていた、強い光に眼はほとんどつむって、おたがいの汗の匂いを意外に身近くかぎながら。やがて駈《か》け戻ってきた文科生は異様に赤く火照《ほて》った頰と、さもしげな眼をしていた。

三人が通用門を出るとすぐ、文科生がほとんど居丈高に感じられるほど唐突に、太い声で、「おれ、明日はここへ来ないよ、おれは五日分のアルバイト料を受けとってきたんだ」と叫ぶようにいった。

理科生と女子学生は怒りに茫然《ぼうぜん》として文科生を見つめた。

「しかし、それはひどいじゃないか！　あのユートピアめいた嘘《うそ》の宣伝は、おまえの発明なんだぞ！　いま逃げだすなんて、卑怯《ひきよう》じゃないか、おれたちにいちばん厄介《やつかい》な明日の仕事をおしつけて！」と理科生は憤激に青ざめて震えながら文科生につめよって叫びかえした。

文科生も震えていた、そしてそれが内心の恥のためだということはあきらかだった。そこで理科生は文科生を殴ることをやっとのことで思いとどまった。

「おれは恐《こわ》いんだよ、これ以上、あの老人と話していると、もうとことんまであの老人を不幸な妄想《もうそう》のなかにおとしこんでしまいそうに思えるんだよ。それに、おれはもともとペシミスティクな人間なんだが、それでも、いまほど自分の未来図を暗く陰惨に思いえがいたことはないんだ。それも、あの老人との辛《つら》い会話の影響だと思うんだよ。ああ、おれはこんなことになるなどと思ってもみなかった！」と文科生は怯《おび》えたように潤《うる》んだ眼を見はって二人の顔を見つめながら訴えかけていた。

「今日までの話はみな空想だと白状してしまったらどうかしら、そして現在のありのままの様子を、話すことにしたらどうかしら？」と女子学生がいった。

「だめだ、そんなことをしたら、それこそあの老人はショックで死んでしまう。おれたちが考えに考えたユートピアの話を聞いて、その底にたちまち様ざまな地獄を見つけだす、そういう性格の老人なんだぜ？　アザラシ児を殺して無罪になった母親が現実にいるとか、癌《がん》の病院がいつでも満員だとか、ラオスでは汚ない戦争が進行中だとか、そんなことをわんさと聞いてあの老人が心臓麻痺《まひ》をおこさないと思うか？」と文科生が脅《おび》やかされたように不意に声をたかめて激しくいった。

「私たちが取消さない限り、あの老人は、銀座をアザラシ児の青年がうようよ歩きまわっていたり、地球上のすべての人間が個人、個人の憎悪の戦争をおこなったりしていると、こういう風に今日の現実を頭にえがいて、まったく絶望して死ぬわ」と女子学生はむなしくやりかえした。

掘りかえされた鋪道《ほどう》の泥が熱いつむじ風にまきあげられて三人の学生たちの頭上から容赦なくふりそそいだ。轟々《ごうごう》と進んでくるブルドーザーの高い運転席で愚かしげな明るい眼つきの若者が、憂《うれ》いと不安の奥底にしずむ三人の学生たちを、いかにもものめずらしげに見おろしていた。

「ああ、本当になんということをしてしまったんだろう、すぐにも死んでしまう老人にたいして」と呻《うめ》くように文科生はいった、かれの乾いた細かい泥にまみれた頰に涙が黒いしずくとなってしたたった。「おれが明日を避けるのを軽蔑《けいべつ》しないでくれ、おれは恐いんだよ。なあ、おれの分のペイできみたちに食事を奢《おご》らせてくれよ！」

「いやよ、絶対に！」と女子学生がヒステリックな叫び声をあげて後ずさりした。

理科生もまた文科生の懇願するような眼に頭をふって拒み、誰にともなく、悲しげにこういった、「あの老人がいけないんだよ、あの人は九十歳にもなって、突然なぜ、外の世界に興味をとり戻したんだろう？　そうしなければ、あの人は暗い静かな部屋でおとなしく平和に死ねたのに。おそらくこの世でいちばん幸福な老人のひとりとして死ねたのに。結局、あの老人がいけないんだよ」

土曜日、日頃の時間よりも一時間遅れて（それまで学生たちを待っていたのだ）看護婦ひとりだけが、老人の待つ薄暗い部屋にはいっていった。看護婦は学生たちを案内するときの敏捷《びんしょう》さをうしない、退屈げで、ものぐさな様子をしていた。

「やはり学生たちはやってきません、残りのアルバイト料は大学あてに郵送しなければならないでしょう」と看護婦は老人に報告した。

老人はベッドの上に痩《や》せて小さい裸の肩をおこした。かれもいかにも不満そうだった。

「なんだ、またこういうことか！」と老人は憤《いきどお》ろしげになんどもくりかえしていった。

「あなたは学生たちを苛《いじ》めすぎるんです、年甲斐《としがい》もなく！」と看護婦は老人を睨《にら》みつけていった。

老人はそれに答えず、猿《さる》のように身がるにベッドの向うがわに降りたつと葡萄色の垂れ幕をさっと横へひいた。その向うに夏はじめの真昼の光に照らしだされた芝生とそれに面した明るくモダーンな部屋があらわれた。テレビ、ステレオ装置、それに新聞、週刊誌、数種の新刊書をのせたテーブルなどなどが、その部屋をうずめていた。ともかく老人が家具調度をぎっしりつめこむ趣味の人間であることは確かだ。

老人はテレビのスイッチを押し、画面が明るくなるまでの短い時間もおしむ様子で、気ぜわしく最新の老人体操をはじめた。小柄な筋肉質の躰を猿のようにきびきびと素早く、おりまげたり伸ばしたり、ねじったりして。首をぐるぐるまわす体操に移ったとき老人は看護婦にむかって荒あらしくこう叫んだ。

「まったく近ごろの大学生の空想力の貧困さには愛想がつきるよ。こんどはもっと若い層の連中を募集してみるか。当世流行の、現代っ子というのはどんなもんだろう？」

アトミック・エイジの守護神

ぼくがその中年男をはじめて見かけたとき、かれはABCCの建物のなかの廊下で、立ったままむせび泣いていた。かれは泣きながらも、顔をおおっていなかったので、ぼくはかれの浅黒く青みがかった丸い顔の涙に濡《ぬ》れてぱっちり見ひらかれた海驢《あしか》の眼《め》みたいに愚鈍そうな眼をいかにもはっきり見たことをおぼえている。その眼のみならず、かれの頭全体が南太平洋の暗褐色《あんかっしょく》の海獣をおもわせた。そしてかれは教科書の写真によく使われる魯迅《ろじん》の肖像の、黒い詰襟《つめえり》の服とおなじものを着て、真新しいゴム底の靴《くつ》をはいているのだった。かれの脇《わき》を通りぬけようとして、ぼくはかれのエイ、エイ！　というような泣き声を、廊下にみちている水の流れるような音の底に聴きとった。その水の流れるような音は、廊下をかこむ両側の資料室のなかで、IBMが原爆症の死者たちのカルテの山を整理している音だった。八十三万個の白血球をもち、内臓のありとある肉の襞《ひだ》に癌《がん》をもち、軽石のような背骨をしていた七十歳の老人のカルテをはじめとする、死者たちの英文の認識票を。

「あいつが、とうとう獲物にありついたわけだなあ」と、そのときぼくを案内してくれていたひどく憂鬱《ゆううつ》そうな地方紙の記者がいった。

「あいつが、とうとう獲物に？」とぼくはかれの声の暗いひびきに驚いてといかえした。

「あなたは、あいつの噂《うわさ》を聞いたことがありませんか？　そもそものはじめに、あいつのことを記事にしたのはぼくなんですが、それでもあいつが実際に獲物を手にいれるところを見ると、嘔《は》きそうですよ」

そこでぼくは、その親しみにくい新聞記者の書いた記事のことを、暗い怒りの文章のように思ったのだったが、あとでかれから届けられた切りぬきの見出しは、ハイエナの野心とか、死の商人の投資計画とかいう、おどろおどろしい敵意の言葉どころか、《アトミック・エイジの守護神》というのだった。記事の本文もまた蜜菓子《みつがし》みたいなヒューマン・インタレストの、すなわちこの地方紙数十万読者の起きぬけの三十分間を、幸福な気分でかざる効果をめざした文章なのだ。もっともぼくは、新聞記者からすでに《あいつの噂》を聞いていたので、いささかも幸福な気分にはならなかったが。まず、この記事の内容を紹介しよう。

広島にひとりの中年男がやってきた、というところから記事は、はじまっている。その男は数年前日本の外務省と、ソヴィエト大使館に、タシュケントの日本人戦犯の身がわりになることを志願し、それが許可されなかったかわり、外務省の高官から個人的に、イスラエルとアラブとのあいだの荒地にいる避難民救済事業に奉仕する仕事をあたえられた人物だった。かれはユネスコのメムバーとなってアラブ人の貧民のために働いた。そのときアラブ人の修行者たちの部落を見てそれに感銘をうけたりもした。やがて日本にかえったかれは、日本の不幸な人間のうちでも、もっとも苛酷《かこく》な状況を生きている人々を救済するために働くことを決心し、そして広島にきたのである。かれは十人の原爆孤児を養子とし、かれらを東京につれて行ってそこで共同生活をはじめる。いま、かれは十人の新しい息子たちを選んだところだ。かれのような人間をこそ、アトミック・エイジの犠牲者たちの守護神と呼ぶべきではあるまいか？　これはもう、ずいぶん前の日付けの記事だ。

そして《あいつの噂》とはこうである。その男はたしかに十人の原爆孤児を救済した。かれはいま十人の少年たちと一緒に暮している。しかし、肝要なのは、その男が十人の少年たちをそれぞれ三百万円ずつの生命保険に加入させている、ということだ。そして保険金の受取人はかれ自身だ。すなわち、かれはそれに投資して有利な収益をはかるべき、利益率の高い家畜として、それら十人の少年たちをひきとったというべきではないか？

「しかし、その少年たちがすでに原爆症だとしたら、保険会社は、かれらと契約しないでしょう？」とぼくは《あいつの噂》を聞かせてくれた新聞記者に反問した。

「もちろん、契約しないでしょう。契約したのは、その少年たちの躰《からだ》に、まだ異常がなかったからです。あの男自身、少年たちを選ぶとき、躰に異常がない連中を選んだんだし」

「それじゃ、かれらに生命保険をかけたとしても、有利な投資という魂胆だとばかりはいえないのじゃないですか？」

「あのころすでに原爆病院で被爆者と白血病との関係づけは、たしかめられていましたよ。それに広島では、被爆ほどにも凄《すさま》じい経験をした人体にその後どんな異常があらわれても決して不思議じゃないという考え方は常識ですよ。あいつは、自分のひきとった少年たちの何割かが、やがて白血病で死ぬことを見こしていたにちがいないですよ。本当にあいつは恐しい商売人なんだから！　これは、あの記事を書いたあと投書をうけとって知ったことなんですが、あいつは戦犯の身がわりにタシュケントに行くことを志願したが、だからといってかれを一般的な人道主義者と考えたのはまちがいだったんです。かれにはそれだけの罪の意識があったんだ。かれは戦争のあいだ特務機関員として、蒙古《もうこ》あたりへ潜入して、人間を殺している。終戦のときには玄界灘《げんかいなだ》を往復して闇《やみ》商売で儲《もう》けていた。それが無一文になったのは結局、台湾の海軍につかまったからなんですね。釈放されて日本にかえってきてからあの男が、なにをやったか？　進駐軍のキャンプで甘い汁を吸っていたんです。こういういかがわしいシュトルム・ウント・ドランクを乗りこえたあと、かれは泰平の世の商売として、広島の十人の少年に投資することにしたんです。それを、ぼくは迂闊《うかつ》にも、アトミック・エイジの守護神などと呼んでしまったんだ！」と銅みたいに濃く沈んだ色をした脂気《あぶらけ》のない皮膚の、暗くて、かつ熱情的な小男の記者は慨嘆した。

「それで、あなたの新聞は、かれの正体およびかれの計画を、あらためて暴《あば》くキャンペーンをやったわけですか？」

「それがやれないんですなあ！　あいつのしていることはヒューマニズムのフィルターから覗《のぞ》けば、汚ない血で染まっているのがわかるけれども、だからといってとくに犯罪というわけじゃないんだから。今度死んだ少年だって、白血病の最初の兆候がでたときすぐ、あいつが広島へつれてきて、原爆病院に入院させていて、あいつの落ち度というものはまったくないんですよ」

「ほかの少年たちはどうしてます？」

「とても健康だそうですよ。うちの東京支社のものが、今度死んだ少年の入院のときにあの男の家へ行ってみたら、まるまる肥《ふと》って血色のいい九人の少年たちが、高等学校のラグビー部の合宿のような具合に暮していたそうですよ」

ぼくはそれを聞いて、不謹慎だと思いながら笑ってしまった。新聞記者も、ぼくにつられて短いキイキイ声で笑い、それからぼくとかれ自身とを咎《とが》めるように、たちまち鬱屈した渋面をつくって、

「黒いユーモアというものを感じるでしょうが」と憂《うれ》わしげにいった。「もっと厭《いや》なことはねえ、あいつが少年を広島につれてきたのは、原爆病院だと、白血病の被爆患者は無料で入院できるということがあるし、そして、少年が死んだあと、その死体を解剖用に、ABCCへわたせば、葬式費と金一封とをくれるからなんですよ。僅《わず》かな額だけれども、ともかくあいつはちゃんとABCCに出頭していたでしょうが。ほくほく顔で」

「ほくほく顔？　泣いていましたよ、身もだえして」

「ああ、ぼくには誇張癖があるんですよ、アトミック・エイジの守護神とかねえ」と新聞記者はコンプレックスの強い性格らしくわざわざ自嘲《じちょう》してみせた。

その次にぼくがかれを見たとき、それは比治山《ひじやま》のＡＢＣＣでかれを見かけた翌日で、ぼくはやはりその前日とおなじ憂い顔の地方紙記者と車で走っていたのだが、男は真夏の日ざかりに詰襟の黒い上衣《うわぎ》を着こんで市庁前広場に立っていた。かれの脇には犀《さい》のように堅固で巨《おお》きい第一級の霊柩車《れいきゆうしや》がとまっていた。その夏のもっとも暑い日だったからだろう。霊柩車とかれのほかには広場に人影がなかった。男は汗まみれの汚ならしい顔をして孤独な放心状態にあった。ぼくらの車がかれと霊柩車のまえをとおりすぎる時にも、かれは茫然《ぼうぜん》と立ったまで、ぼくらの車に注意をはらおうともしなかった。

「あいつはいったい市庁に霊柩車をのりいれて、なにをしようというんだろう？　ひとり死んだから、つぎの獲物候補を紹介してくれ、とでもいいにきたんだろうか？」と地方紙の記者は、かれの常々のポーズのようにさえ感じられてくる、嫌悪《けんお》にたえないという様子でひとりごとした。

「しかし、かれは心底悲しんで放心しているみたいじゃないですか」とぼくは自分の観察を率直にのべた。

「まさか！　あいつが悲しむことなんかないですよ」と記者は憤然と反撥《はんぱつ》した。しかし霊柩車の脇のひとりぼっちのその男の表情にはぼくの感情のやわらかい部分を鋭く刺すところのものがあったのだ。ぼくは、あの海驢みたいな頭の黒服の男が、心の底深く激甚《げきじん》な悲しみの硫酸に焼かれつづけていることを信じた。かれが十人の若者たちを単なる投資した家畜のようにしか考えなかったにしても、現にいま、かれは死んでしまったひとりの若者のことを悲しんで途方にくれ、茫然としているのにちがいないとぼくは考えたわけである。かれはぼくの眼にそのようにうつったわけだ。この日は原爆記念日だったが、すくなくともぼくは、この盛夏の広島の真昼の陽《ひ》の光のなかであのように茫然として立っている男を、ほかに誰ひとり見かけなかった。

「ともかく死んだ少年のために、あの男が傭《やと》った霊柩車は、ずいぶん立派じゃないですか。ABCが葬式の費用をだしてくれるといっても、それは誰にも一律にいくらかの金をはらうということでしょう？　あの男が、いちばん立派な霊柩車を傭ったとしたら、やはりそれだけのことは認めていいじゃないですか」

「霊柩車の費用？　あいつの受けとる保険金は三百万ですよ。霊柩車なら、買うことだってできますよ、それも外車を改造したやつを何台も！」

「あなたは、あの男にとても冷酷だけどそれはあの記事を書いた自分を咎めているからじゃありませんか？」

「ぼく自身、被爆者です」と地方紙の新聞記者はぼくから眼をそらせて不機嫌《ふきげん》にいった。

それから三年たって、ぼくはその中年男がジャーナリズムに再び登場するのに接したのである。こんどのかれのトレード・マークは《アトミック・エイジの守護神》ではなくて、

《アラブの健康法の指導者》ということだった。ぼくは始め驚いてしまったが、そのうちかれが、ユネスコの仕事のとき、アラブ人の修行者の部落で感銘をうけたというエピソードを思いだしたのだった。そのころ、インドのヨガが日本に紹介されて、ひとつのブームをつくりだしていたが、この中年男は、かれのアラブ式健康法でもって、ヨガ・ブームに便乗しようとしているらしいのだった。

ぼくはかれが養子にした十人の少年たちのうち、すでに青年と呼ぶべき年齢に達したはずの幾人のメムバーが、なお生きのこっているかということに関心をもっていた。そこで、ぼくはかれが＊＊ホテルでかれの健康法のショーをやるという新聞記事を読むと、友達の編集者にたのんで招待券を手にいれてもらい、その会場に出かけていったわけである。

予想してはいたものの三年ぶりに見た、新しいかれの印象はABCCの廊下でむせび泣いていたかれ、陽ざかりの市庁前で霊柩車の傍《そば》に茫然と立ちすくんでいたかれと、あまりにもちがっていた。中年男はホテルの小宴会場の正面に、短いパンツだけ身にまとったアラブ人の大男を傍にはべらせて胸をはり足をひろげて立っていた。かれは顔色こそひどく悪かったが（かれはそれを、その日で一週間目になる断食のせいだと報道陣に説明した）傲然《ごうぜん》として、太陽のようだった。そこではかれの海驢みたいな頭が、いかにもかれの得意然とした態度に似合っていた。ぼくは、その新しい中年男の態度に接してはじめて、広島の地方紙の苦労性の記者の憤激に自分の感性がおなじ波長の共鳴音をひびかせだしたのを感じた。このお化け海驢めは、すでに残りの九人をも喰《く》ってしまったのか？

中年男はまず報道陣に挨拶《あいさつ》したが、それは、はじめからヨガに対して攻撃的な演説だった。自分はヨガ・ブームに便乗するどころか、アラブの健康法でもって、悪《あ》しきヨガを追放するんだ、とかれは一般の風評にたいして敏感に反応しながら説明を展開した。これはむろん、アラブ人だけのための健康法じゃない。アラビアのロレンスは白人だが、この健康法をやっていた。インドのヨガなら、ガンジーもそれをやったにちがいないが、皆さん、アラビアのロレンスと紡《つむ》ぎ車のガンジーと、どちらが精力的だったと思いますか？「アラブの健康法には、性的な能力の鍛練法もふくまれておりますわ、現に、わたしがそれをやっております」と男は声をはげましていうと聴衆の反応を愚かしげなほど期待に輝やく眼でたしかめようとするのである。

男はジャーナリズムの関心をかれの健康法にひきつけるためのひとつの切り札として、性的な能力の鍛練というようなことをもちだしたつもりだったろう。しかしぼくをふくめてかれを囲むジャーナリストたちがとくに生きいきした興味を示すというのではなかった。ぼくを＊＊ホテルにつれてきてくれた友人の編集者は、いかにも飽きあきしたようにぼくに眼くばせすると、

「そら、どこでもこうなんだ、最近の健康法は！　ぼくはヨガをすこしやっているが、性エネルギーをたかめて、それからコントロールする方法の研究を、ヨガでは、タントラ・ヨガ

というんだ」とささやいた。

「性エネルギーをたかめて、それからコントロールする？　それはまた御丁寧に」

「われわれの性エネルギーなどというものは、まず、おおいにたかめてやらないと、ヨガの網の目からもれてしまうんだなあ。ラジオで受信した電波をまず増幅しなければなにもはじまらないのとおなじだね」

男は、ぼくと編集者の私語のあいだ、あいかわらずあけひろげな期待の眼を見ひらいたまま、サスペンスをもりたてるつもりとでもいうように、なかば脣《くちびる》をひらき舌を見せて黙っていた。むしろ無邪気なタイプの人間のように感じられるやりかたで。かれの青ざめた皮膚に不つりあいに濡れたサーモン・ピンクをした脣のおくから曇り空のような色の舌がのぞいている。この男の胃は断食にもかかわらず、決して良い状態にはないらしい、そのようなことを考えてぼくが友人との私語を止《や》めると、男は初めてかれの説明のつづきを口にだした。そこでぼくにはかれがお人好しらしい外見の裏に、聴衆のなかにひとりでも注意力の散漫なものがいれば、絶対に自分の演説を続行しまいという、頑固《がんこ》な自尊心をひそめているらしい、ということが了解されたわけである。

「性的な能力の鍛練といってもねえ、わたしは戦後ずっと独身なんですよ。自分の使命感のために、戦争が終った日、女房を離縁してねえ、ずっと独身でとおすことに定めたですよ。そのわたしが、なぜ性的な能力を鍛練しておるか？　それもまた、自分の使命感のためです。

わたしにはいま女と寝るひまなどない、それで独身をとおしているんだけれど、当然欲望はある。時どきそいつに頭をもちあげられて思索や行動をさまたげられることがあった。そこでわたしは、意識的に自分の欲望を管理することにしたわけです。一箇月にいちど、わたしは欲望を解放する。さあ、ぜんぶの欲望よ、活動せよ、とよびかけるわけですわ。そしてカタルシスする。自分でカタルシスする意志をもちさえすれば、指一本ふれずに、すべて流れだすわけですな、蛇口《じゃぐち》をひねったみたいに」

これはやはり、あまり乗り気でなかったジャーナリストたちにも、ちょっとしたショックをあたえた。そこでかれらのひとりが、

「壮絶だねえ」と嘆息するようにいうと、いくらか動揺している笑い声がいっせいに湧《わ》きおこった。

「これはわたしのような独身主義者の場合なんだが、わたしの鍛練は結婚している現代人にも一般的に応用できますよ。不自然な形で禁欲せよ、というのじゃない。性欲にかかわることは一箇月に数十分間だけに限ってしまう。もちろん配偶者には完全な満足をあたえますわ。そしてこれ以外の時間をすべて自分の野心と使命感のために集中なさい、というんです。逆に、まったく欲望がなくて配偶者に不満をもたれている弱い夫も、わたしの鍛練法でその能力を回復することができる。いつでも自在に、自分の性的機能をコントロールできるんだからね。これこそ二十世紀になって文明人のなしとげた、コペルニクス的転回じゃありません

か？　現代の心理学はいたずらに性的神経衰弱者をつくりだすほか能がなかったが、アラブの健康法の性的な鍛練法は性欲そのものを道具のように使いこなすことを可能にする。もう性欲はわけのわからぬ危険なものじゃない。いつでもポケットからとりだして使える万年筆みたいなもんだ。これは計画出産だって、革命的に変えますよ。火星に人間がいれば、おそらくかれらはアラブの健康法とおなじ性管理をおこなっていると信じますねえ。これでこそ現代人として、自分の野心と使命感とにむかってまったくフルに力をだすことができるんですわ！」

ひとりのジャーナリストが手をあげて質問を試みた。その時、中年男の海驢《あしか》みたいな眼《め》が新しく強い期待に輝やいたので、ぼくにはかれが質問を熱望していたのだということがわかった。それも、かれの現代人としての野心と使命感とはなにか？　という質問を。しかしジャーナリストはひやかし半分にそれとは別のことを訊《たず》ねたのだった。

「あなたは、いま、ここで、その性的な機能の全面的な管理というのをやることができますか？」

「ああ、やれますよ。やってみますか？」と中年男は眼いっぱいにつまっていた期待の花をたちまちしぼませながらも、それでも誠意のこもった声でこたえた。かれはますます無邪気なお調子者に見えたが、誰かの嘆息どおりに、壮絶だねえ、と呻《うめ》かせるおもむきももっているのだった。

「いや、けっこうです」と質問したジャーナリストが辟易《へきえき》して辞退するともういちど、ぐったりした笑い声が小宴会場のなんとなく弛緩《しかん》した悪い空気を揺るがせた。

「他に質問がありませんでしたら」とものほしげなためらいを示したあと中年男は次の演出に移った。

「それじゃ、アラブ人の行者にひととおりの型をやってもらいましょう、写真はご自由におとりください」

その瞬間までじっと沈黙をまもり不動の姿勢をとっていた半裸のアラブ人に、三十人ほどのジャーナリストたちみながあらためて気づいた。誰もが、暗闇で獣に出くわしたとでもいうように、一瞬そのアラブ人をみつめ、ぎくりとして頭をのけぞらせたみたいだった。ぼく自身、最初にかれを一瞥《いちべつ》したあと、中年男の説明のあいだはずっとかれのことを忘れてしまっていた。ぼくには、ひとりの人間、しかも大男の半裸の外国人が、あたかもくすんだ色の家具のように、これほどまったく徹底して自分を主張せずに、そこにひっそり存在していたことが不思議だった。かれは、いわば、穴ぼこのように存在していたのだ。中年男が、圧倒的にそのアラブ人を支配し、頭ごなしにどなりたててこきつかい、かれを、家具のような人間にしたててしまったのだろうか？

中年男はぼくらにむかって顔じゅうにたたえてみせた無邪気な微笑のひとしずくなりとも、そのあきらかに怯《おび》えている半裸のアラブ人にあたえなかった。かれはなにやらわけのわからぬ軍隊調の命令言葉をつづけざまに発した。アラブ人は追いたてられる家鴨《あひる》のような恰好《かっこう》で小宴会場の中央に進み、かかえていたアラビア模様の一米《メートル》四方ほどの絨毯《じゅうたん》をそこに敷き、その中央に長い両腕をたれて立つと、全身これ耳という具合で、背後の独裁的健康法指導者の命令を待った。

そこで中年男は、再びぼくらに愛想よく微笑し、

「カメラの方は前へどうぞ。おもしろいポーズがありましたら、おっしゃってください。その姿勢のままいつまでも続けさせますから！　もちろん、くりかえしてもいいですよ。いちばん気にいった所をとってください」といい、そして青ざめた善良な鬼のような形相に戻ると、アラブ人になにやら叫ぶのだ。

アラブ人はまず、ブルッと身震いした。それからそそくさと左足だけに体重をかけて片足立ちになると、右足を頭の上から肩のつけ根へとまわしてしっかり載せ、両腕をうしろにさしだすと自分の右足の腿《もも》を赤んぼうを背負うようにしっかりと抱きかかえた。そしてアラブ人はその鬚《ひげ》だらけの小さな顔をいくぶんかたむけると、きっと眼をみはってぼくらを見つめ、突然、意外にも、悠揚《ゆうよう》迫らぬ薄笑いを浮べたのである。いまこそが、中年男の叱咤《しった》する声に怯えることのない唯一《ゆいいつ》の時だ、ということを確信し、一種の気分的な報復を中年男におこなっているとでもいう薄笑い。

カメラを持った者らは一斉《いっせい》に写真をとり、ペンと手帳しか持っていない残りの大多数はな

んとなく溜息《ためいき》をついた。写真が一段落すると中年男は次の命令を発するまえに、ぼくらの反応をにこにこして見まわし、再び厳しい顔に戻ると、アラブ人にむかって叫んだ。そして、また新しくアラブ人のあわただしい動きと、奇想天外なポーズによる静止、ゆったりした薄笑い、というコースがくりかえされたわけだ。

はじめ中年男の報道陣とアラブ人とへの態度の極端な変り方に不愉快な感じをうけていたぼくも、アラブ人の薄笑いを眼にしてからは、なんとなく心理の平衡がとれたようで、結局、素直な見物人の役割にまわっていた。やがて中年男の命令の言葉も、アラビア語とかスワヒリ語とかいうものではなく、単なる英語にほかならないことがわかった。中年男はこんな風にくりかえし叫びたてていたわけである。エンダバニンギ、ファースト・ポーズ！　クイックリー、クイックリー！　ヘイ、ユー、ザ、ネクスト・ポーズ！　ドンチュー・アンダスタン？　クイックリー、クイックリー、エンダバニンギ！　そこでぼくにも、エンダバニンギというのが、いまオレンジ色のパンツの下からブルーのサポーターをちらちらさせて時に奇怪な味のする体操をつづけるアラブ人のことだとわかった。

この日、＊＊ホテルの小宴会場でエンダバニンギ氏がくりひろげたアラブの健康法のポーズをいちいち紹介することはさけるが、それでも二、三のポーズについては書いておきたいと思う。アラブ人がしゃがみこみ子供の拳《こぶし》ほどもあるその両拇指《りょうぼし》に力をみなぎらせて特殊な爪先立《つまさきだ》ちをする。かれの上躰《じょうたい》はすっかり両膝《りょうひざ》のあいだにある。その膝の外側から両腕をまわして、かれは背骨をふたつの掌《てのひら》でマッサージする、これがひとつのポーズだ。また、もうひとつのポーズ、アラブ人は右膝と右肱《ひじ》とで平衡をとっておかしな倒立をしている。しかもかれの左足は頭のうしろにあるし、左肱は右の踵《かかと》の上に載ってみなぎった力に震えている。

最後にアラブ人は人間の筋肉のあらゆる細部が意志の力で制御できるということを示す、という中年男の説明にしたがって、オレンジ色のパンツをいくらかずりさげると、腹の筋肉を自由自在に動かしてみせた。虐待《ぎゃくたい》された内臓は、ボートの舷側《げんそく》をたたく水の音のように、時どきザブリと鳴った。それはまったく脈絡なく人を不意に懐《なつ》かしい気分に誘う音だった。結局、このアラブ人は、小宴会場じゅうのジャーナリストたちに、特殊な、胸のせまるような印象をあたえて、再び隅《すみ》に悄然《しょうぜん》とひっこみ、くすんだ家具か穴ぼこのような存在に戻った。

おそらくエンダバニンギ氏にもっとも深い感銘をうけた新聞記者にちがいない、ひとりのジャーナリストが、実演のあとの質問の時間に中年男にたいする反感をあらわにしてこう訊ねた。

「あのアラブ人の青年はどういう契約で日本にきて、あなたのために健康法のデモンストレートをやっているんですか？」

「契約？」とやはり愚かしいほど善良そうに問いかえして、男は質問者を見つめたまま頭をかしげた。

「どれくらい給料をはらうとか、どんな待遇をするとか、いつまで滞在するとか、そういう契約です」

「ああ、そういう契約？　そんなものありやしませんよ」とあっさり中年男はこたえた。

質問した新聞記者のみならず、小宴会場のすべてのジャーナリストたちが、これには、幾分あっけにとられた。

「だってエンダバニンギはねえ、アラブの健康法の行者だもの。行者はみな独身だしなにも所有することができないんですわ。主義も主張も金も財産も、ともかく、なにももっちゃいかん。これをアラブの健康法では、鶏みたいな人間というんですが白紙の人間として真実を見きわめようとするんです。かれは日本に、その行のためにきたのでね、わたしの家の三畳に住んでいるが、ほんのすこしたべ、ほんのすこし眠り、そして行にいそしんでいますよ。かれはすこしでも怠けることで自分の行を後退させるのを恐れてねえ、行をやらない時間は、わたしのために下男みたいなことをやってくれていますわ。本当にかれは、えらい男ですよ。まさに行者だねえ、まさに鶏みたいな人間だねえ！」と中年男は感に堪えぬようにいい、こんどだけは笑顔のまま、アラブ人に近づいて、その肩をどすんと叩《たた》いた。ちょうどアラブ人はズボンをはこうとしていたので二三歩よろめき、鬚もじゃらの鼠《ねずみ》みたいに小さい顔にあいまいな訝《いぶ》かりの表情をうかべ、しきりにＯＫ、ＯＫ？　と中年男に訊ねるのだった。

「他に質問してくださる方はありませんか？」とすぐアラブ人に背をむけた中年男はいった。

誰もが《鶏みたいな人間》とその日本の《飼い主》の相互関係の話に圧倒され、かつ、うんざりしていたので、もうひとりも質問する意志をしめすものはなかった。そこで敏感に雰《ふん》囲気《いき》を察した中年男が、待機していたホテルの給仕たちにすばやく合図し、たちまち小宴会場にはオードブルの皿とビールにコップが運びこまれた。

「それじゃアラブの健康法のために乾杯してください！」と中年男は上機嫌な声で音頭《おんど》をとった。「これはわたしにとって、一週間ぶりの断食やぶり、すなわちブレック・ファストです、乾杯！」

たれも中年男の英語の（おそらくはきわめて気のきいたつもりの）言いまわしに感心したふりはみせなかったが、それでも一応、ビールのコップをかかげ、乾杯とつぶやいてそれをほした。ところが次の瞬間、中年男は、見世物の人間クジラのように、飲みこんだばかりのビールとキャビアをのせたビスケットのかけらを、勢いよく嘔《は》いてしまったのである。男はますます青ざめ、コップをにぎっていない手で自分の胃のあたりをしっかりおさえつけ、海《え》老《び》みたいに躰《からだ》をねじまげながらも、霞《かす》んだように苦悶《くもん》の脂《やに》がかかっている眼にむりやり微笑をたたえて、

「ブレック・ファストですからねえ、失礼しました！」と陽気な声で叫んだ。

「壮絶だねえ」とぼくの友人の編集者はいった。ぼくも同感の意を表して溜息をついた。

そしてぼくらのみならず粛然としたすべてのジャーナリストたちができるだけ中年男に背をむけるようにして、まずそうにビールを飲みながら憂《うれ》い顔でささやきあっているあいだを、

中年男は胃の痛みは依然として残っているらしく腹を押えてではあるが、いきいきと魚のように泳ぎまわり、愛想よく声をかけてまわりはじめた。とにかくかれは相当な男だった。やがて中年男がぼくの所へやってきたとき、ぼくの友人の編集者がぼくをかれに紹介すると、かれはいかにも訳知り顔に、

「やあ、あなたのような若い作家が、アラブの健康法に興味をよせてくださるのは、ありがたいですよ」といった。

「いや、どうも」とぼくはあいまいな返事をした。

「それに、あなたのような、坐《すわ》って仕事をする若い人にこそ、アラブの健康法は大切なんですよ。あなたはずいぶん背骨が曲っていますわ。それは精神状態にも直接ひびきますよ。あなた、最近、なんということもなく憂鬱《ゆううつ》でしょうが、そして怒りっぽいでしょうが？」

「ええ、そういう感じですねえ」

「ふむ、ふむ」と満足気に男は唸《うな》り声をあげてぼくの躰全体を見まわした。

「話はかわりますが、ぼくは、以前あなたをお見かけしたことがあるんです、広島で」とぼくはいった。「あなたはABCCの廊下に立っていられたし、次には市庁前の広場で霊柩車《れいきゅうしゃ》の脇《わき》に立っていられました。あなたが広島からつれてこられた原爆孤児は、いま何人生き残っています？」

中年男の海驢に似た頭は、一瞬、いわばその海驢が骨をとがらせてつくったエスキモーの

銛《もり》でつき刺されでもしたというような表情をうかべた。かれはもう上機嫌《じようきげん》なホストではなく、憂わしげで警戒的で、白じらしい憤懣《ふんまん》さえしめしている中年男だった。かれは荒あらしく息を吸いこみ、そのまま呼吸をとめてじっと疑わしげにぼくを見つめ、十秒ほどもたってやっと、アラブ人に命令していたときの声よりももっと険悪な、しかしずっと低い嗄《しやが》れ声で、ぼくにこう囁《ささや》きかけた。

「あんた、ねえ、どういう意図かわからんが、その話は別の機会にしてくれんかねえ。あんたがその話を聞きたいなら、いつでもうちの方へ来てくれれば、わたしは話すよ」

「いつお宅へうかがえばいいでしょう?」とぼくもまた挑戦《ちようせん》的な気分になっていった。

「早い方がいい、そういうことは早くすませたいからねえ。明日の午後二時はどうだね」と手負いの海驢はいった。「場所はこの健康法のパンフレットに印刷してあるわ」

「じゃ、明日うかがいます」とぼくは慇懃《いんぎん》にいった。

それがアラブの健康法の呼吸術でもあるのか、中年男はもういちど荒あらしく息を吸いこんで呼吸をとめ、ぼくを品定めするように見つめ、それから不意にくるりと躰のむきをかえると、ジャーナリストたちの別のグループにむかって歩いて行った。ぼくはかれの急に重くなった足どりを見おくりながら、自分がしだいに昂奮《こうふん》していくのを感じた。同時に、この上機嫌だった、アラブの健康法の指導者に、アトミック・エイジの守護神としてのかれ自身を思いださせ、かくも即物的なショックをあたえたことに漠然《ばくぜん》とした後悔を感じてもいたのだが、ともかく賽《さい》は投げられたわけだった。

「本当に明日、かれに会いに行くのかい？」と友人の編集者が黙りこんでいるぼくをいくらか疑わしそうに横眼でうかがって訊ねた。

「ああ、行くよ」とぼくは力んでいった。

ぼくと編集者とが報道陣よりもひと足さきに小宴会場を出て帰ろうとしたとき、ぼくらはその広間の扉口《とびらぐち》の外套掛《がいとうかけ》の陰で青いジーン・パンツをはき、肩から無地のタオルを羽おったアラブ人が、粥《かゆ》のようなものをひとりで食べているのを見た。かれは一心不乱に碗《わん》のなかを覗《のぞ》きこんで左手にもったスプーンをうごかしていてぼくらにはまったく注意をはらわなかった。

「アラブの健康法は、おそらく、ヨガ・ブームに便乗できないね」と友人の編集者がなんとなく憂鬱にいった。

「ああ、ぼくもそう思うよ」と昂奮のさめてくるむなしい寒さに身震いしてぼくもまた憂鬱にこたえた。そしてぼくは、確かにおれの背骨は曲っているかもしれないなあと考え、階段を降りながらも腰をねじってみたりしたのだった。

翌日、電車とバスを乗りついで、ぼくはアラブの健康法の道場へでかけた。そこは東京湾の埋立地の北のはずれの小工場や木造モルタルの工員用アパートがたてこんでいる一角で、初夏の晴れた日ではあったが、遊んでいる子供らも犬もいず荒涼とした気分がそこらいちめんにただよっていた。アラビア文字と漢字で看板のかかった、高い板塀《いたべい》の片隅の入口をはいると、狭い空地、それは中庭と呼ぶのだろう、それをはさんで、倉庫のような建物と、小っぽけな事務所のごときものがむかいあっていた。その倉庫のような建物が道場らしい。開いたままの扉口から、運動している青年たちの裸の上半身が時どき、きらめくように眼《め》にうつる。その内部はきわめて明るいようだ。逆のがわがすっかり開けはなたれているのだろう。それにくらべて、事務所風の建物は道場と板塀とにかこまれていかにも暗く湿っぽい外観だった。ぼくは事務所風の建物の玄関のまえで声をかけた。すぐに中年男の声が答えた。つづいて中年男は例の調子でアラブ人を叱咤した。ドアが開かれ狭く暗い玄関にアラブ人が顔をだした。かれの脇腹の向うの薄暗がりに畳に坐ったままコップを左掌《ひだりて》に、ぼくを覗《うかが》っている中年男の顔が見えた。かれはあきらかに酔っていた。

「どうぞ、勝手にあがってください」とかれは叫んでよこした。

ぼくがかれのまえに、畳にじかに坐って挨拶《あいさつ》すると、かれはやはり大声で、エンダバニンギ、テイク、アナザー・カップ、クイックリー！　とぼくの背後でぼんやり立っていたアラブ人に命令した。アラブ人はぼくらの脇を摺《す》り足で通りぬけ、隣の三畳の部屋に接している台所から、ただちにコップを一個運んできた。かれはこの日、青いジーン・パンツと、白とブルーの縞《しま》の水夫のような丸首シャツを着こんでいて、裸のときより比較を絶して貧弱だった。

中年男もまた、前日の＊＊ホテルでの印象よりずっと老《ふ》けこみ、かつ衰弱しているようなのだった。かれはいま広島で見かけた時とおなじく魯迅みたいな黒い詰襟《つめえり》の服を、それも皮でできていて膝に届くほどにも長い服を着ていた。それがかれに隠退した支那浪人とでもいう感じをあたえていた。考えてみるとかれは前日、ボクシングのトレーナーのような恰好をしていたのだ。

「まあ、一杯やろうじゃないですか、飲めるんでしょう？」というと中年男は膝の脇の国産ウィスキー瓶《びん》をとりあげてぼくのコップにたっぷり注いでくれた。それを水で薄めるというのではなく、生《き》のまま飲むらしい。かれは自分のコップにもまた十分に注いだ。

「いま、エンダバニンギが、アラブ風のひとくちカツをつくりますわ」と中年男は一瞬、あいまいに微笑していい、それから、こう叫んで、アラブ人を台所に追いやった、ヘイ、エンダバニンギ！　ゴー・トウ・クック・クイックリー！

ぼくは中年男とともに、ひとすすりだけウィスキーを飲んだ。家具ひとつないその薄暗い部屋には、なにやら得体のしれない、おかしな臭《にお》いがこもっていた。それはしだいに鼻についてきた。ぼくはあわててウィスキーをもうひとすすりした。

「あの原爆孤児のことではねえ、いまなお、毎月、広島から脅迫状がきますよ。匿名《とくめい》ですわ。しかし誰が書いているか、見当はついているんだ。新聞社の封筒に入っているからねえ」と中年男は、ぼくをその匿名の脅迫者の仲間に擬しているとでもいうようにきわめて敵対的にいった。

ぼくはそれを聞いて、広島でぼくにアトミック・エイジの守護神のエピソードを話してくれた地方紙の記者の、東洋風のマーロン・ブランドみたいな鬱屈した顔、あのコンプレックスにみちた地方的良心家の顔を思いだした。あの記者が思い屈したあげく、こういう行動に出たわけではないのか、新聞社の封筒での匿名の脅迫というような陰険な悪意のこもった行動に……

「ともかくそれはいけないなあ」とぼくは胸のあたりに不消化な滓《かす》がたまってくるような気分でいった。

「そうでしょう?　いけないことでしょうが」と中年男はいくらかぼくにたいする敵意をひそめていった。「わたしは、あなたも、そういう脅迫を考えているのかと思いましたわ」

「いいえ、ぼくはただ、単純に、あなたがひきとられた十人の原爆孤児の現在の生活について知りたいだけです」

「六人の現在の生活」と中年男は静かにいいなおした。

「すでに四人亡《な》くなられたので?」

「ええ、四人ねえ。しかしみんながみな、白血病で死んだんじゃないですよ。ひとりは交通事故で即死しましたわ。わたしは、あの子たちのために、ポンコツ自動車を一台、買ってやっていたんですが、ひとりの子がそれに乗って出かけてねえ、トラックと正面衝突して死んだんですよ」と中年男はいった。

「事故でしたか？」

「え？」とかれは鈍そうな眼をむいて反問し、それからやっと理解した。「自殺だというんですか？　とんでもない、その子がいちばん愉快なやつだったんだからねえ。わたしのことを、父上と呼んでいましたわ」

そして中年男はウィスキーをひとくち飲み、＊＊ホテルの小宴会場で報道陣にみせた、いかにもお調子者らしい無邪気な微笑を浮べた。さきほどまで不機嫌の毒に根深くおかされていた丸く蒼黒《あおぐろ》い顔いちめんに。ぼくは中年男がしだいに急ピッチに酔いを深めていることを了解しはしたが、かれの突然の微笑には反撥《はんぱつ》してしまう。そこでぼくは自分でもうひとくちウィスキーを飲み、再びコップにそれをみたしているうつむいた中年男にむかって意地悪なことをいってしまう自分を抑制できなかった。

「それでは、四人分の保険金、千二百万円が、すでにあなたの手にはいったわけですね」

中年男はぼくの挑発をうけてたちまち怒れる海驢《あしか》にかわった。かれの蒼黒い顔を酔いは赤く染めなかったのに憤激は一瞬にしてかれの喉《のど》もとから禿《は》げあがった額まで、色盲検査表みたいな複雑な模様にしてしまった。かれはコップのウィスキーをぐっと飲みほすと、咳《せ》きこみ、それから激越に自己主張しはじめた、その饒舌《じょうぜつ》はずいぶん永いあいだつづいたが、ほぼつぎのようなものだったと覚えている。

「四人の保険金だって？　もちろんそれはもらったよ、きみはそれを辞退して保険会社を儲《もう》けさせろとでもいうのかね？　当然おれはそれをうけとった。そして税金をのぞけば千二百万まったくみな、あの子らのために使っていますわ。いったい原爆孤児のために、国がなにをしたというのかね？　世界がなにを試みたというのかね？　ゼロだったじゃないか。おれは個人で、原爆孤児のために、責任をとっているんだよ。そして責任をとるための資金として、不幸にも死んだあの子らの仲間の保険金を使っている。それがなぜ悪いことかね？　それがヒューマニズムに反するとでもいうかね？　確かにおれはここに地所を買ったよ。そして道場をたてて、アラブの健康法というものをはじめている。しかし、それはおれ個人の名誉心からじゃない。しばらく前のことだがね、あの子たちが、まったく沈みこんで暗くなってきたのを、どうにかしようとして、おれがあの子たちに、躰をきたえることをすすめた。そして造った道場を、いくらかでも金の入るやり方で運転しようとして、おれはアラブの健康法などというものを始めたんだよ。あとから道場へ行ってみてくれ、あの子たちはまったく堂々たる肉体をして、底抜けに明るいよ。いまも孜々《しし》営々《えいえい》とトレーニング中だ。おれが千二百万を浪費したとはいわせないよ！」

もしエンダバニンギ氏が洋皿に大盛りにしたひとくちカツを運んでこなければ、中年男はいつまでも、いかにも戦闘的な自己主張をつづけただろう。しかしエンダバニンギ氏があらわれた瞬間、おそらくはアラブ人の行者のまえで威厳をうしなうことを惧《おそ》れてだろう、中年男は大声での自己主張をやめた。そしてぼくに、ひとくちカツ、それもアラビア風のひとくちカツを味わってみるようにと、ほとんど強制的に(すでに酔っぱらった人間の非連続性と執拗《しつよう》さをあらわにして)すすめた。ぼくはひとつ頬《ほお》ばってみたが、それは肉がきわめて薄く切ってあることと、タバスコ・ソースでべとべとするほどなのをのぞけば、とくに日本風のそれと異なるところがなかった。われわれにアラビア風ひとくちカツを提供したエンダバニンギ氏は、隣の部屋と台所とのさかいの板の間に膝をかかえて坐りこみ、再びあの、穴ぼこか、くすんだ家具のような、稀薄《きはく》な存在感において、酔っぱらった中年男の命令を待機しはじめていた。

「うまいでしょうが? あのエンダバニンギにできるまともなことといえば、ひとくちカツをつくることくらいでねえ」と中年男はぼくがその味に満足していることを疑わないで、鈍く素朴な海驢の眼でぼくを深ぶかと覗きこみながらいった。

「ええ」とぼくはいったがそのアラビア風の食物はあまりに辛すぎて、ふたつめを試みる気にはなれない。ぼくは中年男がウィスキーと交互にやみくもに食べつづけるのを見まもっているだけだった。

そのうちぼくは奇妙なことに気づいた。中年男はしきりにひとくちカツを濡《ぬ》れた脣《くちびる》のなかに押しこみ咀嚼《そしゃく》するが、それを胃にむかって呑《の》みこむことには困難を感じているらしいのだ。

そのうち中年男は猿《さる》のように頬いっぱいに嚙《か》みくだいたひとくちカツを渋滞させてしまった。そしてとうとう、中年男は、自分の左掌のなかへすでに胃にいたっていたものをもふくめてそれらを激しく嘔《は》いた。かれの意外なほど繊細な指がたちまち茶褐色《ちゃかっしょく》のドロドロのもので汚れた。ぼくは嫌悪《けんお》を感じたが中年男自身は平然たるものだった。かれは黒い皮の長衣で汚れた掌《てのひら》をぬぐうと素知らぬ顔でウィスキーを飲みつづけるのである。ぼくもまた黙りこんでウイスキーをすするほかなかった。それから中年男はなにごとかに耳をすませるようなそぶりをして、

「ほら、聞えるでしょうが、あの子たちが一般のアラブの健康法ファンにまじってトレーニングしている音が。けなげなものじゃないですか。わたしが、あの連中に愛情を感じないでいることができると思いますか？」と打明け話をするような調子でいった。

馬の群が地面を踏みつけているような音がさきほどから聞えていたのだった。道場で、いっせいに新しい運動がはじめられていたらしい。それはなんとなく涙ぐましいイメージをよびおこす音だったし、それに耳をすましている中年男の表情にもまた、なにやら真実なものがあった。ぼくは自分の正義派ぶった詰問《きつもん》の根拠が単に感情的なものにすぎなかったことを感じ、そしてそのぼくが別の種類の感情のとりこになりつつあることをもまた感じた。

「あなたがかれらに愛情をもっていられることは知っています」とぼくはセンチメンタルになっていった、ぼくもまた、いくらか酔っていたのだ。「ぼくはあなたがＡＢＣＣの廊下で

すすり泣いていられたのを見たし、それに霊柩車《れいきゅうしゃ》の脇のあなたも、本当に茫然《ぼうぜん》自失した様子でしたよ」

一瞬、中年男は蘇生《そせい》した。かれは自信をとり戻し、微笑し、そして自己弁護していたあいだの鎧《よろい》のように着ていた硬い抵抗体のすべてを、ぐにゃぐにゃにとろけさせた。かれはもう醜いほど自分を解放して、ぼくを信頼している様子を示した。その時ぼくは、最初からこの部屋をみたしていた異臭がなおも強まってきているのを感じ、それがかれの吐瀉物《としゃぶつ》の臭いにほかならないのに気づいた。かれはぼくが訪ねるまえ、すでに嘔いていたのだ。

「本当にわたしはあの子たちを愛しているんですわ。それで、あの子たちの誰かが白血病にかかったと知ると、それは地獄の苦しみなんですわ。白血病というものはねえ、恐ろしいですよ。いったんそれにとりつかれると、もうだめなんですねえ、血液の癌《がん》といわれるくらいなんですからねえ」と男はいって微笑した。ぼくはもうかれのとくに意味のない微笑に反撥することをしなかったが、今度は中年男自身が濡れた脣を噛んで血をにじませ、その微笑をおし殺した。かれはいま切実に訴えかけようとしていた。

「原爆病院の先生がいうんですが、注射をつづけているといったん白血球がへるんですね。しかしそれは絶対にまた、ぶりかえすんです。そしてこんどはもうふえる一方。だから、白血球の中休みのときに、退院させてしまうこともあるんですなあ。この春に死んだ四人目の子がそのケースだったんですよ。かれ自身、それは知っていたんですわ。だから、病院からかえってすごした数箇月、他の青年たちは、あの子に本当に優しかったですねえ。それは人間愛にあふれていましたよ。わたしもふくめて誰もが、その子のまえでは冗談をいって笑いかげにかくれて泣いていました。だからもういちど、あの子が入院したときには、みんなかえってほっとしたんです。あの子自身、仲間の心づかいを重荷にしていたんじゃないか。かれも二度目の入院で、むしろ明るくなりましたねえ。それがまた、わたしには辛《つら》いんですわ、気が変になりそうでしたよ。特務機関員の時代には何人もの蒙古《もうこ》人を殺したわたしがねえ。わたしはあの子たちが、これからも次つぎ死んでゆくかと思うと、本当に恐怖におそわれますよ。まったくそれは恐ろしくて悲しい。あの子たちの顔を見るのが辛い。今では、あの子たちに道場で寝泊りさせて、できるだけ、あの子たちと顔をあわさないようにしているほどですわ。わたしはこちらでエンダバニンギとふたりで暮しています。孤独ですよ。そして脅迫状！」

それから中年男はかれの眼をしっかり見ひらいたまま、それを涙でいっぱいにすると、身《み》悶《もだ》えして皮の長衣をキュウ、キュウ鳴らせ、緊張に震える声で訴えた。

「脅迫状にはねえ、やがて残りのあの子たちもみな死んで、十人の保険金の残金とこの地所とが全部わたしのものになる日がくるとくりかえし書いてあるんですよ。ああ、ああっ！　そういうことになったら、どうすればいいんでしょうねえ、恐ろしいことですわ。わたしは恐怖心と孤独感で気が狂うと思います。それではまったく、脅迫状がいうように、わたしがこの歯で原爆孤児の人肉をばりばり嚙んで喰《く》ったことになるからなあ!」

「もういちど、あなたが守護神の役をつとめるための十人の青年を集めたらどうですか?」とぼくは確信もなくいった。

「いや、とんでもない!」と中年男は脅《おび》やかされたように激しくさえぎった。「いまの青年たちが、みんな死んでしまったなら、わたしは辛くて辛くて別の青年たちを集めたりできないですわ」

ぼくはかれを慰める言葉に窮した。そしてぼくは決して中年男の大災厄《さいやく》の幻影をうたがったわけではないが、酔っぱらったかれの苦しみぶりに自分がしだいについてゆけなくなるのを感じていた。ともかく中年男はすでに泥酔《でいすい》していた。ぼくと男とは、しばらく黙ってむかいあっていた。男は頭のなかの地獄のイメージにわれをわすれてしまったのだろう。憑《つ》かれたように再び洋皿に手をのばしカツを口にいれ、困難をこえてのみこもうとしもう一度病気の猫《ねこ》みたいに無気力に嘔きだした。ぼくはかれの白く長い指、かれの頭や躰《からだ》に不つりあいな華奢《きゃしゃ》な指のあいだからカツの衣が脳漿《のうしょう》のように溶けて流れるのを見た。部屋じゅうの異様な臭気はますますたかまった。男はなおもウィスキーを飲もうとしたが、そのコップにはウィスキーのかわりに吐瀉物が流れこんでいるのである。ひとくち飲んでから、かれは不思議そうにコップのなかを覗《のぞ》きこんだ。ぼくは耐えがたく感じた。

「あなた、その金で立候補して議員になればいいじゃないですか、そしてもっと沢山の青年たちを守護することにしたら？　こんどは保険会社の金でじゃなく、国家の金で」

「ああっ、そうだ、議員になるんだ、政治をやればいいんだ」と男は唐突な希望の擒《とりこ》になって躰をうちふるわせ、けたたましい皮の音をたて叫ぶようにいった。「それにわたしは立候補して演説するとき、いろんな弥次《やじ》にさらされて、自分の試煉《しれん》に直面することになりますわ。いま噂《うわさ》や中傷や脅迫状のかたちでわたしについていわれていることが、他人の面前で大声で、直接わたしにいわれますわ。それは試煉だ。本当に、わたしは、議員になればいいんだなあ、政治をやればいいんだ！　コロンブスの卵というが、本当に気がつかなかったなあ。あなたはわたしのためにいちばん良い生き方を教えてくれましたよ。ああっ、そうだ、そうなんだ、議員になればいい、立候補して試煉に出会うだけでも大収穫だ」

ぼくは、ますます昂奮をたかめる、支那浪人風の服装の、健康法の指導者を黙りこんで眺《なが》めた。確かに、この男は十人の青年の生命保険の金をもって立候補し、しかも当選して議員になるかもしれない。デンマークの蒼ざめた憂鬱《ゆううつ》症の王子がいったとおり、この世界にはおまえの哲学ではかりきれないことどもがある、というわけだ。こういうタイプの中年男こそ選挙の数週間くらいのあいだは日本の庶民の心をがっちりとつかむことができるのかもしれない。選挙資金が十人の青年の生命保険の金だという宣伝もかえって強力な武器となるかもしれない。こいつは立会演説会でも海驢みたいな眼《め》をして泣くだろうか、エイ、エイ！　と声をあげて？

「わたしが立候補するとき、あなた推薦人になってくれませんか？　あなたみたいな若い作家には、若い読者が沢山いましょう？」

「あなたに守護されている青年たちがみんな死んでからの話ということにしませんか、推薦人のことは」とぼくは再び自分の内部の苛立《いらだ》たしさに負けて中年男をつきはなす厭味《いやみ》をいった。

　中年男はぼくをチラッと見て、顔をふせた。ぼくはかれが夏のさかりの広島で陽《ひ》の光にさらされながら茫然と放心状態で、犀《さい》ほどにも巨《おお》きい霊柩車の傍に立っていた時の、疲れきった孤独な印象をそこに見出《みいだ》した。ぼくはいま自分が口にしたばかりの言葉をつぐなうに足る別の言葉をさがしていた。しかし中年男はそのままゆっくり横だおしになると眠りこんでしまったのである。光をさける赤んぼうのように顔を両掌でしっかり覆《おお》ったまま荒い息をはいて……

　ぼくは救助をもとめるような気分で、エンダバニンギ氏を見やった。かれは隣の部屋と台所のあいだに膝《ひざ》をかかえて坐《すわ》ったまま、アラブの健康法のひとつのポーズをとっているとでもいうように微動だにしなかった。ただ、かれの黒い花かざりとでもいうべき髪と鬚《ひげ》の輪にかこまれた浅黒い小さな顔には、かれが＊＊ホテルのショーにおいてもポーズのきまった瞬間に見せた、いかにも悠揚《ゆうよう》迫らぬ薄笑いが浮んでいるのだった。ぼくは、かれが、まだ十八歳ほどの年齢なのではあるまいかと疑った。かれはそのとき、その鬚にもかかわらずじつに若わかしく稚《おさ》なく見えたのだった。

中年男はじっと顔を覆い、黒皮の服を着た躰を襲われたダンゴムシのようにまるめたまま、いつまでも眠りつづけそうな気配だった。ぼくは断念して立ちあがった。玄関に降りるときぼくは、ためらってから日本語で、

「さよなら、エンダバニンギ」といったが、アラブの《鶏のような人間》はいささかの反応も見せはしなかった。

ぼくは中庭を横切って、道場を見に行った。そこでは六人の生きのこりの原爆孤児たちが一般のアラブの健康法ファンとともにトレーニングしている筈《はず》だったから、かれらのひとりふたりと話してみたかったわけである。

道場は中にはいってみると高等学校の雨天体操場を小さくしたような印象で、天井は高く、窓は広く、明るくて気持が良かった。中年男と話した建物の薄暗さと異様な臭気とにくらべると道場の明るさと清らかな空気はぼくに、ほとんど快楽的な解放感さえもたらした。初夏らしい微風が吹いてきて、ぼくは健康な人間の汗の匂《にお》いをそこに嗅《か》ぎつけた。ぼくが入口の土間に立って見物をはじめても、道場のそこかしこで思いおもいのトレーニングをしている十数人の半裸の青年たちは、いささかもかれら自身のスポーツへの集中をみだされる様子がなかった。ぼくは六人の生きのこりたちを選別しようとしたが、十数人の青年たちはみな筋肉のもりあがった硬い躰をいかにもきびきびと充実した動きにかりたてていて、その誰にも

頽廃《たいはい》と不安と病気の兆候はなかった。

それに幾人かの例外をのぞき大半の青年の運動はとくにアラブの健康法に即しているというのでもないようだった。むしろありふれたボディ・ビル・センターでの鍛錬風景を思わせた。とくに土間のすぐ脇《わき》で、太いスプリングの両端に握りをつけた道具を頭の真上に両腕で支え、彎曲《わんきょく》させ、もとに戻し、彎曲させ、またもとに戻す運動をやっている青年など、かれはまったく普通のボディ・ビルの教程をおこなっているのだ。ぼくもしばらくそれをやったことがある。その道具はおもに躰の外側の筋肉をつくるためのものだ。眼のまえの青年の汗と艶《つや》に光りウナギみたいにくねる肉体は、内側も外側も、充分に彫りこまれみがきたてられた筋肉の束が、せめぎあっているような具合だった。ぼくがいくらかは嫉妬《しっと》のこもった嘆賞の思いでかれに見とれていると、ぼくの視線のアブが自分の筋肉の束をやっとのことでおおっている張りつめた皮膚にとまった、とでもいうように、突然かれはぼくに気づき、無造作に体操を中止すると、片手に運動具を提げてぼくにむかっていかにもなにげない様子で歩みよってきた。ぼくはまぶしい光に急に面したようにしきりに瞬《まばた》きした。

「やあ！」と青年は屈託なくいった。

「やあ」

青年は胸の両がわのふたつの筋肉の板を、むずがゆそうに拳《こぶし》の背でこすりながら、注意深くぼくを見つめた。ふたつの筋肉の板はどちらも乾いているのに、そのあいだから鳩尾《みぞおち》にいたる窪《くぼ》みは汗で濡れそぼっている。

「ぼくは小説を書いているものですが」とぼくは自分の息がアルコール臭くないかどうかを疑って気おされたような気持になりながら自己紹介しようとした。

「知ってますよ、今日は取材でしょう?」と青年は微笑して大人ぶったいい方をした。「あの人には会われました?」

「ええ、会いました、それで……」

「それで?」

「あの人が広島からひきとってきた原爆孤児の方に、話を聞きたいんですよ、誰か」とぼくはいった。

「誰でもいいんですか?」

「ええ」

「ぼくがその一人です」と青年はいった。「ほら、この道場の連中で、ぼくとおなじトレーニング・パンツをはいているやつは、みな仲間です」

幾人かの青年たちが、ぼくらの会話に好奇心をしめして、じっと動きをとどめたまま、首をねじってこちらを眺めていた。ぼくは屈強な裸のかれらを見て、ローマの体育場に建っていた、スポーツにはげむ青年たちの群像を思いだした。かれらのうち、踵《かかと》に紐《ひも》がまわしてある徒手体操用のトレーニング・パンツをはいている者たちが、とくに筋肉の発達状態も皮膚の桃色の輝やきもきわだって美事だった。ぼくはすでに質問すべき言葉をうしなった。

「ずいぶん立派に躰をつくったんですねえ」とぼくはいった。

「まあ、ねえ、みんな永くやってるから」と青年はとくに謙遜《けんそん》するというのでもなく落着いた自信を示していった。

「それに、ぼくらはいつも白血病の不安にみまわれているでしょう？　だから、すくなくとも、躰の、眼にみえる部分だけでも、要塞《ようさい》みたいに頑丈《がんじょう》にして、その不安に対抗しようとしているんですね」

「ええ」とぼくが相槌《あいづち》をうつと、

「しかし無意味ですよ、白血病には」と青年は微笑しながらもきっぱりといった。

「無意味ですか」とぼくはしおたれた声で反問した、自分が赤面するのを感じながら。

「無意味です。しかし、ぼくらはみな、ボディ・ビルに熱心ですね。この道場にくる、他の人たちにくらべても、やはりちがいますね。この春、死んだ仲間も、とても熱心でしたよ。かれは、うちの誰よりも立派な三角筋をもっていました」

そういってから、青年はぼくの当惑が、筋肉の名称への無知からきたものだと思いこんで、片腕にさげていたスプリングの運動具を床に置くと、ぼくを見つめたまま半身にかまえ、さっと上躰《じょうたい》を沈めて腕から肩口への筋肉を隆起させて見せてくれた。この瞬間だけ、かれの若わかしい顔にいかめしさがみなぎった。ぼくは汗の匂いとともに、好ましい腋臭《わきが》の匂いを嗅いだ。

「この肩のところが三角筋、その上のが僧帽筋、下のところのが、誰でも知っているやつ、上腕三頭筋ですね」

「凄《すご》いなあ」とぼくは素直にいった。

「いやいや、無意味ですよ」と照れかくしのように荒あらしく筋肉をもとにもどし微笑を回復してかれはいった。

ぼくは黙りこんで頭をふってみるだけだった。青年はぼくの沈黙を見てとると、

「あなたは、あの人がぼくらに保険をかけていることを知っているでしょう？　そのことでぼくらの誰かと話したいと思ったんじゃないですか？」といった。

「ええ、まあ……」とぼくはますます自分が赤面してくるのを感じながらいった。

「ぼくらはねえ、ここでの生活に満足していますよ。あの人がぼくらに保険をかけたにしても、その金は、ぼくらのここでの生活のために使われているんですからね。それに、あの人がいなかったとしたら、ぼくらはさしずめ、浮浪児にでもなったでしょうよ。そしてやっとのことで成長したとしても、ウサギみたいな筋肉をした中途半端《はんぱ》な労務者にでもなったですね」

ぼくはうなずいた。ぼくはかれにお礼をいい、そこから退却しようとした。その時だった。

「あなたと話しながら、あの人は酒を飲みました？」と青年がさりげなくぼくに訊《たず》ねたので

ある、別れの挨拶《あいさつ》のかわりのように。

「ええ、飲みましたよ、いまは酔いつぶれています。それでぼくは、ひきあげてきたんです」とぼくは沈んだ気分でこたえた。

「時どき、酒が胃に流れこみにくいような様子をしませんでした？　ひ、と、く、ち、カツが好物なんですが、それが喉《のど》をとおりにくいような様子をしませんでした、あの人？」

「しました、それに、幾度か嘔《は》きました」

「そうでしょう、そうでしょう。ぼくらは、あの人のことを胃癌《いがん》じゃないかと疑っているんですよ」と青年はきっぱりいった。

「やはり、あの人が死んでしまえば困るというふうに、あなたたちは心配していられるわけですか」とぼくはいった。

「え、心配？　いいえ、心配というよりもねえ、ぼくらは、二年ほどまえに、あの人からもらう小遣いをだしあって、あの人に生命保険をかけたんですよ、受取人はぼくら八人ということにして、もっとも、いま残っているのは六人だけど」と青年は、澄みわたって輝やく眼でぼくを見つめて微笑しながらいった。若い人間には時にその故郷の風物に似た表情をしめす瞬間があるものだ。この時、青年の眼はぼくに広島の真夏の青空のことを思いださせた。

「そしていま、ぼくらはあの人が胃癌じゃないかと考えています。あの人についてとやかく噂はありますが、ぼくらは、あの人のことを本当にぼくらの守護神だと信じていますよ」

空の怪物アグイー

　ぼくは自分の部屋に独りでいるとき、海賊のように黒い布で右眼《みぎめ》にマスクをかけている。それは、ぼくの右側の眼が、外観はともかく実はほとんど見えないからだ。といって、まったく見えないのではない。したがって、ふたつの眼でこの世界を見ようとすると、明るく輝いて、くっきりしたひとつの世界に、もうひとつの、ほの暗く翳《かげ》って、あいまいな世界が、ぴったりかさなってあらわれるのである。そのために、ぼくは完全舗装《ほそう》の道をあるいているうちに不安定と危険の感覚におびやかされて、ドブを出たドブ鼠《ねずみ》のように立ちすくんでしまうことがあるし、快活な友人の顔に不幸と疲労のかげりを見出《みいだ》して、たちまちスムーズな日常茶飯の会話を、困難な渋滞感につきまとわれた吃《ども》りの毒で、台なしにしてしまうことがある。しかし、やがてぼくはこれに慣れるだろう。もし、慣れることができないとしたら、ぼくは部屋の中だけでなく、街や、友人たちの前でも、黒い眼帯をかける決心をするつもりだ。見知らぬ他人たちがそれを古めかしい冗談だと憫笑《びんしょう》して、ぼくをふりかえりながら、すれちがうとしても、それにいちいち苛《いら》だつような年齢でもない。

　これからぼくは、自分の生涯《しょうがい》ではじめて金を稼《かせ》いだ体験をものがたりたいと思うのだが、それを自分のあわれな右眼についてかたることからはじめた理由は、ぼくのその眼に暴力的なアクシデントがおこったとき、不意に、なんの脈絡もなく、ぼくの心に、あの十年前の体験が喚起されたからである。その時ぼくの心に燃えたってぼく自身を束縛しはじめた憎悪《ぞうお》から、ぼくはそれを思いだすことで自由になったのだった。そのアクシデントについても、ぼくは最後にかたるだろう。

十年前、ぼくがあの体験をしたとき、ぼくはふたつの視力二・〇の眼をもっていた。そしていまぼくはその片方をだめにしてしまった。《時間》は推移したのだ、石礫《いしつぶて》にうたれてつぶれた眼球を踏み台にしてジャンプした《時間》。ぼくがはじめてあのセンチメンタルな狂人に会ったとき、ぼくは《時間》の意味をごく子供らしいやり方でしか理解していなかった。背後の《時間》に見つめられ、前方の《時間》にも待ちぶせされるという苛酷《かこく》な感覚をもったことはまだなかった。

十年前ぼくは十八歳で50kg、170cmだった、ぼくは大学に入ったばかりで、アルバイトを探していた。ぼくはまだ十分にはフランス語を読めなかったにもかかわらず、二冊つづきの布表紙の《魅せられたる魂》を買おうとしていたのである。それもロシア語の前書きのついたモスクワ版で。前書きのみならず脚註も奥づけもスラブ・アルファベットなら、本文のフランス語も、文字と文字のあいだに細い糸切れのような筋がいっぱい刷りだされてしまっている、奇妙な版だったが、それでもフランス版にくらべてずっと頑丈《がんじょう》で立派で、ずっと安かった。それを東欧系の本の輸入洋書店で見つけたぼくは、ロマン・ローランにいささかの興味もよせていなかったのに、その二冊の本を自分のものにすべく走りまわりはじめたわけだった。この時分、ぼくはたびたびおかしな情熱の擒《とりこ》になった。そしてそれをとくにあやしみもしなかった。自分が十分に激しくその情熱にとりつかれてさえいればとやかく思いわずらうことはないと感じていたわけである。

ぼくはまだ大学に入学したばかりで学生アルバイト斡旋所《あっせんじょ》に登録していなかったので知人のところをまわって仕事を探した。そして伯父に紹介されたある銀行家から、ひとつの仕事を斡旋されることになったのだった。銀行家は、ぼくに、

「きみは《ハーヴェイ》という映画を見たかね？」といった。「見ました」とぼくは生涯ではじめて他人から雇傭《こよう》されようとする人間らしくひかえめながらも献身的な微笑をうかべるべく試みていった。《ハーヴェイ》というのは、ジェームス・スチュアートが、熊《くま》ほどにも大きい架空のウサギと一緒に暮している男に扮《ふん》した映画だった、ぼくはそれを見て、死ぬほど笑ったものだ。

「うちの息子が最近、やはりああいう風に怪物にとりつかれるんだよ。それで仕事もやめて蟄居《ちっきょ》している。時どきかれを外出させたいんだがその附添いがいなくてね。きみがそれをやってくれないか？」と銀行家は微笑をかえさないで事務的にいった。

ぼくは銀行家の息子の若い作曲家Dのことをかなり詳しく知っていた。かれはフランスとイタリアで賞をもらった前衛的な音楽家で、雑誌のグラビアなどに、《明日の日本人芸術家》

というような一連の人物写真がのると、たいていそれに入っていた。ぼくはかれの本格的な仕事こそ聴いていなかったけれども、かれが音楽をつけた映画なら、いくつか見ていた。そのひとつは、非行少年の冒険的な生活をあつかった映画でいかにも抒情《じょじょう》的なハーモニカの短いテーマが使われていた。それは美しかった。ぼくはその映画を見たとき、三十歳近い男が(正確には、ぼくがかれに傭《やと》われたとき音楽家は二十八歳で、すなわち現在のぼくとおない年だった)ハーモニカの旋律を工夫している様子を漠《ばく》とした違和感とともに空想したものだった。ぼく自身は小学校にはいる年にハーモニカを弟にゆずったので。それに、ぼくがその音楽家について知っていたのは、そういう公的な事実だけではなかった。音楽家は、ひとつのスキャンダルをまきおこしたことがあった。ぼくはスキャンダル一般を心底軽蔑《けいべつ》していたのに、それでも、音楽家が生れたばかりの赤んぼうに死なれたこと、その結果、離婚したこと、また、かれがある映画女優との関係を噂《うわさ》されていたこと、などを知っていた。それでも、ぼくは、かれがジェームス・スチュアートの映画のウサギのお化けのようなものにとりつかれているとは知らなかったし、かれが仕事をやめて閉じこもっているということも初耳だった。その病状はどの程度の話なんだろうか、強度の神経衰弱というくらいのことだろうか、それともはっきりした精神分裂症なんだろうか？　とぼくはあれこれ考えた。

「外出の附添いとおっしゃるのはどういうことでしょう、もちろんぼくはお役に立ちたいと思いますが」とぼくは微笑をおさめていった。こんどぼくは、好奇心と不安をおしかくし、同情心を、おしつけがましくないかぎりの強さで自分の表情と声とに匂《にお》わせようとしていた。それが単にアルバイトであるにしろ、それはぼくの生涯の最初の就職のチャンスであったから、ぼくは順応主義者的なベストをつくすつもりだったのだ。

「息子が東京のどこかへ行くつもりになれば、そこへついて行ってくれる、ということだけでいいんだ。家では看護婦がついているが、女手にあまるような乱暴はしないようだから、そういうことを警戒することはないよ」

そう銀行家はいってぼくを自分の臆病《おくびよう》さを発見された兵士みたいな気分にした。ぼくは赤面し、失地回復をはかって、

「ぼくは音楽がすきですしなにより音楽家を尊敬していますからDさんに附添って、話を聞くことはたのしみです」といってみた。

「あれはいま、自分にとりついているもののことだけ考えて、その話しかしないそうだ」と銀行家はにべもなくいってぼくをますます赤面させた。「明日にでも、あれに会いに行ってみてください」

「お宅にうかがえばよろしいので?」

「精神病院にいれるほどのこともないのでね、うちにいますよ」と銀行家は心底意地悪な人間だとしか思えぬ調子でいった。

「ぼくが採用していただくことにきまればご挨拶《あいさつ》にまいります」とぼくはうなだれて涙ぐみ

かねない状態でいった。

「いや、あれがきみを雇傭するわけだから（そう銀行家がいったので、ぼくは負け犬の反撥《はんぱつ》心《しん》をふるいおこし、よしDのことを、ぼくの雇傭主と呼んでやる、と決心した）その必要はないでしょう。わたしとしては、あれが外出先で悶着《もんちゃく》をおこして醜聞にならないよう、きみに気を配ってもらいたいと思うわけだ。あれの今後のキャリアのこともあるし、わたし自身の信用ということもある。そういうわけだ」

そうか、モラルの点からいえば、再びスキャンダルの毒でこの銀行家の家族が汚されないように見張る役目が、このおれの仕事というわけかとぼくは考えたが、もちろん、ぼくはただ、銀行家の冷えた心を信頼の熱でいくらかでもあたためるために、しっかりうなずいてみせただけだった。

それにぼくはもうひとつ、ぼくの心におおいかぶさってくるもっとも肝要なことすら、口にだして訊《たず》ねようとはしなかったのだった。それがじつに聞きにくいことであったことも事実だが。すなわちぼくは、あなたの息子さんにとりつく怪物とは、いったいどんな怪物でしょう？《ハーヴェイ》同様、二米《メートル》ちかいウサギでしょうか、それとも、もっとおどろおどろしく剛毛の生えた雪男みたいなものなんでしょうか？と訊ねたいと思いながらついに黙っていたのだ。もちろんそれを本人に聞くことはできないだろうが、看護婦と仲良くなればそこから秘密をかぎだせるだろうと考えて自分をなぐさめて。そのあげくぼくは頭取室を出てビルの廊下を歩きながら、たれか重要な人物に会ったあとのジュリアン・ソレルみたいに屈辱感に歯がみし身震いしながら、すさまじく細部にこだわる意識家となって自分の態度とその効用について採点を試みたものだった。ぼくが大学を卒業しても就職試験をうけることをせず、自由業を選んだ心理的な背景には、この日の不機嫌《ふきげん》な銀行家との対話の記憶がおおいに作用していたと思う。それでもぼくは、翌日、授業が終ると私鉄に乗って郊外のお屋敷町の、銀行家の私邸へ出かけていったのであった。

ぼくがその城みたいな邸宅の通用門をくぐった時、深夜の動物園さながら凄《すご》い獣たちの声が殷々《いんいん》と鳴りひびいたことをおぼえている。ぼくはショックをうけて萎縮《いしゅく》してしまい、あれがぼくの雇傭主の叫び声だとしたら、とすっかりたじろいで空想した。この時ぼくがその獣たちの声を、ぼくの雇傭主をおとずれ、かれにとりついている、ジェームス・スチュアートのウサギにあたる怪物の声でないかと疑うことがなかったのはまだしもだった。

ぼくがあまりにあからさまに衝撃をうけたので、ぼくを案内していた小間使は不謹慎にも声をたてて笑いながら歩いた。ぼくはそれから、もうひとりの、こちらは声なく笑っている人間を、植込みの向うの離れの窓のなかの薄暗い室内に見出《みいだ》した。かれがぼくを傭ってくれるはずの人間だった、かれは音をうしなったフィルムのなかの顔のように笑っていた。そしてかれのまわりから盛んな野獣の吠《ほ》え声が湧《わ》きおこっているのである。よく聴くとそれは一種類の獣が数頭あつまって喚《わめ》きたてている声だとわかる。しかもそれはこの世のものとも思えず甲高い声なのだ。離れの入口まで小間使に案内され、そこに置きざりにされたぼくは、その獣たちの声が音楽家の録音のコレクションのひとつなのだろうと見当をつけて勇気をとり戻し、姿勢をただしてドアをひらいた。

離れの内部は幼稚園の教室を思わせた。広い室内にはいかなる区切りもなく、ただ二台のピアノ、一台の電気オルガン、数台のテープ・レコーダー、再生装置、それにぼくが高等学校の放送部員だったころ、ミクシング装置と呼んでいたところのものなどなどで、足の踏場もない様子だった。寝ている犬のようなものが赤っぽい真鍮《しんちゅう》のチューバだったりする。これこそぼくが空想したとおりのまさに音楽家の仕事場で、ぼくはどこかで同じものを見たことがあるように錯覚さえした。Dが仕事をやめて蟄居しているというのは父親の誤解だろうか？　音楽家は、屈《かが》みこんでテープ・レコーダーを停《と》めるところだった。どこか秩序のある混沌《こんとん》にかこまれて、Dは敏速に両手をうごかし、獣たちの絶叫は一瞬、沈黙の深く暗い穴ぼこに吸いこまれた。それから、上躰《じょうたい》をおこした音楽家は、じつに穏かで子供っぽい微笑を浮べてぼくを眺《なが》めた。ぼくは、その室内を素早く見まわして看護婦がいないことを発見し、いくらか警戒的になっていたのだが、銀行家がいったとおり、音楽家はやにわに乱暴なことをしでかしたりはしそうになかった。

「あなたのことは父から聞きましたよ、さあ、あがってください、そのあたりに」と音楽家はよく均衡のとれている響きの良い、低い声でいった。

ぼくは靴《くつ》をぬいでスリッパもはかず絨毯《じゅうたん》の上にあがり、それから腰をかけるべきなにものかを探したが、ピアノとオルガンのまえの丸い椅子《いす》のほかにこの部屋にはクッションすらなかった。ぼくはテープの空箱とボンゴのあいだに足をそろえて手持ちぶさたに立っていた。音楽家自身、両脇《りょうわき》に腕をだらりとたれて立ったままで、かれがいつか掛けることがあるのかと疑われた。かれはぼくにもまた、掛けるようにとはいわず黙ったままずっと微笑しているだけだ。

「あれは猿《さる》の声だったのでしょうか？」とぼくはたちまち強張《こわば》りそうな沈黙を壊そうとしてたずねた。

「いや、犀《さい》ですね。回転数をあげたのでああいう声になったわけですよ。それに、音量もずいぶんたかくしてあるし」と音楽家はいった。「しかし犀ではないかもしれないね、犀を、といって採集してきてもらったんだけど。まあ、これからは、きみがきてくれるからぼくが直接、採集にゆけます」

「じゃ、ぼくは傭っていただけるので？」

「もちろんですよ。ぼくは今日きみを試験するつもりできてもらったんじゃない。だって並じゃない人間に、正常人を試験できますか？」とぼくの雇傭主ときまった男は冷静に、そして強《し》いていえば羞《は》じらっているような様子でいった。そこでぼくは自分の、じゃ、ぼくは傭っていただけるので、という商人的なニュアンスの卑屈ないい方を自己嫌悪《けんお》した。音楽家はその実務家の父親とすっかりちがっていた。ぼくはかれに対してもっと率直であるべきだった。

「どうか自分のことを並じゃない人間などと、いわないでください。ぼくが困ります」とぼくはいった。率直であろうとしたにしてもまったくおかしなことをいったものだ。しかし、

「ああ、そうしましょう、その方が仕事しやすいでしょう」と素直に音楽家はうけとめてくれた。

仕事という言葉があいまいだが、すくなくともぼくがかれの所へ週に一度ずつ顔をだした数箇月のあいだ、かれは動物園へ本当の犀の声を録音しにゆくというほどの《仕事》すらしなかった。ただ、様ざまな乗り物あるいは徒歩で東京をあるきまわり種々の場所をおとずれただけだった。したがって仕事とは、ぼくのがわに立ってのいいまわしだったのだろう。ぼくについていえば、ぼくは相当の仕事をした。かれの命をうけて京都まで人を訪ねていったりもしたのだった。

「それでいつから始めますか？」とぼくはいった。

「きみさえよければ今日から始めましょう」

「ぼくなら結構です」

「じゃ、支度しますから表で待っていてくれますか？」

ぼくの雇傭主はそういうと楽器や音響器具、楽譜の類のあいだを沼地を歩くように注意深

くうつむいて奥へすすみ、黒く塗った板扉《いたとびら》をあけてそのなかへ入って行った。そのとき、ほぼ初老の頬《ほお》に皺《しわ》だか傷あとだか濃く鋭い翳《かげ》りのある面長《おもなが》な看護服の女が、かれを右腕でかかえるようにしてむかえいれ、左腕で板扉をとざすのをぼくは一瞥《いちべつ》した。あのぶんでは、ぼくが傭い主と出かけるまえに看護婦と話してみることなどできはしないだろう。ぼくは薄暗い室内のもっとも暗いドアのまえで靴をはくべくもぞもぞ足をうごかしながら、これからはじめる自分の仕事への不安がいやまさるのを感じた。あの男はずっと微笑していたし、ぼくが水をむけると、答えもしたが、それでも自分からどんどんしゃべるということはなかった、ぼくはもっと寡黙《かもく》であるべきだろうか？　ぼくはそういうことを考えたりもしたのだった。表という言葉がふたつにとれたので、はじめての仕事に万全を期そうという覚悟のぼくは通用門のすぐ内側で、離れの方向を見まもりながら、ぼくの雇傭主を待った。

ぼくの雇傭主は痩《や》せて小柄《こがら》な男だったが、頭はひとなみよりも巨《おお》きく思えた。頭蓋骨《ずがいこつ》の形の露《あら》わな彎曲《わんきょく》した広い額に、色の薄い、よく洗われたボサボサ髪をたらして、いくらかでも額を低くみせようとしていた。顔の下半分は小さくて歯ならびがきわめて悪かった。それでもかれの顔がおだやかな微笑のよく似合う、いかにも静的な端正さをそなえていたのは、深く窪《くぼ》んだ眼《め》の色のせいだったろう。かれの全体の印象は犬に似ていた。そしてかれは灰色のフランネルのズボンの上に蚤《のみ》みたいな縞《しま》のセーターを着こんでいた。かれはいくぶん猫背《ねこぜ》でそして腕が異様に長かった。

やがて離れの裏口から出てきたかれはさきほどのセーターの上に水色の毛糸のカーデガンをつけ、白いゴム底の運動靴をはいてきていた。それは小学校の音楽の教師という印象だったものだ。手に黒いマフラーをさげ、それを頸《くび》にまくべきかどうか思案しているという様子で、かれは待ちうけているぼくに困惑した微笑をうかべてみせた。この日からぼくとかれとの交渉のあった期間、最後にかれが病室のベッドに横たわっていた時をのぞいて、ずっとかれはつねにこの服装だった。ぼくは毛糸のカーデガンを羽織っている大人の男に、仮装した女みたいな滑稽感《こっけいかん》を見出したのでかれの服装をよく覚えているのである。かれにはそのあいまいで不徹底な形と色をしたカーデガンがいかにもふさわしかった。かれは、いくらか内股《うちまた》で植込みのあいだを歩いてくるとマフラーを握った右手を、なんとなくもちあげてぼくに合図した。それからかれは決然とマフラーを頸にまいた。すでに午後四時で戸外はかなり寒かった。

かれがさきに通用門をくぐりつづいてぼくがくぐろうとして（ぼくらはもう雇傭主と傭い人の関係にあった）ぼくがなんとなく看視されているような気持にとらえられてふりかえると、ぼくが最初に音楽家を見出した離れの窓の奥で、こんどは、あの頬に傷か深すぎる皺のある初老の看護婦が、逃亡兵を見おくる残留者のような様子で、亀《かめ》みたいに脣《くちびる》をきつくむすんで、ぼくらを眺めているのだった。ぼくはできるだけ早く、あの看護婦をつかまえてぼくの雇傭主の病状の明細をきいただそうと決心した。それにしても、ひとりの神経衰弱者あるいは狂人を看護している身で、その患者が外出しようとするとき、かれにつきそう人物になんらの注意もあたえないというのは職業上の怠慢ではあるまいか、それくらいのことはいわば、事務引きつぎの行為ではないか？　そういう注意もいらないほど、ぼくの雇傭主は、おとなしく無害な病人なのか？

　鋪道《ほどう》に出ると、ぼくの雇傭主は疲れた女のそれのように広く黒ずんでいる瞼《まぶた》を窪んだ深いところでクルリと剝《む》いて、人気《ひとけ》のないお屋敷町の通りと屋並とを素早く見まわした。かれには、それが狂気の兆候であるかどうかはわからないが、とにかく突発的、不連続的に、敏速な行為をおこす癖があるようだった。かれは秋の終りの晴れわたった空を見あげてはげしくまばたきした。窪んだ眼ではあるが、かれの焦茶色《こげちゃいろ》の眼にはじつに表現力にみちたところがあった。かれの眼はまばたいたあと、空の高みになにものかを探しもとめるように焦点をしぼっている。ぼくはかれの斜めうしろから、かれを見まもっていたのだが、かれの眼の動きとともに、ぼくにもっとも鋭い印象をあたえたのは、拳《こぶし》ほどにも大きいかれの喉仏《のどぼとけ》の動きだった。ぼくはかれがじつは大男になるべき人間だったのに幼児期のなにかの障害でこういう小柄な人間になったのであって、頸から上だけは、そうなるべきだった巨漢のおもかげをのこしているのではないか、と考えた。

　ぼくの雇傭主は空を見あげていた眼をおろしてぼくのいぶかしがっている眼をとらえると、さりげなく、しかし異議をはさむことを許さないきびしさで、

「晴れた日には、空を浮游《ふゆう》しているものがよく見えるんだ。そのなかに、あれがいて、ぼくが野天の場所に出てくると、たびたび空から降りてくるんです」といった。

たちまちぼくは脅された気持になって、ぼくの雇傭主から眼をそらし、はやくもおとずれたこの試煉《しれん》をどのように切りぬければいいのかと思い迷った。ぼくはこの男が《あれ》と呼ぶものを信じるふりをするべきか、それともそうでないか？　いったい、かれは本当にもの凄い狂人なのか、それともぼくを、ひとつの冗談にまきこもうとしているポーカー・フェイスのユーモリストにすぎないのか？　懊悩《おうのう》しているぼくに、音楽家は救助の手をさしのべた。

「きみにその浮游しているものが見えもしなければ、もしあれがいまぼくの脇に降りてきているとして、かれを発見することもできはしないことはわかっているんですよ。ただ、あれがぼくのところに降りてきているとき、ぼくがあれと話しても、不思議がらないでくれればいい。突然きみが笑いだしたり、ぼくを黙らせようとしたりすれば、あれがショックをうけるからね。そして、ぼくが時どきあれとの会話の途中で、きみに相槌《あいづち》をうってもらいたがっているとわかったら、相槌をうってもらいたいんだ、それも肯定の相槌を。ぼくはこの東京のことを、あれに、ひとつのパラダイスとして説明しているのでね、きみにそれが、気違いじみたおかしなパラダイスに感じられても、まあ、一種の滑稽なパロディだと考えて我慢して、肯定してもらいたいんですよ、あれが脇に降りてきている時には」

ぼくは注意深く聞き、ぼくの雇傭主の要求の輪郭をのみこんだ。あれというのはやはり人

間ほどもあるウサギなんだろうか、空に巣をつくっている？　しかしぼくはそれを口にだして問うかわりに、

「それがあなたの脇に降りてきていると見わけるにはどうすればいいんでしょう？」ともっとも控えめなことを訊ねた。

「ぼくの様子を見ればわかるでしょう、あれが降りてくるのはぼくが戸外にいるときだけなんです」

「車に乗っている時は？」

「車でも電車でも、開いた窓のそばにいる時には、降りてくることがあるなあ。家にいても窓ぎわに立っていて、あれが降りてくるのに出くわしたことがあるから」

「それで、今は？」とぼくは恐縮しながら訊ねた、ぼくはどうしても掛算の原理の飲みこめない愚かしい生徒のようだったろう。

「今はぼくときみの二人だけです」とぼくの雇傭主は寛大にいった。「それでは今日のところは久しぶりに電車に乗って新宿へ行ってみることにしよう」

ぼくらは私鉄の駅にむかって歩いた。そのあいだぼくはぼくの雇傭主の脇になにものかがあらわれる気配を見おとさないように始終見張っていた。結局ぼくらが電車に乗りこむまで、それは出現しなかったようだった。ぼくがそれを見張る一方で気づいたのは、音楽家Dが、駅にむかう道すじで誰かれに挨拶《あいさつ》をうけてもまったくそれを無視する、ということだった。

かれはあたかも自分自身が存在していないかのように、かれにむかって挨拶する人の眼には、単なる幻影がうつってかれの存在と誤解されているのだというように、徹底して他人からの働きかけを無視するのだった。

他人とのかかわりあいを一方的に拒んでいる、という点では電車の切符売場と改札口においてもおなじだった。かれはぼくに千円札を一枚わたしそれで切符を買うようにいい、かれの分の切符を手わたそうとしても受取らなかった。そしてかれはぼくが二人分の切符を切ってもらっているあいだに改札口をいわば透明人間のように自由な態度でとおりぬけた。電車に乗ってからもかれはおなじ車輛《しゃりょう》の乗客から空気のように無視されているというふうにふるまい、いちばん隅《すみ》の空席に小さくなって坐《すわ》り眼をつむってじっと黙りこんでいるのだった。ぼくはかれのまえに立ち、かれの背後の開かれた窓から、それが入ってきてかれの脇に降りたつことを、しだいに緊張をつのらせながら注意していた。ぼくはもちろん、その怪物の存在を信じたわけではない。ただ、アルバイトの賃金をはらってもらうだけのことはするためにぼくの雇傭主がその妄想《もうそう》にとらえられる瞬間を見おとすまいと心がけていたのだった。結局かれは新宿駅までじっと擬装死の小っぽけな獣みたいな状態だったので、ぼくはまだかれに空からの訪問者があらわれないのだろうと考えるほかなかった。ぼくとかれの他の人間がぼくらの周囲に居るあいだ、かれはまったく気むずかしげな沈黙の牡蠣《かき》となったので、ぼくはただそのように推察したにすぎないが。

それでもやがてぼくの推察が正しいことが確実にわかる瞬間がきた。音楽家Dを、いかにもあきらかになにものかが（というのも、Dの反応においてあきらかだったということである）おとずれたからである。ぼくとぼくの雇傭主は駅を出てひとつの通りをまっすぐ歩いていた。夕暮にはまだいくらか間のある人通りのすくない時間だった。ぼくらは小さな人だかりのしたところへ行きあわせた。ぼくらは立ちどまってその人だかりに加わった。覗《のぞ》きこむと人だかりにかこまれて、ひとりの老人が脇目もふらずクルクル回転しているのである。威厳のある老人で黒っぽい三ツ揃《ぞろ》いを着こみ皮鞄《かわかばん》と蝙蝠傘《こうもりがさ》とを両脇にしっかりひきつけ、そして油でかためた白髪のいくらかを乱し、泳いでいる海豹《あざらし》のような呼吸音をたてて足ぶみしながら、かれは死にものぐるいで廻《まわ》っていた。それを見物している者らの顔は大気にしのびこみはじめた夕暮の気配に黒ずみ艶《つや》がうしなわれ、寒ざむと乾いているのに、老人の顔だけは紅潮し汗ばみ湯気をたてんばかりだった。

そのとき不意にぼくは、ぼくの傍《そば》にいた筈《はず》のDが数歩うしろに退き、かれの右脇に立っている、かれの背とおなじくらいの身長の、透明な存在の肩を抱いているのに気づいた。かれは自分の右腕を肩から水平にのばし、それで輪をつくり、その輪のいくらか上のあたりを懐《なつ》かしげに深ぶかと覗きこんでいるのだった。人だかりの連中は、老人に気をとられてDの奇妙な動作に関心をいだいていなかったが、ぼくは怯《おび》えた。それからDがゆっくりぼくに顔をむけた。それはあたかも友人をぼくに紹介しようとする態度だったが、ぼくにはその動作をどう受けいれていいかわからない。ぼくは狼狽《ろうばい》し赤面するばかりだった、中学校の学芸会でつまらない自分の台詞《せりふ》を忘れたときのように。ぼくを見つめているDの窪んだ眼の底に、苛《いら》だたしくうながしている光が浮んだ。Dはぼくにその空からの降下者のための説明をもとめているのだった、懸命に回転している真剣な見知らぬ老人についてのともかくパラダイス風な説明を。しかし、ぼくの火照《ほて》った頭にうかびあがってくる言葉といえば、あの老人の状態を舞踏病の発作というんでしょうか？　というくらいのことなのである。

ぼくが悲しい気分で黙って頭をふると、ぼくの雇傭主《こようぬし》の眼から問いかけの色が消えた。かれは友人と別れるときのように腕の輪をほどいた。それからかれはゆっくり地上から空へと視線を移動させた。最後にはその大きい喉仏がすっかりあらわになるまであおむいて。幻影は空にかえったのだ。ぼくは自分がアルバイトの義務を充分に果たせなかったことを羞じてうなだれた。そのぼくに近づいてきて、

「それじゃタクシーをひろって帰ろう、今日はもう、あれも降りてきたし、それにきみも疲れたでしょう？」とぼくの雇傭主はいった、これがぼくの仕事の第一日目の終りをつげる合図の言葉となった、確かにぼくはじつに永くつづいた緊張のあとすっかり疲れきっているのを感じた。

それからぼくとDとはガラス窓をすっかり閉ざしたタクシーに乗ってD邸のあるお屋敷町に戻り、ぼくは日当をもらってD邸を出た。しかしぼくはそのまま駅へひきかえしはしなか

った。ぼくはD邸の筋向いの電柱の蔭《かげ》で待伏せしたのである。夕暮が濃くなり空が深い薔薇《ばら》色《いろ》に染まり、暗闇《くらやみ》の確実な兆候があらわれる瞬間、D邸の通用門から、いまとなっては色彩のさだかでない裾《すそ》のみじかいワンピースを着た看護婦が、真新しい女乗りの自転車を押して出てきた。ぼくは彼女が自転車に乗るまえにその脇にかけよった。看護服を脱ぎすてた彼女は平凡な初老の小さな女にすぎなくて、音楽家の離れで見かけたミステリアスな面影などまったく失われていた。しかも彼女はぼくの出現にたじろいでいた。自転車に乗ることができず、といって立ちどまりもせず、自転車を押して歩きはじめた彼女にぼくは威嚇《いかく》するような調子でもって、ぼくら共通の雇傭主の病状について説明してくれと頼んだ。看護婦は苛だって抵抗していたが、ぼくが自転車のサドルをしっかり握っているのでやがて観念した。看護婦が話しはじめると強靱《きょうじん》な下顎《したあご》が言葉の切れめごとに厳しく閉じられそれはまるで話す亀だった。

「あれは木綿地の白い肌着《はだぎ》をきた肥《ふと》りすぎの赤んぼうだといってるよ、それもカンガルーほどの大きさの。それが空から降りてくるんだといってるねえ。そのお化け赤んぼうは、犬と警官とを恐《こわ》がるというよ。名前はアグイーだって。実際それがあの子にとりつくところに出くわしても、知らんぷりがいいねえ、無関心に限るよ、なにしろ相手はキじるしだろうが？　それにあんた、あの子が変な所に行きたがってもつれて行っちゃだめだよ、あのうえに淋病《りんびょう》でももらってきたら、面倒見きれないよ」

ぼくは赤面して自転車のサドルを握っていた手を脇にたれた。看護婦は自転車のハンドルほどにも細く丸い足でペダルを踏みしきりにベルを鳴らして夕闇のなかを全速力で走り去った。ああ、カンガルーほどにも大きい、木綿の白い肌着をきた肥りすぎの赤んぼう！

次の週に、ぼくが音楽家の前にあらわれると、かれはぼくをあの澄んだ焦茶色の眼で見つめて、とくになじっているというのではなく、こういってぼくを狼狽させた、

「看護婦を待伏せして、ぼくのところに空から降りてくるもののことを聞いたんだって？　仕事熱心な人だなあ」

その日、ぼくらはおなじ私鉄を逆に郊外にむかって三十分ほど乗り、多摩川の岸の遊園地へ出かけた。ぼくらはそこで様ざまな乗り物をためしてみた。ぼくにとって幸運なことに、Dのところへ空からカンガルーほどの赤んぼうが降りてきたのは、かれがひとりで空中ワゴンというものに乗っている時だった。風車につるされた船の形の木箱がゆっくり地上を離れ、空の高みに昇ってゆく。そのワゴンのなかで、ぼくの雇傭主が架空の同乗者となにごとかを話しあっているのをぼくは地上のベンチから見あげていた。傭《やと》い主《ぬし》は、かれを訪れている存在が再び空へのぼってゆくまでワゴンを降りず、ぼくに合図しては、幾度も、空中ワゴンのためのチケットを買いに走らせた。

それとともにこの日の出来事でぼくの印象にあざやかなもうひとつは、ぼくらが遊園地を

横切って、出口に向っていたとき、セメントをぬりかえていた子供用自動車競走場へ、音楽家が、あやまって足を踏みいれてしまったことである。そこに自分の足形がつくと、Dは異様に苛だった。かれはぼくが作業中の労働者に交渉し、いくばくかの謝金をはらい、その足形を完全にぬりつぶしてもらうまで、頑《がん》としてその場を去らなかった。ぼくの眼《め》にかれがいくらか粗暴な素質をあらわにしたのはこの時だけだ。電車に乗ってから、かれはぼくに荒い言葉をかけたのを後悔してのことだろう、こういう風に弁解した。

「ぼくはいま、すくなくとも自分の意識ではこの《時間》の圏内に生きていないんだ。きみはタイム・マシンによる過去への旅行の規約を知っているかい？　たとえば一万年前の世界に旅行した人間は、その世界でなにひとつあとに残るようなことをしでかしてはならない。なぜならかれは一万年前の真の《時間》には存在していないんだし、かれがそこでなにごとかをあとに残すようなことをすれば、この一万年の歴史全体にわずかながらでも確実な歪《ひず》みがおこるからだ。ぼく自身、いま、この現在の《時間》には生きていないんだから、そのぼくが、この《時間》のなかであとに形をのこすことをしてはならないわけだ」

「なぜ、あなたは現在のこの《時間》のなかで生きることをやめたんです？」とぼくがいうと、ぼくの雇傭主は突然、自分自身をゴルフ・ボールみたいに堅固にとざしてぼくを無視した。ぼくは自分の饒舌《じょうぜつ》を後悔した。ぼくがつい自分に許された範囲をこえてそういうことを口にだしてしまうのも、結局、ぼくが、Dの問題に深い関心をよせすぎているからなのだ。

あの看護婦のいったとおり、知らんぷり、あるいは無関心にかぎるのかもしれない。そこでぼくは、すくなくとも自分の方から、ぼくの雇傭主の問題に積極的に頭を突っこんでゆくのはやめようと考えた。

それから数回、音楽家と一緒に東京を歩いて、ぼくのこの新方針は成功をおさめた。しかし、そうしはしたものの、こんどはDの問題が向うから積極的におしよせてくるということがあるのだった。ある日のことだ、ぼくがこの仕事をひきうけて初めて、ぼくの雇傭主は確たる外出先をぼくにいった。ぼくとかれとはタクシーでそこへ出かけた。それは代官山にある、ホテルみたいな形式の高級アパートだった。そこにつくとぼくの雇傭主は地階の喫茶店で待機し、ぼくだけがエレヴェーターで昇って行ってすでに連絡してあるものを受けとってくることになった。それをぼくにわたしてくれるのは、そこに今はひとりで住んでいる、Dの離婚した妻だ。ぼくが映画で見たシンシン刑務所の独房のドアみたいな個室の扉を（ぼくはあのころじつにたびたび映画を見た、あのころのぼくの教養の95パーセントが映画からとりいれたものだったような気さえする）ノックすると、肥った丸い赭《あか》ら顔をやはり肥ってシリンダーのように丸い猪頸《いくび》にのせた背の低い女が扉をひらいて、ぼくに靴《くつ》をぬいであがり窓ぎわのソファにかけるように命令した。これが上流社会の連中の他人をむかえるやりくちにちがいない、とぼくはその時、考えたものだ。それをことわって扉のところでぼくの雇傭主へのものをうけとりすぐに引きかえすには、貧民の息子のぼくとしては日本のハイソサイエティ全体に抵抗する勇気、ルイ十四世を脅《おびやか》した肉屋ほどの勇気が必要だった。ぼくはDの離婚した妻の命令にしたがった。それがぼくの生涯《しょうがい》で、アメリカ風なリヴィング・キッチンというものに足を踏みいれた最初の体験である。女はぼくに麦酒《ビール》をくれた。彼女はDよりもいくらか年上のようで尊大な大仰な身ぶりをし重おもしくしゃべったけれども、全体に肥満しすぎて丸っこく威厳はなかった。インディアンの女のように裾の繊維をほどいて垂らした厚手の布地の服の胸にインカ帝国の工芸家が金にダイヤをうめこんでつくったみたいな首飾りをつけていた。これらのぼくの観察もいま考えてみればあきらかにフィルムの匂《にお》いがする。窓からは渋谷周辺の市街が見おろせたが、女はその窓からの光をひどく気にかけていて幾度も坐りなおし頸同様、充血したように赤黒く丸っこい脚をぼくに見せながら、ぼくを訊問《じんもん》する調子で様ざまなことを聞いた。彼女にしてみれば、ぼくは別れた夫について偵察《ていさつ》するための唯一《ゆいいつ》のパイプだったのだろう。ぼくは背の高いコップに小壜《こびん》いっぽん分みなつがれた、にがい黒ビールを熱いコオフィのようにちびちび飲みながら自分の知るかぎりのことを答えたがぼくのDについての知識は浅く不正確で、かれの離婚した妻を満足させなかった。それに彼女は、Dの情人の映画女優が会いにくるかどうか、というようなことを訊《たず》ねるのでぼくには答えようがなかったのである。そこでぼくは反撥《はんぱつ》して、そういうことが別れた妻になんの関係があるだろう、そういうことを聞くのは女として恥知らずというものではないか？　と考えた。そのあげく、

「Dには、まだあの幻影が見えるのね？」とDの離婚した妻はいった。

「ええ。カンガルーほどの巨《おお》きさで木綿の白い肌着をつけた赤んぼうで、名前はアグイーというんだそうです。看護婦がいっていました。ふだん、それは空を浮《ふ》游《ゆう》していて、時どきDさんの脇《わき》に降りてきます」とぼくは自分が答えられる質問に接したことで勢いこんでいった。

「アグイーねえ。それはわたしたちの死んだ赤んぼうの幽霊でしょう？　なぜアグイーというのかといえば、その赤んぼうは生れてから死ぬまでに、いちどだけアグイーといったからなのよ。Dの、そういう、自分にとりついたお化けへの名づけ方は甘ったれてると思わない？」と女は冷笑するようにいった、彼女の口腔《こうこう》から刺戟質《しげきしつ》の厭《いや》な臭《にお》いがぼくにむかってただよってきていた。「わたしたちの赤んぼうは生れたとき、頭がふたつある人間にみえるほどの大きい瘤《こぶ》が後頭部についていたのよ。それを医者が脳ヘルニアだと誤診したわけ。それを聞いて、Dは自分とわたしとを恐しい災厄《さいやく》からまもるつもりで、その医者と相談して、赤んぼうを殺してしまったのよ。おそらくどんなに泣き喚《わめ》いてもミルクをあたえるかわりに砂糖水だけやっていたのよ。自分たちが植物みたいな機能しかない（それはその医者がそう予言したのよ）赤んぼうをひきうけなければならないのはいやだ、ということで赤んぼうを死なせたんだから、それはなによりもひどいエゴイズムね。ところが死んだ赤んぼうを解剖してみたら、瘤は単なる畸《き》形腫《けいしゅ》にすぎなかったのよ。それにショックをうけたDが幻影を見はじめたわけ。かれはもう、自分のエゴイズムを維持する勇気をなくしたのね。そして、かつて赤んぼうを生きさせることを拒否したとおなじように、こんどは、自分が積極的に生きることを拒否したのね。それで自殺したというのじゃない。この現実から、幻影の世界に逃げこんでしまっただけ。しかし、いったん赤んぼうを殺してしまった血みどろの手は、現実から逃避してもきれいになりはしないでしょうが？　手を汚したまま、アグイーなどと甘ったれているのよ」

ぼくはぼくの雇傭主のためにかれの別れた妻の苛酷《かこく》な批評を耐えがたく感じた。そこで自分自身の饒舌に昂奮《こうふん》してますます赭ら顔になった女にむかって、ぼくは、

「あなたはどうしていたんです？　あなたは母親でしょう？」と一撃むくいた。しかし、

「わたしは帝王切開してそして発熱して一週間も人事不省だったのよ。眼がさめてみるとなにもかも終っていたわよ」とDの離婚した妻はぼくの挑発《ちょうはつ》をうけながすとキッチンの方へ立っていって「もうすこし麦酒を飲むでしょう？」

「いいえ、もう充分です。それよりDさんにもって行くものをだしてください」

「それじゃ、ちょっと待ってよ、嗽《うがい》するから、わたしは歯槽膿漏《しそうのうろう》で十分ごとに嗽するのよ、臭いでしょうが？」

ぼくはDの離婚した妻から事務用の封筒に一個の真鍮《しんちゅう》の鍵《かぎ》をいれて渡された。ぼくが屈《かが》みこんで靴紐《くつひも》をむすんでいると彼女は背後から、ぼくの大学の名を訊ね、誇らしげに、

「あなたの大学の寮では＊＊新聞の購読者がひとりもいないそうね、あの新聞の社長に、こ

んどわたしの父が乗りこむのよ」といった、ぼくは軽蔑《けいべつ》し、返事をしなかった。

ところがエレヴェーターに乗りこもうとして、ぼくは一瞬、胸をバタ・ナイフでかきまわされるような感覚におそわれた。ひとつの疑惑がぼくを襲ったのだった。ぼくは考えねばならなかった。ぼくはエレヴェーターをやりすごし、脇の階段を歩いて降りることにした。Dが、その離婚した妻のいうとおりの状態にあるなら、かれは、この鍵でひらいた箱から、ひとつつみのシアン化合物をとりだし自殺してしまうということもありえるではないか？考えあぐねたぼくは結論を見出《みいだ》さないまま、地下の喫茶店のDの前に立った。Dは紅茶に手をつけないでテーブルに置いたまま黒ずんだ顔の窪《くぼ》みの眼をかたくつむっていた。かれがこの《時間》に生きることを拒否して、別の《時間》からの旅行者となった以上、他人どものみまもるなかでこの《時間》の物質をのみこんでしまったりはできないというわけだったろう。

「行ってきました、Dさん」とぼくはとっさに意を決して嘘《うそ》をついた。「いままで談判したんですが、ぼくにはなにも渡してもらえませんでした」

ぼくの雇傭主はおだやかな表情でぼくを見あげ、窪んだ眼窩《がんか》のおくの仔犬《こいぬ》みたいな眼を不審げに翳《かげ》らせたけれども、なんともいわなかった。タクシーでひきかえす間ぼくはDの脇でひそかに昂奮し、黙りこんでいた。Dがぼくの嘘を見破ったのかどうかははっきりしなかった。ぼくの胸ポケットで鍵が重かった。

しかしぼくはその鍵を一週間しか自分で持っていなかった。しだいにDの自殺という考えがセンチメンタルに思えてきたのと、Dが離婚した妻に問いあわせることが気にかかってきたので、ぼくは匿名《とくめい》の封筒に鍵をいれて、D邸あてに速達でおくってしまったのだ。その翌日、いくばくかの不安はいだきながらD邸に行くと、ぼくの雇傭主は離れのまえの小さい空地で大量の手書き楽譜を焼いていた。それはかれの作曲の草稿だったにちがいない。あの鍵はそれらをとりだすためのものだったのだ。その日ぼくとDは外出せず、ぼくは楽譜を焼却する仕事を手つだった。楽譜をすっかり焼きおわり、ぼくが穴を掘ってカサカサした灰をうずめていると、ぼくの雇傭主は、不意に、低くささやく声で独白をはじめた。かれのところへ空から幻影が降りてきたのだ。ぼくはかれから幻影が去るまで、のろのろと灰を埋める仕事をつづけた。この日、アグイーという、確かに甘ったれた名前の空からの怪物は、二十分ほども、ぼくの雇傭主のそばにいた。

その後も、ぼくと一緒に外出して、空から降りてくる赤んぼうの幻影に接するたびに、Dは、ぼくが少し脇によけたり、数歩あとにしりぞいたりして、かれとかれのアグイーを避けるので、最初にいった言葉のうち、不思議がるなという注文だけがまもられ、相槌《あいづち》をうってくれという要請の方は無視されたことに気づき、それでも結局納得したようだった。そこでこの仕事はぼくにとってより容易になった。Dは戸外でスキャンダルなどひきおこす人格とは思えなかったし、かれの父親のぼくへの注意が滑稽《こっけい》にさえ思えてくるほどぼくらの東京めぐりは平穏に続いた。ぼくはすでにモスクワ版の《魅せられたる魂》を手にいれていたが、そのうちに、この素晴しいアルバイトを放棄するつもりはなくなっていた。ぼくとぼくの雇傭主はじつに様ざまな場所に行ったものだ。Dはかれの作品が演奏されたすべての演奏会場を訪ねたがったし、かれの卒業した学校へもすべて出かけて行った。かつて遊びに行った場所は酒場でも映画館でも屋内プールでも、一応そこへ訪れ、そして中へ入ることはなしに帰った。Dにはまた、東京じゅうの種々雑多な乗り物への偏愛があってぼくらは少なくとも地下鉄の全線に乗ったものだ。地下では赤んぼうの怪物が空から降りてくる可能性がなかったのでぼくは穏かな気分で地下鉄を楽しむことができるのだった。もっとも警官と犬とに出会うと、ぼくは看護婦の注意を思い出して緊張したが、そういう時とアグイーの出現の時とが一致したことはなかった。ぼくはこのアルバイトを愛している自分を見出した。ぼくの雇傭主のDを愛しているのでもなければ、かれの幻影のカンガルーほどもある赤んぼうを愛しているのでもなく、単にこのアルバイトを愛している自分を。

ある日のことぼくは音楽家から、旅行をしてくれないかという相談をうけた。もちろん旅費はかれがだすし日当は二倍だ、一晩ホテルに泊って仕事は二日にわたるから事実上、日当は四倍になるわけである。ぼくはいそいそとひきうけた。しかもその旅行は、Dのかわりに京都へ行ってかれのかつての情人の映画女優に会ってくるというのが目的なのだった。ぼくはまったく上機嫌《じょうきげん》になったものだ。そしてあの滑稽で惨《みじ》めなぼくの小旅行がはじまったのだった。Dはぼくにその映画女優から最近とどいた手紙のあとがきにあるホテルの名と、彼女がそこでDを待っている夜の日附を教えてくれた。それからDはぼくに、映画女優へのことづてをおぼえさせた。ぼくの雇傭主《こようぬし》は現在のこの《時間》を実際に生きているのではなく、タイム・マシンに乗って一万年後の世界からやってきた人間のように生きているのだから、かれが手紙を書いて、そのようにかれの刻印のある新しい存在を生みだしてしまったりしてはいけないのだ。そこでぼくがDの映画女優への伝言を暗記したわけである。

おかげで京都のホテルの地階のバーで、深夜に、映画女優とむかいあったぼくは、まず、自分がどのような仕事をしているアルバイト学生であるかを説明し、Dがやってこられなかった事情を釈明し、つぎにDの《時間》の考え方を映画女優に納得させて、それからやっとDの伝言をつたえるチャンスをえた。そして、

「Dさんは今度の離婚を、あなたと約束していたもうひとつの離婚と混同しないでもらいたい、そしてもう自分はこの《時間》を生きてはいけないのだから当然、これからあなたと会うこともない、といっています」とぼくはじつに困難な仕事をしているという感覚にはじめてとりつかれて赤面しながらいったのだった。

「ふむ、ふむ、Dちゃんがねえ」と映画女優はいった。「あなた自身は、このことをどう思って京都までお使いにきたの？」

「ぼくはDさんが甘ったれていると思いますね」とぼくはDの離婚した妻の言葉を借りてい

った。

「Dちゃんはそういう人なのよ、現にあなたにだって甘ったれているわね、こういう仕事を頼むなんてねえ」

「ぼくは、日当をもらって傭われているんですから」

「あなた、それなにを飲んでいるの？　ブランデーになさいよ」

ぼくはそうした。それまでぼくはDの離婚した妻のアパートで飲んだとおなじ黒ビールに、卵をいれて薄くしてもらって飲んでいたのだ。ぼくはDの情人に会おうとして、なんともおかしな心理関係のビリアードをへてDの離婚した妻のアパートでの記憶に影響されていたわけだ。映画女優は最初からブランデーを飲んでいた。ぼくは外国製のブランデーを生れて初めて飲むのだった。

「それでDちゃんの見る幻影というのはどういうことなの？　そのカンガルーほどの赤ちゃんというのは、ラグビー？」

「アグイーです、生きているあいだにそんな言葉だけ、ひとこといったんですよ」

「それを、赤ちゃんが自分の名をなのったという風にDちゃんは考えたわけね、優しい父親ね。その赤ちゃんが無事に生れたら、Dちゃんが離婚して、わたしと結婚することに結論が出ていたのよ。赤ちゃんが生れた日も、わたしたちが一緒にベッドにいるホテルに電話がかかってきて、そして大変なことだとわかったのね。Dちゃんだけ起きてまっすぐ病院へ出て行って、それから音さたなし」そういって映画女優はブランデーを勢いよく飲みほし、テーブルに置いてあるヘネシーVSOPを自分のグラスに果汁でもつぐようにたっぷりとついでまた、ひと飲みした。

ぼくらはカウンター脇の煙草《たばこ》が並べられた陳列ケースにかくれたテーブルに向いあってかけていた。ぼくの肩口の壁に、その映画女優自身の、麦酒の宣伝をしている大きい天然色ポスターが貼《は》ってあった。心臓型の顔にいくらか象を思わせる垂れた鼻をした映画女優はポスターのなかで麦酒のしずくとともに黄金色に輝いていた。ぼくの前にいる映画女優はそれほど光彩リクリではなく、額の生えぎわには大人の拇指《おやゆび》がすっぽり入りそうな窪みさえあったけれども、むしろその窪みのためにポスターの写真よりもぼくに人間らしい感銘をあたえた。映画女優はいつまでも赤んぼうにこだわっていた。

「ねえほら、なにひとつ生きた人間らしい行為をせず、したがってどんな記憶も体験もなしに死んでしまうということは、恐《こわ》いことじゃない？　赤んぼうのまま死ぬとそういうことになるんだけど、ねえ、恐いことじゃない？」

「赤んぼう自身には恐いもなにもないでしょう」とぼくは遠慮がちにいった。

「ほら、死後の世界を考えたら！」と映画女優はいった、彼女の論理は飛躍にみちていた。

「死後の世界？」

「それがあるとして、死んだ人間の霊は、生きた最後の瞬間の状態で思い出とともに永遠に存在しているはずでしょう？　ところで、なにもわからない赤んぼうの霊は、死後の世界でどんな状態なのよ？　どんな思い出をもって永遠に存在するのよ？」

ぼくは困惑し黙りこんでブランデーを飲んだ。

「わたしは死が恐いから、いつもそのことを考えるのよ、あなたが、わたしのいまの疑問にとっさに答えられなくても、自己嫌悪《けんお》におちいることはないわ。それで、わたし思うんだけど、Dちゃんは、赤んぼうの死んだ瞬間から、もう自分も死んだ人間のように新しい思い出はつくるまいとして、この現実の《時間》を積極的に生きなくなったんじゃない？　それから赤んぼうのお化けにはどんどん新しい思い出をつくらせようとして、東京じゅうのいろんな場所で地上に呼びおろしているのじゃない？」

ぼくもその時は確かにそう思ったのだった。額の生えぎわに拇指のはいるほどの窪みのあるこの酔っぱらいの映画女優はなかなか独得な心理家だ、という風なことをぼくは内心、考えていた。おそらく新聞社の経営者になろうとしている男の娘の肥満した赭《あか》ら顔の女よりも、この映画女優のほうが、Dという音楽家と人間のタイプとして近いのではあるまいか、とぼくは思った。そして気がついてみると、Dの居ないこの京都で、忠実な傭《やと》い人《にん》らしくぼくはDのことばかり考えているのだった。しかもDのみならず、いつもDと外出するたびに緊張してその出現を見はっているDの幻影のことをもまた、ぼくは始終それを気にかけながら映画女優と話し続けたのだ。

バーの締まる時間がきた時、ぼくはホテルを予約していなかった。ぼくは、その年齢になるまでホテルに泊ったことなどなかったので予約のことなど知らなかったのだ。しかしこのホテルで顔のきく映画女優のはからいでぼくはひとつの部屋をとることができた。エレヴェーターでぼくの部屋のある階まできたとき、彼女はもう一杯飲もうといってぼくを自分の部屋に誘った。それからぼくの酔っぱらって熱い頭に滑稽で惨めな記憶がのこったわけだ。彼女はぼくを椅子《いす》にかけさせると、ドアのところへ戻って廊下を見まわし、ルームライトを消したりつけたりし、ベッドに坐《すわ》ってスプリングを試す運動をし、浴室でちょっとだけ水を流し、ともかく、じつにおちつきのない一連の動作をした。そのあと映画女優はぼくの隣の椅子にきて、ぼくに約束した一杯のブランデーをくれ、自分はコカコーラを飲みながら、Dと恋愛しているあいだも誰かに懇願されると一緒に寝てしまってDから顔が歪《ゆが》むほど殴られた、という話をした。また近頃《ちかごろ》の大学生はヘヴィ・ペッティングをするか？　と訊《たず》ねた。ぼくは、それは大学生による、と答えた。すると突然、映画女優は、夜ふかしする子供を叱《しか》る母親のような態度になって、ぼくに自分の部屋を探してすぐ寝るようにいった。ぼくは挨拶《あいさつ》し、自分の部屋へ出かけてベッドにもぐりこみたちまち寝てしまった。夜明けにぼくは喉《のど》を火のようにして眼《め》ざめた。

もっと滑稽かつ惨めなのはそれからだ。眼ざめてすぐぼくは昨夜、あの映画女優が、ヘヴィ・ペッティング狂の大学生を誘惑するつもりでぼくに対したのだと考えた。その瞬間、ぼくは憤怒と絶望的な欲望の虜《とりこ》となってしまったのである。ぼくはまだ女と寝たことがなかった。しかしぼくはこの侮辱に報復しなければならない。ぼくはおそらくまだ、生れて初めて飲んだヘネシーVSOPに酔っており、そしてなによりも十八歳らしい毒にみちた欲望に頭をやられていたのだ。まだ午前五時でホテルの廊下は人の気配がなかった。ぼくはそこを豹《ひょう》のように怒りくるって足音をしのばせ素早く走り、映画女優の部屋に到《いた》った。ドアは半開きだった。ぼくはそのなかに入りこみ、映画女優が化粧台にむかっている後姿を見出した。ぼくはいったいなにをしようとしたのだろう。ぼくは彼女のすぐうしろにしのびより両掌《りょうて》を輪にして、彼女の頸《くび》に跳びかかろうとした。一瞬、満面に微笑した映画女優がふりかえりざま立ちあがり、ぼくの両掌を自分の両掌につつみこんで、歓迎の挨拶をうける賓客のように嬉《うれ》しげに揺さぶり、お早う、お早う！　と歌うようにいった。そしてそのままぼくは椅子に坐らされ、サイドテーブルに運ばれてあった朝のコオフィとトーストを化粧なかばの彼女とともに、半分ずつ食べ新聞を読んだのだった。そのうちに映画女優は天候の話をするような調子でぼくに、あなたはいま、わたしを強姦《ごうかん》しようとしていたわね、といった。ぼくは再び化粧をはじめる映画女優から逃げだして自分の部屋に戻り、マラリア患者のようにひどく震えながら再びベッドにもぐりこんだ。この小事件についてぼくはDのところへ報告がくるのを恐れていたが、その後、ぼくとぼくの雇傭主とのあいだに映画女優の話がでることはなかった。おかげでぼくはアルバイトを楽しくつづけることができたわけである。

すでに冬だった。その午後ぼくとDとは、自転車でD邸周辺のお屋敷町と農耕地のあたりをひとめぐりする計画だった。ぼくは錆《さ》びついた古自転車で、ぼくの雇傭主は、初老の看護婦から借りた新しい輝くような自転車で、ぼくらはD邸を中心としてしだいに円の半径を拡大し、建築されたばかりの団地のなかへ乗りこんだり、そのお屋敷町に接する農地の方向へ坂を降りていったりした。ぼくらは汗ばみ、解放感をあじわい、しだいに昂奮《こうふん》した。ぼくらはとDもふくめていうのはぼくのみならずDが、その日あきらかに上機嫌で、口笛さえ吹いていたからだ。Dはバッハのフルートとハープシコードのための奏鳴曲のひとつのテーマを吹きたてていた。それはシチリアーナという曲だ、ぼくは高校で、まだ受験勉強をはじめないあいだ、フルートをやっていたので、その曲を知っていたわけだ。ぼくはフルートがうまくならなかったかわり、上唇《うわくちびる》をいつも貘《ばく》のように前に出してしまう、そういう癖を身につけてしまった。もっともぼくの上唇の癖を、ぼくの歯ならびのせいだという友人もいた。ただ、たいていのフルート奏者が貘に似てくるのは事実である。

ぼくは自転車を漕《こ》ぎながら、Dにならってシチリアーナのテーマを口笛で吹いた。それは息の長い優美な曲なのに、ぼくは自転車を漕ぐことで息をはずませていたので、ぼくの口笛はすぐに短くピッ、ピッととぎれた。Dはいかにも悠然《ゆうぜん》とのびやかに吹いたのに。ぼくが恥を感じて口笛を止《や》めると、Dは口笛を吹くために、鮒《ふな》が呼吸するときのような具合に唇をまるめたまま、ぼくを一瞥《いちべつ》して穏かな微笑をうかべた。自転車の新旧はあるにしても、二十八歳で病人の小男のDよりも、十八歳で痩《や》せてはいるが背の高いアルバイト学生のぼくのほうが、息をきらせ、疲れはじめ、余裕をうしなっているということは自然でなくて惨めだ。ぼくはそれをきわめて不当な憤《いきどお》ろしいことのように感じた。ぼくの上機嫌な気分はたちまち曇り、ぼくは自分のひきうけている仕事全体に嫌悪を感じた。

そこで突然ぼくは、サドルから腰をあげると自分の体重をすべてペダルにかけて、競輪選手のように闇雲《やみくも》にスピードをあげた。しかも野菜畑のあいだの狭い砂利道へわざわざ入りこんで行ったのだ。しばらく走ってふりかえると、ぼくの雇傭主はしきりに砂利をはじきとばしながら、ハンドルに向って深く前屈《まえかが》みになり、狭い肩のうえの大きくて丸い頭を振りたて、懸命にぼくを追いかけてくるのである。ぼくは自転車をとめ片足を野菜畑を保護している有刺鉄線の柵《さく》にかけて、Dが近づくのを待った。ぼくはたちまち、自分の子供っぽい気まぐれを恥じていた。

ぼくの雇傭主はなおも頭をふりたてて大急ぎで近づいてきた。そしてぼくはかれを幻影が訪れているのを知った。かれは砂利道の左よりに極端に片よって自転車を走らせている。そして、かれが頭をふりたてているように見えるのは、自分の右脇《みぎわき》に存在しているもの、すぐ右脇をかれにしたがって駈《か》けるか飛ぶかしているものを、力づけるためにそちらに顔をむけてはなにかをささやきかけているということなのだ。マラソン競走のコオチがロードワークに出た選手の脇を自転車で走りながら、適切な助言や励ましの掛け声をかけているのに似ている。ああ、かれはアグイーがかれの自転車の疾走にしたがって、傍《そば》を駈けている想定のもとに、あんなことをやっているわけだ、とぼくは思った。カンガルーくらいの大きさの怪物、白い木綿の肌着《はだぎ》をつけた肥《ふと》りすぎの、おかしな赤んぼうが、やはりカンガルーさながら、かれの自転車の脇をぴょん、ぴょん、跳んで駈けているのだ。ぼくはなんとなく身震いし、そして有刺鉄線の柵を蹴《け》ると、のろのろ自転車を走らせて、ぼくの雇傭主と、かれの想像上の怪物アグイーの到着を待った。

それでもぼくは、ぼくの雇傭主の心理上の赤んぼうの存在について素直に信じはじめていたわけではなかった。ぼくはあの看護婦の意見にしたがってミイラとりがミイラになるというか、病人の見張番が病人になるという、ちょっぴり深刻でニューロティクなどたばた劇の筋書きどおりに、自分の常識の錘《おもり》を見うしなうことはすまいと誓っていたのだし、ずっとその態度に固執してもきたのだった。そこでぼくは、意識して極度に冷笑的に、あの神経衰弱の音楽家は、おれについてみせた嘘《うそ》のためのアフター・サーヴィスとして、いまもあんな演出をこらしているわけじゃないのか？　ご苦労なことになあ、という風に考えてみたりもした。すなわちぼくは依然として、Dとその空想上の怪物とから、冷静な距離をおいていたわけだ。それでいてしかも、このぼく自身の心理に、奇妙なことがおこったのである。

それはこういう風に始まった。ぼくと、やっとぼくに追いついて一米《メートル》ほどの間隔をおいてぼくにしたがっていたDとが、なお野菜畑のあいだの一本道を走ってゆくうちに、ぼくらはふいの驟雨《しゅうう》のように思いがけなく、また逃れようもなくいっせいに吠《ほ》えたてる犬の群の声にかこまれたのだ。ぼくは頭をあげ、砂利道の向うから近づいてくる犬どもの群を見た。それらはすべて体高五、六十センチにも発育した、若い成犬のドーベルマンで、十頭以上もいるのである。犬どもは吠えたてながら狭い砂利道いっぱいに犇《ひしめ》きあって駈けてきていた。それらの背後から黒く細い皮紐《かわひも》をひと束ねにしてもった草色の作業服の男が、犬どもを追いたてているのか、犬どもにひきずられているのか、ともかく息せききって駈けてくる。背から胴にかけて濡《ぬ》れたオットセイのように漆黒の毛皮につつまれ頰《ほお》から胸、股《もも》のあたりにかけてわずかに、かさかさしたチョコレート色でかざられている犬どもの一群。それらの尾を截《き》られた犬どもはいまにものめりそうなほどにも前方に傾いて攻撃心のかたまりさながら、吠えたて泡《あわ》をふき荒あらしく息を吐いて迫ってきていた。畑のむこうに農耕されていない草地がひろがっている。そこで犬どもを調教した男が、いまそれらをしたがえて帰ってゆくところなのだろう。

ぼくは恐怖心に震撼《しんかん》されて自転車をおり、むなしく有刺鉄線のむこうの野菜畑を見まわした。有刺鉄線はぼくの胸ほどの高さがありぼく自身はともかく、小柄《こがら》な音楽家をそのむこうに逃れさせることは不可能だった。恐怖心の毒に麻痺《まひ》しはじめているぼくの熱い頭が数秒後におこるべき大災厄《さいやく》のイメージを一瞬いかにもあきらかに描いた。犬の群が近づき、Dはかれのアグイーが、そのもっとも恐れている犬の群に襲撃されると感じるだろう。赤んぼうが犬の群に怯《おび》えて泣き叫ぶ声を、かれは聞くだろう。そしてかれはやむなく犬どもにたちむかうにちがいない、かれの赤んぼうを守るために。そしてかれは十頭をこえる獰猛《どうもう》なドーベルマンにたちまちずたずたに咬《か》み裂かれてしまうだろう。あるいは赤んぼうとともに犬どもを逃れようとして、しゃにむに有刺鉄線をくぐりぬけるべく試み、やはりずたずたに自分の皮膚を傷つけるにちがいない、ぼくはそのような痛ましい悲惨の予感に揺さぶられたのだ。

そしてぼくはなにひとつ策を講じることができず、すでに黒とチョコレート色の丈の高い幽鬼のような犬ども十数頭は、おぞましい顎《あご》で空を咬み、唸《うな》り声をあげ、吠えたて、身震いし、迫っているのだ、そのヤニ色の鋭い爪《つめ》が砂利を蹴る音まで聞えてくる近さに。ぼくは自分が、Dとその赤んぼうのためになにもできないと感じた瞬間、捕えられた痴漢のように無抵抗になり、恐怖心の闇にのみこまれた。ぼくは背に有刺鉄線のトゲが痛みをあたえるところまで砂利道のすみに退き自転車を障壁のように自分の体のまえにひきつけ、そして眼をつむってしまった。しかも獣くさい匂《にお》いが犬どもの足音と吠え声とともにぼくを搏《う》ったとき、ぼくは、硬く閉じた瞼《まぶた》のあいだから茫然《ぼうぜん》と涙を流しはじめたのである。そしてぼくは恐怖心の波にはこびさられるままに、自己放棄した……

ぼくの肩に、信ずべからざる優しさの、あらゆる優しさの真の核心の優しさの掌《てのひら》が置かれた。ぼくはアグイーに触れられたように感じた。しかしその掌が、いかなる恐怖心の大災厄にもおそわれず幽鬼のような犬どもをやりすごした、ぼくの雇傭主《こようぬし》の掌であることをぼくは知っていた。それでも、ぼくの閉じた眼はおびただしい涙をこぼしつづけ、ぼくはそのまま、しばらくのあいだ、肩をふるわせてすすり泣いていた。ぼくはもう他人のまえで泣く年齢ではなかったが、恐怖心のショックがぼくに一種の幼児期退行の症状をひきおこしていたのだろう。それからぼくとD（かれはもうアグイーに気をつかっていなかった、ぼくが泣いているうちにそれは去ったのだろう）は自転車を押して有刺鉄線のあいだを強制収容所のなかの人間のようにうなだれて黙りこんで歩き、他人どもが犬を調教したり野球をしたりする草地へ行った。ぼくらはそこに自転車を横だおしにし、自分たちもそこに寝そべった。涙を流したあと、ぼくは衒気《げんき》と反撥心《はんぱつしん》と、疑い深い片意地な心とを摩滅させてしまっていた。Dもまたぼくにたいしていささかも警戒的でなかった。両掌を組んで草のうえに置きそれに涙を流して奇妙に軽く乾いている頭をのせて眼をつむって静かに聴くぼくに、かれは片肱《かたひじ》ついた半身の姿勢で覗《のぞ》きこむようにしながら、かれのアグイーの世界を話してくれたのであった。

「きみは中原中也の《含羞《はぢらひ》》という詩を知っているか？　その二節目はこうだった。

枝々の　拱《く》みあはすあたりかなしげの
空は死児等の亡霊にみち　まばたきぬ
をりしもかなた野のうへは
あすとらかんのあはひ縫ふ　古代の象の夢なりき

この詩はぼくの見ている死んだ赤んぼうの世界の一面をとらえていると思うよ。また、きみはウィリアム・ブレイクの絵を見たことがあるかね？　とくに《悪魔の饗応《きようおう》を拒絶したもうキリスト》という絵だ。また《歌い和する暁の星》という絵だ。どちらにも、地上の人間とおなじ現実感をもった、空中の人間が描かれている。それもまた、ぼくの見るもうひとつの世界の一面を暗示していると感じるんだ。ダリの絵にもぼくの見る世界にきわめて近いものがあったなあ。空を、地上から、ほぼ百米のあたりをアイヴォリイ・ホワイトの輝きをもった半透明の様ざまの存在が、浮游《ふゆう》しているんだから。ぼくの見る世界というのはそれなんだよ。なにが空をいっぱいにうずめて輝きながら浮游しているかといえば、それはわれわれが、この地上の生活で喪《うしな》ったものだ、それらが顕微鏡のなかのアミーバのような具合におだやかに光りながら、百米の高みの空を、浮游している。そしてそこから降りてくることがあるんだよ、われわれの（とぼくの雇傭主はいったのだった、そしてこのとき、ぼくはそれに反撥しなかった。もっともそれを受けいれたというのではなかったが）アグイーが降りてくるように。しかし、浮游しているそれらの存在を見る眼、降りてくるかれらを感じとる耳、それはわれわれがそれ相応の犠牲をはらって獲得しなければならないものだ。それでも突然、なんの犠牲も努力もなく、その能力がさずかる瞬間があるんだ、今さっきのきみの場合が、おそらくそうだったんだと思うよ」

なんの犠牲もなく努力もなく、ただいくらかの涙にあがなわれて、とぼくの雇傭主はいいたいようだった。ぼくは、恐怖感と自分の責任をはたしえなかったことによる厖《ぼう》大《だい》な無力感と、自分のこれから展開する実際的な人生での困難の総体への漠《ばく》然《ぜん》たる怯え（それというのはぼくにとってはじめて働いて金を儲《もう》ける、いわば実人生の雛《ひな》型《がた》の試みが、この気違いの音楽家を守護することなのに、ぼくにはそれが充分に果たせなかったのだから、今後も、ぼくにとって重すぎる出来事がつぎつぎに出現してぼくを茫然自失させるにちがいないことは予測できたのだ）から涙を流したのだったがそれについてぼくは雇傭主にむかってあえて異議をとなえようともせず、柔順に耳をかたむけていたのだ。

「きみはまだ若いからこの現実世界で見喪って、それをいつまでも忘れることができず、それの欠落の感情とともに生きているという、そういうものをなくしたことはないだろう？　まだ、きみにとって空の、百米ほどの高みは、単なる空にすぎないだろう？　しかしそれは、いまのところ空虚な倉庫ということにすぎないんだ。それとも、今までになにか大切なものをなくしたかね？」

ぼくはその時、なんということもなく、京都のホテルで奇妙な会見をした、音楽家のかつての情人の、額の生えぎわに拇《おや》指《ゆび》がはいるほどの窪《くぼ》みのある女優のことを思いだした。しかし、もちろん彼女をめぐってぼくがなにか重要なものをなくしてしまったというようなことはありえなかった。ぼくはただ、涙をながしたあとの頭の間《かん》隙《げき》の穴ぼこにセンチメンタリズムの蜜《みつ》を溜《た》めこんでいたのだ。

「きみはいままでになにかとくに重要なものをなくしたかね？」とぼくの雇傭主はぼくと会ってはじめて固執した。

そこで唐突になにか滑稽《こっけい》なことをいってやりたいと照れかくしの気分で思ったぼくは、

「猫をなくしました」といってみた。

「シャム猫かなにか？」

「いいえ、オレンジ色の縞《しま》の、つまらない猫ですよ、一週間まえに、いなくなってしまったんです」

「一週間なら、まだ帰ってくるのじゃないか、そういう季節なのじゃないか？」

「ぼくもそう思っていたんですけど、もう帰らないでしょう」

「なぜ？」

「強い牡猫《おすねこ》で、かれ自身の広い縄張り《テリトリィ》をもっていたんですが、今朝、その縄張り《テリトリィ》のなかを、どこかの見知らぬ弱そうな猫が、とくに緊張もせず歩いていましたから。もう、あの猫は戻ってこないですよ」

そうぼくは説明し、そして自分がアンチ・クライマクスのお笑《わら》い種《ぐさ》をいうかわりに、なんだか切実な悲しみに嗄《しゃが》れた声で、自分の家出した猫について一部始終を話したことに気づいた。

「それじゃきみの空には、一匹の猫が浮んでいるわけだ」とぼくの雇傭主は真面目《まじめ》にいった。

ぼくは象牙色《ぞうげいろ》の輝きをおびて半透明のアドバルーンみたいな巨大な猫のおかしな飛行風景を閉じた瞼のうらにえがいてみた。それは滑稽だったけれども懐《なつ》かしくもあった。

「浮游しているものは、しだいに、加速度的にどんどんふえるよ。ぼくはぼくの赤んぼうの事件以来、その増殖をくいとめるために、この地上の世界の現実的な《時間》を生きるのを止《や》めた。ぼくはすでにこの世界の《時間》を生きていないから、新規に見出すものも、見喪うものもなくて、空の高み、百米の浮游状態は変化をおこさないんだ」とじつに安堵《あんど》したというような調子で、ぼくの雇傭主はいった。

本当におれの地上百米の空は、オレンジ色の縞の猫のふくれたやつ一匹だけかね？　とぼくは考えた。そしてぼくはなんとなく、つむっている眼《め》をひらいて、すでに夕暮近い冬のはじめの晴れわたった空を、見あげようとし、畏怖《いふ》の情念におそわれて、逆に硬く瞼を閉じた。ぼくはそこいちめんにアイヴォリイ・ホワイトの輝きをもった、数しれない存在、われわれが地上の《時間》のなかの世界で見喪ったものの群の浮游する光景を、自分が実際に見てしまったら、と子供じみたことを考え、それを見てしまった後の、自分自身を畏怖したのだった。

ぼくらはその草地にかなり永いあいだ、寝そべっていた、おなじ憂鬱《ゆううつ》にとりつかれている人間同士の消極的な親和力の輪にかこまれて。それから、ぼくは感情の平衡をしだいにとり戻した。おれが、この変り者の音楽家に影響をうけていたわけだ、じっさいプラグマティクな十八歳のおれらしくもなく！　とぼくは自分を非難した。しかしぼくの感情の平衡はすっかりもとに戻ったというのではなかった。あの奇妙な恐慌《きょうこう》にぼくがおちいった日、ぼくの情念は、ぼくの雇傭主の情念と、地上百米の空の高みを浮游するアイヴォリイ・ホワイトの輝きをもったものの群に、もっとも近づいたのだったが、ぼくはいくらかなりとその、いわば後遺症にとらわれたのだった。

そしてぼくとぼくの雇傭主との関係の最後の日がきた。それはクリスマス・イヴだった。ぼくはDから、一日早いが、という弁解つきで腕時計をもらったのでその日を確実に思いだすことができる。その日にはまた、午後すぐに三十分ほど粉雪が降った。ぼくとぼくの雇傭主とは銀座に行ったのだがすでに混雑がはじまっていたので、そこを離れ、東京港へ行くことになった。Dはその日、港に入っている筈《はず》のチリーの貨物船のことを見たがっていた。ぼくもまた船に雪がつもっている光景を空想して乗り気になっていた。ぼくらは銀座から東京港にむかって歩くことにした。ぼくらが歌舞伎座《かぶきざ》の前を歩いているとき、Dがなお雪もよいの穢《きたな》らしく黒い空を見あげた。そしてアグイーがかれの脇に降りてきた。ぼくは例のとおり、Dとその幻影から数歩だけ遅れて歩いた。やがてぼくらは広い交叉点《こうさてん》を渡らねばならなかった。Dとその幻影が車道に降りたとたんに、信号が変った。年末の荷物を積んだ象のように嵩高《かさだか》いトラックの群が疾走した。その時だ、不意にDが叫び声をあげ、なにものかを救助するように両手を前にさしだしてトラックのあいだに跳びだし、一瞬、はじきとばされた。ぼくはただ茫然としてそれを眺《なが》めていた。

「自殺だ、あれは、自殺したんだよ!」とぼくの脇《わき》にいた見知らぬ男が動揺した声でいっていた。

しかしぼくにはそれが自殺かどうかを疑って見る暇はなかった。交叉点はたちまちサーカスの楽屋のように、荷物を満載した巨大なトラックの象が犇《ひしめ》きあう状態になったが、ぼくはDの血まみれの体の傍に膝《ひざ》をつきかれをかかえこんで犬のように震えた。ぼくにはどうしていいかわからなかったし駈《か》けつけた警官はすぐまたどこかへ駈け去った。Dはまだ死んでいなかった。しかし死んでいるより、もっとひどかった。すなわちわずかな雪で穢らしく湿った鋪《ほ》道《どう》の隅《すみ》で血となにやらわけのわからぬ樹液のごときものを流して死につつあったのである。雪もよいの黒い空が裂けてスペインの宗教画みたいなものものしい光が、ぼくの雇傭主の血を愚かしい脂《あぶら》のように輝かせた。寒さと好奇心が皮膚をさかいにしてせめぎあうので、斑《まだ》らな顔色になった他人どもが群をなしてぼくの雇傭主を覗きこみ、そしてぼくらの頭上には恐慌におそわれた鳩《はと》さながら数かずのジングル・ベルが飛びかっていたし、Dの脇に跪《ひざまず》いて、それがなんのためだというのでもなく耳を澄ましていたぼくには、遠方で人間の叫び声がつねに聞えていたのに、ぼくらのまわりの群衆はうら寒げに黙りこんで、また、それらの叫び声にも無関心なようなのである。ぼく自身、その後、街角であのように耳をすましたこともなく、あのような叫び声を聞いたこともないのだが。

やがて救急車がきた。ぼくの雇傭主は人事不省のままそこに運びあげられた。かれは泥《どろ》と血に汚れており体全体がショックで縮んだように見え、そして白い運動靴《ぐつ》がかれに負傷した盲人の印象をあたえた。ぼくは医者と消防署員と、それにぼくと同年輩の意味もなく傲然《ごうぜん》としているひとりの若者とともに救急車に乗りこんだ。この若者は、Dを轢《ひ》いた長距離便トラックの少年労働者だった。救急車はますます混雑を深めている銀座を横切った。ぼくが最近見た統計では、この年のクリスマス・イヴが銀座の人出の最高記録だということだ。救急車のサイレンを聞き車を見おくる人々の顔にはほぼ共通して神妙な謹慎の表情があって、ぼくは茫然とした頭の片隅で、日本人のミステリアスな微笑癖というのは、ありえそうで、じつはありえない、あやまった通説だ、というようなことを考えたりもした。そのあいだも、Dは人事不省のまま不安定で傾きがちなベッドの上で血をこぼしながら死につつあった。やがてぼくらは病院につき、Dは土足のままの消防署員たちの担架に乗せられて病院のどこか奥まった場所に運び去られた。ぼくはまた忽然《こつぜん》とあらわれた先ほどの警官からおだやかに様ざまのことを訊《たず》ねられた。それからぼくはDの運びこまれた病室へ行くことが許された。そこを探しあてると病室の外にベンチがあってそこにはすでに、あの少年労働者が坐《すわ》っていた。そこでぼくもかれの脇に掛け、長いあいだそこで待っていた。少年労働者は初め、かれの仕事の予定が狂ったことについて不平がましくつぶやいていたが、二時間もたつと、こんどは空腹について思いがけなく幼い声で嘆きはじめて、ぼくのかれへの敵意を削《そ》いだ。またしばらくたち銀行家とその妻と、パーティのために着かざった三人の娘たちとがやってきてぼくと少年労働者を無視して病室に入った。銀行家は別にしても四人の女たちは、肥満した短軀《たんく》で赭《あか》ら顔で、Dの離婚した妻のタイプだった。ぼくはまた待ちつづけた。その永い時間、ぼくはひとつの疑惑に苦しめられていたのだ。ぼくの雇傭主は、はじめから自殺するつもりでいたのではないか？　自殺するまえに、離婚した妻やかつての情人とのあいだの整理をし、楽譜を焼き、そしてかれ自身のために懐かしいすべての場所に別れの挨拶《あいさつ》をしに行く、そのお人善しの案内人として、ぼくを傭《やと》ったわけではないのか？　この計画のカムフラージュのために空の高みを浮游する赤んぼうの怪物などという発明をしてぼくの眼をくらませて？　ぼくは結局、Dの自殺をたすけるためにのみ、この仕事をさせられてしまったのではないか？　少年労働者はそのうちに、ぼくの肩に頭をこすりつけて眠った、そしてたびたび苦しげに身悶《みもだ》えした。かれは人を轢き殺す恐ろしい夢を見ているのだ。

すっかり夜になってから銀行家が病室の入口にあらわれてぼくを呼んだ。ぼくは少年労働者の頭から静かに自分の肩を離して立って行った。銀行家はぼくに日当をくれ、それから病室にいれてくれた。Dは冗談のようにゴム管を鼻孔にさしいれてベッドになゝめあおむいていた。かれの燻製《くんせい》のように黒い顔がぼくをたじろがせた。しかしぼくは自分をとらえている恐怖にみちた疑惑のことをDに問い糺《ただ》さないではいられなかった。ぼくは瀕死《ひんし》のぼくの雇傭主に呼びかけた。

「あなたは自殺するためにだけぼくを傭ったんですか？　アグイーなどあれはカムフラージュだったんじゃありませんか？」そしてぼくは涙に喉《のど》をつまらせながら自分にも意外なことを叫んでしまったのだ、「ぼくはアグイーを信じてしまうところだったんです！」

そのときDの黒く小さくなった顔に人を嘲弄《ちようろう》するような、また好意にみちた悪戯《いたずら》をするときのような微笑が浮びあがるのが涙で潤《うる》みなにも見えなくなるぼくの眼にうつった。ぼくは銀行家にドアの外へつれだされた。ぼくが涙をぬぐって帰ってゆこうとする時、少年労働者はベンチにすっかり横たわって寝ていた。ぼくは日当の千円をかれの胸ポケットにいれてやった。翌日の夕刊でぼくは音楽家が死んだことを知った。


そして突然、この春のことだ、ぼくは街を歩いていて、不意になんの理由もなく、怯《おび》えた子供らの一群から石礫《いしつぶて》を投げられた。ぼくがなぜ子供らを脅したのかはわからない。ともかく恐怖心からひどく攻撃的になった子供らの一群の投げた拳《こぶし》ほどの礫が、ぼくの右眼にあたった。ぼくはそのショックで片膝をつき、眼をおさえた掌につぶれた肉のかたまりを感じ、そしてそこからしたたった血のしずくが、磁石のように鋪道の土埃《つちぼこり》を、吸いつけるのを片眼で見おろした。その瞬間、ぼくのすぐ背後から、カンガルーほどの大きさの懐かしいひとつの存在が、まだ冬の生硬さをのこす涙ぐましいブルーの空にむかってとびたつのを感じ、ぼくは思いがけなく、さようならアグイーと心のなかでいったのである。そしてぼくは見知らぬ怯えた子供らへの憎悪《ぞうお》が融《と》けさるのを知り、この十年間に《時間》がぼくの空の高みを浮游するアイヴォリイ・ホワイトのものでいっぱいにしたことをも知った。それらは単に無邪気な輝きをはなつものだけではないだろう。ぼくが子供らに傷つけられてまさに無償の犠牲をはらったとき、一瞬だけにしても、ぼくにはぼくの空の高みから降りてきた存在を感じとる力があたえられたのだった。

ブラジル風のポルトガル語

　ジープに乗ったぼくと森林監視員とは、香りたてる深い森を暗渠《あんきょ》のようにつらぬく道を疾走し、カーヴでは落葉をかぶった赭土《あかつち》をえぐりとっては弾《はじ》きとばした。落葉は黒く赭土は朱《あか》く、数しれないイモリを轢《ひ》いて疾走するみたいだった。やがて、われわれは不意に、視界のひらける高台に出た。われわれは夏の終りの真昼の光に輝やく深い森に囲繞《いにょう》された紡錘形の窪地《くぼち》を見わたした。われわれの高台から、なだらかな敷石道が窪地へとくだり、それは再び、昇りはじめ、向うがわの森のはじまる接点で砂地の川のように忽然《こつぜん》と消滅している。その両側のとびとびの十数戸の人家とそのまわりの畑。窪地は四国山脈のうちもっとも深く濃密な森の侵蝕《しんしょく》にわずかに抵抗している。森は威圧的だ。われわれは高台にジープを駐《と》めて窪地を眺《なが》めていた。窪地をしだいにひとつの巨大な欠落感の蓋《ふた》が閉ざしてくる感覚。森林監視員がエンジンをとめると、巨大な欠落感とまったき静寂がジープのわれわれまでのみこんでしまうようだった。われわれはエンジンをとめたままの、啞蟬《おしぜみ》みたいなジープで敷石道を降《くだ》った。

「敷石のあいだにのびている草を見てくれ」と森林監視員がささやき、その声は、森の宏大《こうだい》な吸音壁にかこまれた窪地でたちまち消えうせてしまった。

　ぼくは敷石のあいだに延びている硬くつよい草の葉を眺めた。この敷石道は永いあいだ歩行者の足に踏まれていない。ぼくは草のなかに、陽《ひ》と雨に晒《さら》された猫《ねこ》の骨を見いだした。それは犬でもなければ仔山羊《こやぎ》でもない、あきらかに猫の骨だ、骨の構造を正確に保ったまま、敷石道にひそんでいる。森林監視員は、それらを避けて、狭い敷石道をジグザグ運転した。

「猫が死んでいるなあ」とぼくはいった。

「餓《う》えて死んだのさ」

「鼠《ねずみ》でも食べればよかったのに」

「その鼠が、まず餓えて死んだか、森に逃げこむかしたんだろう」と森林監視員はいった。

ぼくは猫が好きだ、ぼくは胸を揺さぶられた。現代の猫は森で生活できないものだろうか？　猫の元祖はBC一万年にエジプト人がナイル川上流の森で狩猟用に飼いならしたものなのに。敷石道を覆《おお》う、硬くつよい青草のあいだに、なおいくつかの骨が見出《みいだ》される。それにしてもあの羞恥心《しゅうちしん》と傲岸《ごうがん》のかたまりがなぜ敷石道のまんなかで死んだのだろうか、かれらの死に場所にふさわしい緑にかげった暗がりは窪地を囲んでほとんど無限にひろがっているのに。

ぼくらのジープが敷石道の船底型の勾配《こうばい》のいちばん底に降りついて静かにとまったとき、不意に茶色の犬が素早くオオカミのようにぼくらの前方を横切った。ぼくは思わず叫び声をあげた。森林監視員は薄笑いをうかべた。われわれはジープのエンジンをかけて坂を昇り森と窪地の接点にむかった。

なぜぼくは叫び声をあげたのだろう？　ほの暗い樹木のトンネルをくぐりぬけて高台に出

てから、ぼくらが見た唯一《ゆいいつ》の動く存在がその犬だったのだが、それにしても大仰すぎる。ぼくはあの野生化した犬を、犬の亡霊のように感じたのだ。ともかく、われわれは畑で働く男や女たち、敷石道で遊ぶ子供ら、家畜群を一切、見かけないで、ジープを走らせてきたのだった。家々の扉《とびら》と窓はすべて深夜に対しているように閉じられている……

「この集落は、貧しかったのかね？」

「貧しい？　とくにそうではないよ」と森林監視員はいうとジープを任意の一軒の民家のまえに駐めた。

われわれは草を踏みしだいて敷石道に降り立った。永いあいだ、この集落の人間の足が踏んでいない敷石道を、単なる旅行者の自分の足が踏んでいることはうしろめたい。ぼくはいそいでジープに戻りたい衝動にかられた。しかし、森林監視員は、ぼくのためらいなどものともせず、その民家の扉口に歩みよると、いかにも権威とともに板戸をこじあけ、いまわれわれが横切ってきた森よりもなお暗い土間に入りこんでしまった。結局かれは村の人間なのだ。そしてぼくはこの集落をふくむ宏大な森を支配している村の、外部からやってきた人間だ。ぼくはもう余分の草の茎を一本なりと踏みおるまいと決心してじっと待っていた。森林監視員は土足のまま（かれは旧軍隊の兵士たちの編上靴《へんじょうか》のごときものをはいていた）床のうえにあがりこんでなにごとかを行なっている様子である。ぼくが当惑して恐怖感さえいだきはじめているところへ、森林監視員が埃《ほこり》まみれになった頭をのぞかせて、

「こちらへ来てくれ、見せたいものがあるから」といってよこした。

ぼくは止《や》むなくかれの言葉にしたがって、暗い土間に入りこんだ。森林監視員と肩をならべて立ったぼくが、暗がりの奥底に見たのは、燐光《りんこう》ほどにも青ざめた光をはなちながら映像をむすぼうとしているブラウン管だった。ブラウン管のわずかな明るみが囲炉裏を切った板の間の船簞笥《ふなだんす》、神棚《かみだな》、柱時計などを、浮びあがらせた。そこはいくらか整理されすぎ、人間の生活の匂《にお》いのする種々な細部をすっぽりとりさった印象ではあるが、それでもごく正常な小農家の室内だった。窪地全体を覆っているあの欠落感のミニアチュアがそこにも入りこんでいる。やがて金属製の喉《のど》をもっているともおぼしい快活な男の声がしゃべりはじめ、テレビの画面には、じつに鮮明な海の光景があらわれた。わずかに波だっている雄渾《ゆうこん》な海、晴れわたった空、白い城壁のような崖《がけ》。画面の海が拡大されると、炭酸水のようにあわだつ海面に、ひとりの外国人の婦人の頭がもがいている。彼女は泳いでいるらしい。声は、ドーヴァ海峡のさまざまな横断記録について解説している……

森林監視員が再び土足のまま板の間にとびあがると、濛々《もうもう》と埃がたってテレビの海をさえぎった。そしてテレビのスイッチがきられると土間に立っているぼくの眼《め》はもう暗闇《くらやみ》のほかなにものも認めない。ぼくはその暗闇に押しかえされて敷石道に出ると、肩口の埃をはらった。

われわれがあらためてジープを走らせはじめてから、森林監視員は、

「たいていの家がテレビを買っていたということは、とくにかれらが貧しくはなかったことを示すと思うよ。それも一年前のことなんだからね」といった。

敷石道を昇りつめると壁のように立ちふさがる森のまえで、森林監視員はたくみに方向転換した。その高みからは、民家の背後の畑地が見わたせた。それらはまさに徹底的に荒れはてていた。死んだドブ鼠が腐爛《ふらん》しながら陽にかわくのをぼくはたびたび見たがあれに慣れてしまうことはできない。窪地の畑地はいまや数しれない死んだドブ鼠をぎっしり並べたてたような光景だった。腐爛した植物が腐爛した動物とおなじく嫌悪《けんお》をもよおさせるということをぼくが始めて体験したのだった。

「なんだか嘔《は》き気がするよ」とぼくは疲労を急に発していった。

「ああ」と森林監視員が素直に応じた、かれがこのように直截《ちょくせつ》な反応を示すのはめずらしいことだ、かれは内向的な屈折にみちた性格だった。「それじゃ、ひきあげるとしよう、きみはもう充分に見たよ」

われわれのジープはスピードをあげて一挙に敷石道を降り、再び森の入口の高台に昇った。この窪地の集落には、あの野生化した犬のほかにわれわれのジープに轢《は》ねられる危険のある存在はないわけだったから、われわれは自由に加速できたわけである。高台から森に入るまえに、もういちどわれわれはふりかえって窪地を見おろした。

「番内《バンナイ》の集落の連中が、いっせいにこの窪地を脱《ぬ》けだして、どこか遠い所へ出発してしまってから、まだ一年しかたっていない。それでいて、森がいくらか窪地にむかってせりだしてきたみたいな感じなんだ。連中が十年も帰ってこなければ、この窪地は、森の樹木に食いつくされてしまうだろう」

「そうかもしれないなあ」とぼくはすっかり怯《おび》えてくるのを感じて相鎚《あいづち》をうった。

「こういう深い森はじつに恐ろしいよ、おれは年中、盗伐者を探して森のなかの毛細血管みたいな林道をジープで駈《か》けずりまわっているから、その恐ろしさをよく知っているんだ。いつか森の樹木どもに林道をふさがれて、脳血栓《のうけっせん》をおこした老いぼれの頭のなかにとり残された不運な血みたいに、おれは森に閉じこめられるのじゃないかと思うよ。まったくこの仕事は、大学でフランス文学しか勉強しなかった人間には苛酷《かこく》だね。しかも、ひとつの集落の、五十人近い人間が、虎《とら》の子のテレビまで置きざりにして、どこか遠方へ出奔してしまうというような奇怪がおこる地方なんだからなあ」

自己嘲弄《ちょうろう》と、思いがけない自己陶酔の複雑にまじりあった詠嘆を窪地の見棄《みす》てられた集落にむかって吐きだすと、わが友、森林監視員は、森のなかの樹木の暗渠にむかって猛然とジープをもぐりこませた。日没までに森を抜けだして村に戻りつかなければ、われわれは危険をおかすことになるだろう。ぼくにもまた深い森の恐怖はいまや具体的に感じとれた。われわれは黙りこんだまま、腋臭《わきが》のように濃く匂いたてる暗い森を疾走した。ぼくと森林監視員が、大学のフランス文学科でひとつの教室にいたとき、フランスから深海潜水艦とその乗組員たちが東京にやってきた。ぼくらは一緒に、その潜水艦の艦長の講演を聴きにいったものだ。そのとき艦長の説明つきで見た短篇映画のなかの深海潜水艦と、いま疾走するわれわれのジープは似ているようだった。深海潜水艦もジープも、緑の光がわずかに暗闇にしのびこむ濃密な空間を濡《ぬ》れた獣のようにさかんに身震いして進んでゆく。

「きみはバチスカーフ号の艦長の演説会をおぼえているかい?」とぼくはジープの風除《かぜよ》けが凧《たこ》のように唸《うな》る音に抵抗して叫んだ。

「おれは森林監視員としてきわめて多忙だからなあ。いまや、フランス文学あるいはフランス語学について、なにごとかを思いだすということはないよ!」とジープの運転者は叫びかえした。

しかしそれはいかにも、この森林監視員の性癖の一面をあきらかにする嘘《うそ》なのだ。昨夜、ぼくの宿舎に挨拶《あいさつ》にきた、かれの母親はかれが絶対に結婚しようとしないことを嘆いたあげく、いま、かれはひどく酔っぱらうようになっており、泥酔《でいすい》するとフランス語の詩を(ボードレールだ、かれの卒業論文は《秋の歌》の半諧音《はんかいおん》と畳韻法、というのだった、こういう主題の選び方にもかれの性癖はなんとなくあきらかだ)朗唱するので、飲み仲間の森林組合員から嫌《きら》われている、といっていた。大学にいるあいだ、かれは泥酔するほど、酒を飲んだろうか?

大学で、わが友、森林監視員はとくに異彩をはなつ学生ではなかった。かれは未熟児がやっとのことで育った青年という印象で、突出して広く彎曲《わんきょく》している額のしたに窪んでおとなしくつねに恥じらっているような内斜視の眼をもち、小さな顎《あご》をしていた。歯ならびが極度に悪いのを気にしていて、話すときにはつねに、水をすくうような恰好《かっこう》にした片掌《かたて》を口のまえにかざした。かれのことを阿波《あわ》人形の虐《しいた》げられる百姓の頭に似ていると無遠慮な同級生が嘲弄したことがある。その時、かれは突然、日々の羞恥心にうらうちされた小心なふるまいのすべてに報復するとでもいうように、みんなのまえでイスカの嘴《はし》みたいに捩《よじ》れている歯を剝《む》きだし内斜視の眼で虚空を睨《にら》むとギャッ、と叫んでひっくりかえって見せた。それは虐げられる百姓のうちの最も虐げられる百姓の磔《はりつ》けにされる断末魔を演技したわけだったが、それを見たものはひとしく動揺した。

しかし、かれがわれわれ同級生にもっと深甚《しんじん》な動揺をあたえたのは卒業まぎわのことで、かれは東京で放送局や出版社に就職すべく駈けまわっているわれわれを尻目《しりめ》にかけて、郷里の四国にかえり木材問屋の若主人になると宣言した。そしてかれは実際に四国へひきあげてしまった。それから数年たち、新年の同窓会にあらわれたかれは、また、われわれの話題を独占した。かれの木材問屋は、競争相手の、巨大な森林組合にうちまかされて破産した。四国の森林組合の巨大さを誰が知っているだろう？　破産した若主人は、果敢にも転進して、森林組合の森林監視員という仕事についたのである。かれの仕事は、毎日、朝から夜まで、森林の奥深くひらかれた道をジープで走りまわり、盗伐者を監視することだ。かれはすでに十五人の盗伐者を捕獲したといっていた。ぼくらはみな、かれのファナティクな現実生活に圧倒されて、かれに、われわれの仲間のもっとも非順応的生活者の賞という、架空の賞をおくった。かれは、毎年の同窓会で、自分がこの賞を独占しつづけるつもりだ、と昂奮《こうふん》して挨拶した。かれはすでに、話すとき口を掌《てのひら》でおおう癖を棄てていた。逆に、奇怪な歯を誇示するように脣《くちびる》を花みたいにひらいてしゃべるのだった。

そのわが友、森林監視員から、ぼくの所へ手紙がとどいた。かれが監視を担当している大森林の村のひとつの集落番内《バンナイ》の十数戸の五十人にも近い数の老幼男女すべてが、突然、その窪地の集落を放棄して立ち去ってしまったというのだ。理由はまったくわからないし、かれらの立ち去った行方もわからない。村長ほか、村のブレインは、このおかしな事件をひとまず外部には秘密にしておくことにきめた。マス・コミュニケイションがこの集落に注目して、村全体が大騒ぎにまきこまれることになっては、村の人間すべての名誉にかかわるだろう。番内《バンナイ》脱出していったすべての人々が再び窪地に戻ってくれれば、すべては解決するのだから、番内の集落をあげて、かれらがピクニックに出ていると考えることにしよう、そのように村長たちは態度をきめたのだ。そしてすでに一年たったが、集落は、空《から》のままだ。きみは、すべての住民が逃げだしてしまった集落を見にこないか？　自分は大森林とともに、その窪地の集落をも見張る役目をはたしているから、きみのために良い案内人になれるだろう。そこで、ぼくは、わが友、森林監視員の村へきた。しかしぼくは、深い森のなかの見棄てられた集落

が、あのようにぼくに激甚な印象をあたえるとは思っていなかった。村の宿舎に戻りつくと、

「どうだ、東京から四国の大森林の深みまで、やってきたことを後悔しているかね？」とシニックな森林監視員がいった。

「いや、その逆だ、おれはショックをうけているよ、あの集落の名の番内《バンナイ》だが、それは、鬼という意味だね。折口信夫《おりくちしのぶ》の論文に出ていた、出雲《いずも》の杵築《きづき》の春祭りの鬼だ」

「鬼？　あの窪地の連中が鬼の種族だったとでもいうのか？　いまかれらは集落を去って再び鬼になったのか？　しかしあの集落はもともと戦争のおわりにできた開拓村だからなあ。よせあつめのごく普通の連中の集落だよ。おれたちは、この一年間、考えつづけてきたんだが、あの連中が、窪地を出ていったことについて、もっともらしい理由はなにひとつない。生活に窮して夜逃げしたというのでもないからね。森林からの収益が豊かだから、村はほとんど税金もとっていない。かれらが借金に苦しんでいたという話もない。集団的な発狂じゃないかというやつもいるが、かれらは気違いのようにではなく、じつに静かにおちついて出発したんだ。そうでなければ村の他の集落の連中に知れただろう。かれらは深夜、獣のように黙りこんで大森林をこえて行った。もし、確たる理由があるなら、おれはそれを知りたいよ。この村に大災厄《さいやく》がおこってわれわれがみな滅びてしまうという予言でもあったのだったら、おれたちも逃げなければなあ！」

ぼくらは笑うかわりに、なんとなくおたがいの心の底を疑惑とともにのぞきこむような憂《ゆう》

鬱《うつ》な眼でみつめあった。

東京に帰ってからも、ぼくはあの窪《くぼち》地の巨大な欠落感の印象にたびたびとりつかれた。ぼくとわが友、森林監視員とのあいだに、しばしば手紙の交換があった。かれら番内の人びとは、集落に戻ってこなかったし、かれらの出奔の意味をあきらかにする事実も依然としてなにひとつあらわれなかった。しだいに、友人の手紙は暗く翳《かげ》ってきて、やがてかれは自分が一種の憂鬱症にとりつかれたらしいという告白を書いてよこしたりした。かれは窪地をかこむ森林地帯を日々ジープをかけって孤独な監視をつづけているのだから、あの集落の巨大な欠落感の毒につねにさらされているわけだ、憂鬱症もまた当然のことだったろう……

ぼくが窪地を訪ねてから半年たった、冬の終りのことだった。ぼくは、いま東京駅についたばかりだという、森林監視員から電話をうけた。そのときかれは、憂鬱症どころか昂奮に熱っぽい、生きいきした声をしていた。番内の娘のひとりが、村の友達に手紙をよこした。彼女自身の住所は書いてなかったけれども、その手紙の封筒は無邪気なことに彼女が働いている工場のものである。葛飾《かつしか》区＊＊の塗装工場。そこで、森林監視員が、その娘を手がかりに、すべての出奔者たちに帰村をうながす役目をひきうけて、上京してきたというのである。ぼくは友人と待合せる時間をきめて電話を切った。黒いエボナイトから友人の昂奮のヴィールスがとびだしてたちまちぼくをも感染させてしまっていた。ぼくは古いルノオに80キロのスピードを耐えしのばせて友人の待ちうける場所に走った。やがてぼくと森林監視員とは、喘息《ぜんそく》の赤んぼうみたいに喘《あえ》ぐルノオで、たびたび川をわたり（その一帯に荒川と隅田《すみだ》川のみならず無数の川と運河があるようだったが、ぼくらは堂々めぐりしていたわけだ）目的の塗装工場をさがしにむかっていた。冬曇りの空のもとですべての川が白内障の眼のような色をしていた。結局われわれはひとつの路地の奥全体を占めている、その塗装工場を見出《みいだ》した。森林監視員は、かれが深い森のなかで盗伐者を追いつめたとき示す表情にちがいない、昂奮と緊張に青ざめ、内斜視の眼だけキラキラしている悪酔いしたような顔でルノオを降りたった。かれは森林監視員の職業をつづけるうちに、グレイハウンドほどにも追跡者の本能を局部肥大させてしまったのではあるまいか？　ここは大森林ではなく東京の葛飾区なのに、かれは森林組合のマークの入ったカーキ色のヤッケのような制服を着こんで編上靴をはきひどく緊張している。

われわれはまず工場長と会った。初老の小男の工場長は、友人の監視員の肩書入りの名刺を見たが、とくに反応を示さなかった。それから、かれはぼくの名刺を見て、

「障害児の就労状況を、取材にいらしたのですね？」と考え深げにいった。

ぼくと森林監視員にはその誤解がなにに由来したかわからなかった。われわれは不意をつかれて狼狽《ろうばい》しながら四国から出てきて働いている筈《はず》の娘に会いたいむねをのべた、われわれはかたくなに拒否されるのではないかと恐れていた。

「ああ、あの四国出身の人たちですか、いま案内します」とこともなげに工場長はいった。「うちの社長のお嬢さんがダウン症でしてね、おなじような障害児たちと一緒に、工場で働くように社長が配慮したんです。それで、うちの工場は、中小企業にしては、新聞関係によく知られているんですよ」

「あの四国出身の人たち、とおっしゃいましたけど」と森林監視員はダウン症の子供たちのことなどにはいささかの興味もよせないで追求した。「おなじ村から、何人もお宅に就職しているわけでしょうか？」

一瞬、初老の工場長はぼくの友人を値ぶみするように見つめた。かれは障害児の就労状況について詳しく話したい様子なのだった。しかしかれは小男らしい克己心を示して、穏やかな口調をたもち、森林監視員の性急な問いにこたえた。

「ええ、ええ、婦人の方たちが、塗装部門で働いていますが、そこだけで、二十人は越えるでしょう、おなじ村の人たちですよ。熱心で我慢強い人たちですねえ、あの集団就職は成功でしたよ。じつに単調な仕事ですからねえ、無口で集中力のある人たちほど能率があがるんですよ。まず、ダウン症の子供たちがいちばん優秀で、つぎが、四国のあの人たちですね。仕事の成績は一般の労働者が最悪です。いまでは一般の労働者を別の部門にはずしましたよ」

われわれは工場長にしたがって、製品搬出のための男の労働者が働いている倉庫に入ってゆき、その二階の工場へ狭い階段をのぼった。塗料の激しい臭気がまさにシャワーのようにわれわれにおそいかかってきて眼《め》もくらむほどだった。工場のいちばん手前に、長いテーブルをかこんで子供たちが働いている。子供たちはタブロイド判大の金網に、これから塗装すべき蟹《かに》のようなブリキ片を一個ずつ並べているのだ。二十個のブリキの蟹が並び終るとその金網は床のすでに仕上った金網の塔の上にかさねられ、子供たちは別の金網をとって再び、ブリキ片をならべはじめる。子供たちはわれわれの出現に一顧もはらわず、沈黙して働きつづけていた。われわれに背をむけている子供たちの項《うなじ》はずんぐりと太く、われわれにむかっている子供たちのうつむいた顔はみな、おたがいに似かよっていて、眼と眼のあいだは広くそして鼻梁《びりよう》はないに等しい。かれらは確かに小さなおとなしい蒙古《もうこ》人のようだった。

その子供たちの向うに、おなじように長いテーブルを囲んだ寡黙《かもく》な女たちが働いていた。その女たちもまた、われわれをまったく無視して働きつづけた。女たちは種々雑多な年齢にわたっていたけれども、そろって紺の上っ張りと帽子をつけており、こちら側のテーブルの子供たちほどたがいに似かよってはいないにしても、やはりある統一された気分のなかにいた。それも服装のみにとどまらず、疲労感、怯え、警戒心などという内的存在にかかわっているようなのだ。

ぼくと工場長とがダウン症の子供たちの傍《そば》にたちどまっているあいだに、森林監視員は、わきめもふらず、それら一団の沈黙して働く女たちに歩みよって話しかけていた。

「ぼくは森林組合からきました。番内の人たちでしょう？」そういいながら、かれは金網をつみあげた通路いっぱいに足を踏んばって立ち、女たちが一瞬、恐慌《きょうこう》におちいって逃げまどうとしても退路はたっておこう、という気がまえを見せているのだ。

しかしもっとも年若い少女たちがいくらかものめずらしげにかれを見あげただけで、老女から中年女、そしてしっかりした年齢の娘にいたるものたちはじっと働きつづけて森林監視員を無視し、かれの言葉にも一切、無関心だった。少女たちも自分たちに発言する資格がないことをよく知ったものたちらしく、ごく自然に黙っていた。

「この人たちは仕事をしているあいだ、ほとんど話さないですよ、こちらのテーブルの子供たちとおなじですよ。だから能率があがるんですねえ。それじゃ、ごゆっくり！」そういって小男の工場長はぼくらに会釈《えしゃく》すると、やにわに屈《かが》みこんで、ブリキ片を整然とのせた金網の塔をかかえあげ、鰐足《わにあし》で歩いて、工場のもうひとつの翼につづくらしい、製品の壁に狭められた廊下を去って行った。その先に塗料をふきかけては乾燥する装置があるのだろう。

森林監視員は、働く女たちの総体に漠然《ばくぜん》と話しかけることが戦術としていかにもまずいことに思いいたったようだった。かれはひとりの小柄《こがら》な中年女を選んだ。かれは一歩近づき、

「あなたはずっとここで働いているんですね？」と女の硬《こわ》ばって浅黒い横顔をじっと覗《のぞ》きこんでいった、情人かなにかのように。

そして結局中年女は譲歩した。

「はい」と中年女はいった。

「村を出てからずっとですか？」

「はい」

「番内の女の人たちはみんなここで働いているのですか？」

「はい」

「男たちは？」

「ここで発送の仕事をしているものや、道路工事に出ているものや、いろいろです」とはじめて中年女は森林監視員を見かえしていった。皮膚のはりつめた小さな顔に眼球がつきでている鳥みたいな女だった。

「どこに住んでいるんです？」

「夫婦ともここで働いているものは、寮におります。そうでないものと年寄りは、宿屋におります」

　森林監視員は、二人の老人の名前をだしてかれらの所在をたずねた、かれらが番内の集落の長老たちなのだろう。中年女は、その二人の老人が住んでいる簡易旅館街の名前をあげ、老人たちは毎朝十時までに街の中心の大食堂にあらわれ、そこで食事をすませると電車に乗ってひもすがら東京じゅうをまわっているというようなことを、森林監視員の問いにみちびかれて話した。昼のあいだも旅館にいのこれば費用が高くなるからということにちがいない。

そこはたびたび宿泊人たちの暴動がおこる町だった、窪地を出奔した人びとも、暴動に参加しただろうか……

「あなたたちはもう村に帰らないのですか?」と森林監視員がいった。

そのときブリキ片をつかんでは金網にうえこんでいるすべての女たちが、わずかに身震いしたような気配だった。しかし中年女は黙ったままだった。

「あなたたちはもう村に帰らないのですか?」と友人はくりかえした。

「年寄りに聞いてください」と中年女は頑強《がんきょう》な拒否にみちた態度をしめしていった。

「明日の朝、その大食堂に行きますから、そういっておいてください」と森林監視員はたじろいでいった。

「はい」と再び従順な様子に戻って中年女はいった。

「死んだ人はいますか?」

「いいえ」

「病気にかかった人は?」

「ひとりおります。村を出るときから病気でした」

「どんな病気です?」

「恐ろしい病気で、腹が腫《ふく》れてきて……」

森林監視員は矢つぎばやに質問をはなって病状を聞きただそうとした。ほとんど中年女は答えられなくて、結局、その患者が入院している病院の名を教えたにとどまった。それはわれわれが卒業した大学の医学部附属病院だった。

「その恐ろしい病気が集落に出たから、あなたたちは逃げてきたのじゃありませんか？」

この質問は中年女をこんどこそいつまでもつづく頑強な拒否の鎧《よろい》にとじこもらせた。他の女たちもまたおなじだった。森林監視員は執拗《しつよう》に様ざまな質問をこころみたが女たちはぼくらが最初に彼女たちを見たときとおなじくまったく閉鎖的な労働の内側にかくれてしまった。それでもなお問いかけようとすると、女たちはそれぞれ、自分の脇《わき》に積みかさねてあったブリキ片つきの金網の塔を、小男の工場長がしたとおなじ鰐足で運びはじめた。

われわれは断念するほかなかった。われわれが階段にむかってその脇をとおりすぎる時、ダウン症の子供たちはわれわれにまったく注意をはらわず、ブリキの蟹を金網にのせつづけていた。倉庫の階段をわれわれが降りて行くと数人のいかにも農夫らしい男たちが製品発送の仕事の列を離れて、裏口の方へ消えた。女たちの誰かが伝令に走ったのだろう。ここでもわれわれは、断念するほかなかった。

われわれは再びルノオに乗って、大学病院にむかった。森林監視員はなお昂奮してはいたけれども、同時に憂鬱症の兆候を示しはじめていた。障害児にやれることを夢中になってやっているんだ！　とかれは番内の女たちをこきおろした。ぼくにはかれが自分の村の女たちについてぼくに恥じているのだとわかった。

「しかしあの窪地《くぼち》を出た人たちが、結局、なにごともなく働きつづけていたんだから、よかったじゃないか」とぼくはかれを励ました。

「塗装工場でブリキ片をならべる仕事をして、簡易宿泊所に住んで、それでなにがよかったんだ？」と友人は反撥《はんぱつ》した。「いったい、あの連中はどういう考えなんだろう。あいつらはともかく旅のいざないをうけて窪地を出たんだ、秩序と美と栄耀《えいよう》と静寂と快楽とを、ねがってみてもよさそうなものだと思うよ。それが、塗装工場で障害児のやる仕事をしているんだからなあ」

それから、かつてのボードレール研究家は《旅のいざない》のルフランをもじって次のような詩句をつくった。

かしこには、ただ、無秩序と、醜さと、貧困と騒音とインポテ。ここで快楽という言葉のかわりにインポテという言葉をおきかえたのは、原詩のヴォリュプテと韻をふんだつもりだったのだろう。ともかくかれの卒業論文は韻律にかかわるものだったのだから。

ぼくらは大学の附属病院につくとそこでインターンをやっている同級生を呼びだした。かれがぼくらのために少年患者との面会をとりはからってくれた。はじめ少年は十人ほどのおなじ年《とし》頃《ごろ》の患者たちがベッドをならべている病室の窓わきにいた。少年は、ぼくらの出現に警戒心をむきだしにして対したけれども、それはかれが面会の客をむかえたことがほとんどないからだということがあきらかだった。

　森林監視員が、少年に自分がかれの村からやってきたことを話し、それから少年が、大学生のころの森林監視員に野球のコーチをうけたことがわかると、突然少年はいくらか浮腫《むく》んでいる青黒い顔におだやかな微笑をうかべ、とめどなくしゃべりはじめた。

「毛布の上からでも、ぼくの腹が腫れていることがわかるでしょう？　友達はみんな、ぼくのことを妊婦といってますよ」と少年は膝《ひざ》をたてて寝ているのでもないのに、あきらかに盛りあがっている下半身を犬でもさすように顎《あご》で示しながらいった。

「友達？」

「この部屋の」と少年はいった。

「きみが村を出てくるときから、きみの腹はこういう風に腫れていたのか？」と森林監視員はいった。

「ええ、もう相当でしたよ、番内の人たちは、みんな知っていましたよ。しかし、医者に見てもらってもどんな病気だかわからなくて。この病院にきてやっと、それがわかったんですよ」

「どんな病気？」

「エヒノコックスですよ。鼬《いたち》についている、ほんとうにちっぽけな、三ミリくらいの条虫があるんですね、その幼虫が人間の躰《からだ》にはいってくると、特別なフクロみたいな包虫になるんです。成虫はちっぽけなのに、幼虫のフクロはどんどん大きくなって、赤んぼうの頭くらいにもなります。ぼくの場合、包虫は、肝臓に寄生して、いまも、すくすく育っているんですよ。それが育ちすぎて、ぼくが死ぬことになると、そのフクロみたいな大きい虫も死にます。また、ぼくが死なない限り、この虫は死なない。そんな包虫のこと、あの村の医者ではわからないでしょう？　だから、みんな、ぼくの腹がぐんぐん腫れるのを見て、びっくりしたらしいですよ」と少年はいって、思いがけなく小さな声をたてて笑った。「そのころ、集落で、村から出て行くことがきまったんですね。ぼくは運がよかったんですよ。みんなが村を出て、東京へやってきたから、ぼくはこの病院に入れたし、東京もちょっと見ることができたし、それに、ぼくの包虫は研究の材料になるから、ぼくは入院費用をはらわなくていいんです。ほんとに運がよかったですよ」

「きみたちは森のなかをどこか他の村の出口にむかって歩いたんだろう？」

「ええ、永いあいだ歩きましたよ」

「きみも歩いたの？」

「いや、ぼくは担架。運がよかったですよ。それに、ほんとはぼくは、旅行なんかしたら危なかったんですね。包虫のフクロが破れたら、ぼくは麻痺《まひ》をおこしてしまった筈なんですよ、フクロのなかの液の毒で。ところが、ぼくは三日間も、森の中を担架に揺られてそれで大丈夫だったんだから、運がよかったですよ！」

少年はしだいに陽気になり、われわれはますます沈みこんだ。もっともわが友、森林監視員は、この出奔をほんとうに好運に感じている人間をすくなくともひとりだけは、発見したわけだ。

翌朝、われわれはルノオに乗りこんで簡易旅館街にでかけ、その中心の屋内バスケットボール競技場のような大食堂で、二人の老人に会った。森林監視員は、かれらを見たことがあったし、食堂の混雑する時間ではなかったので、すぐかれら番内の長老たちを見つけだせたわけだ。

老人たちはともに小柄《こがら》で痩《や》せこけていた。ひとりは白髪で黒い皮膚の、アメリカ・インディアンの酋長《しゆうちよう》のようで酸《す》っぱく硬い表情をしていた。もうひとりは禿頭《はげあたま》で赤みがかった皮膚をもち、いくらか猥雑《わいざつ》なところがあった。ともかく二人とも老いたる百姓よりほかのなにものでもないという印象ではあったが、かれらには性格のちがいがあるように思われた。そして白髪の老人が、この二人のイニシアティヴをとっているようだった。かれは抜けめがなく警戒的で最小限のことしか答えなかったし、たびたび質問そのものを無視し、禿頭の老人がそれに誘われそうになるとあらわにしかめっ面《つら》をして制した。

「あなたがたが村に帰ってこなければ、村も森林組合も困ります。あなたがたは、もう帰ってこないつもりですか？」と森林監視員は説得にかかっていた。

「帰る」と白髪の老人はいった。

「いつ帰りますか？」

「あと半年もすれば帰る」

「なぜ、すぐに帰らないのです？」

白髪の老人は口をつぐんだ。

「半年などといって、また、ここからどこか別の場所へ姿をくらましてしまうのじゃありませんか？」と森林監視員はいった。

「村を出てから、ここを動いたことはない」と白髪の老人のかわりに禿頭の老人がこたえた。

「他に、居場所も仕事もみつけられないから」

「半年たてば帰るというのはなにか理由があってのことですか？」

白髪の老人は森林監視員の質問を無視したが、もうひとりの老人が、病気の子供もあと半年はもたないだろう、というような意味のことをいいかけてから途中で黙りこんだ。

「大学病院のあの子供の病気が、集落を出た理由ですか？」と森林監視員はそのおもわせぶりな様子にたちまち喰《く》いさがった。

「子供ぐれえで」と白髪の老人は憎にくしく嘔《は》きすてるようにいった。

もうひとりの老人は顔を赧《あか》らめ、そしてもうなにもいいださなかった。

「なぜ、あなたがたは村を出たんです？」と森林監視員は思いきったようにかれにとってもっとも緊急であるにちがいない質問をつきつけた。

二人の老人は黙って無視した。

「あなたがたは村を出てから、ずっとここで暮していたのなら、なぜ、手紙とかなんとかで村に連絡しなかったんです？」

二人の老人はしばらく黙っていた。そして白髪の老人がアメリカ・インディアンの酋長みたいないかめしい顔を思いがけなく狡猾《こうかつ》な薄笑いに崩して、

「風《フウ》が悪うて手紙もなにも！」といった。

これは森林監視員に、確実な一撃をくわえた。かれは精も根もつきはてたという具合に、この手ごたえがあいまいでいたずらに質問者を疲労させる問答をきりあげ、

「ともかく半年たったら帰ってください。それ以上遅れれば、やはり表ざたにするほかありません。義務教育をうけていない子供らがいるんだから」とむなしく威嚇《いかく》した。

老人二人はとくに挨拶《あいさつ》をするのでもなくやおら立ちあがってぼくらを残したまま大食堂を出て行った。これから東京中を電車で流浪《るろう》するのだろう。ガラス窓ごしに、われわれは、かれらが鋪道《ほどう》に出たところで、なにやら口論している様子なのを眺《なが》めた。かれら小柄な老人たちは口論しながら歩き去っていった。ぼくらはそれを見送っていた。

それから、

「風が悪うて、というのは、きまりが悪くて、という意味だ、あきれたもんだ」と森林監視員はいい、壁画のようにいちめんにはりめぐらされた献立表を見あげた。「焼酎《しょうちゅう》と二級酒しかないわけか、それなら焼酎ということにしよう」

「ああ、そうしよう」とぼくも結局、疲労困憊《こんぱい》している自分を見出《みいだ》して同意した。

「あいつらがなぜ、窪地から出て行ったか、なぜ、窪地へ帰ってくるか、おれはもう、それについて考えないでいることにするよ。半年たったら帰ってくるというんだ、その約束をとりつけただけで、おれは仕事を充分にやりとげたわけなんだから」と森林監視員はいった。

ぼくは、森林監視員が、はたしてあの窪地の巨大な欠落感と、そこから五十人にものぼるすべての住民を不意に出奔させたなにものかについて考えないでいることができるかどうかを疑った。かれは日々、黒犀《くろさい》のようにジープを疾走させて、あの窪地をかこむ大森林の樹木の暗渠《あんきょ》を駈《か》けめぐっているのだから。われわれは屋内バスケットボール競技場のような食堂に、いまや二人きりで、黙りこんだまま焼酎を飲んだ。


ぼくはそれから六箇月のあいだ友人に手紙もださなかったし、かれの手紙をうけとるということもなかった。おたがいに、あの窪地から逃げだした人びとについて、考えないでいるべくつとめていたわけだ。しかし六箇月たつとぼくは自制心をうしなった。ぼくはかれに問いあわせの手紙をだし、すぐ返事をうけとった。ここ数日来、かれらが帰村しはじめているというのである。そのニューズとともに友人はぼくをかれの森林組合が講演会にまねきたがっているとつたえてきた。ぼくは承諾するむね電報をうった。ぼくはもういちどあの窪地とそこに帰還した人びとの生活を見たいと考えていたわけだ。

一週間後、ぼくは四国にむかって出発した。ぼくが草のおい茂った飛行場からズボンにヌスビトハギの実を数しれずたからせて出て行くと、森林監視員が、例のジープの運転台に坐ったままで煩《わずら》わしげに、一本の指だけ曲げる合図をおくってぼくをむかえていた。かれは憂《ゆう》鬱《うつ》症の底にもぐりこんでいるようだった。ぼくはいくらか警戒しながらジープに近づいて行った。

「ボン・ディア！」とかれはいった。

「ポルトガル語かい？」

「しかしブラジル風の発音のやつだよ。ボン・ディアは今日は、という意味だ。コモ・エスタ？」

「ハウ・アー・ユー？」

「そのとおり」と友人はいった。「オブリガード・ムイント・ベン・イ・オ・セニョール？これはわからないだろう。ありがとうございます、小生は元気であります、しかして貴殿は？」

ぼくは黙って頭をふった。

「オ・セニョール・エスター・ドエンテ？」と森林監視員はつづけた。「これは、貴君はご不例で？　というんだ」

「古風な翻訳だなあ」

「おれの祖父がもっていた本を見つけだしたんだよ。おれの祖父はブラジルへ渡航することを考えたことがあったらしいね。しかし、かれはおれの谷間の村で九十歳まで生きて死んだよ。ともかく珍妙な本なのさ、おれは大学を卒業して以来、こういう風に外国語に熱中したことはなかったよ。さあ、パルタモス！　出発しよう、ということさ。おれはきみを、このジープで、五時間も九十九折《つづらお》りの山道を運ばなければならないんだ。われわれは、死ぬほど疲れるよ。ともかく、乗ってくれ、さあ、パルタモス！」

「パルタモス！」

ぼくらは出発した、これは確かに困難な旅だった。ぼくの友人はジープの運転に熟達してはいたが、ぼくらは永い時間をかけて、ひとつの急峻《きゅうしゅん》な峠を越えなければならなかった。危険をさけるためには、おちおち口をきくこともできないのだった。友人は憂《うれ》わしげに眉《まゆ》をひそめ唇《くちびる》を咬《か》みしめ、頬《ほお》をこわばらせて懸命に運転した。かれは地方出身のインテリらしく過度にシニックだったけれども、地方出身の人間のもっと一般的な性格、すなわち篤実《とくじつ》さをもっていた。かれの真摯《しんし》な運転ぶりには痛ましくて眼《め》をそむけたくなるほどのものがあった。

そういうわけで五時間をこえる強行軍のあいだ、ぼくらはほとんど沈黙したままだったが、それでもいくらかのことは話しあった。ぼくはかれの村に戻ってきた、出奔者たちがいまどのように再び、あの窪地での生活をはじめているかを聞かずにはいられなかった。友人はなんとなく冷淡に、かれらは二年間も放棄しておいた畑地の整理に励んでいる、というのだった。かれらは再び村に戻って、うまくやってゆけるだろうか？　うまくやってゆくだろう、すくなくとも当分のあいだはね、そのほかに道がないのだから、と友人はいった。エヒノコックス患者の少年はついに死んでしまった、かれとともに巨大な包虫もまた死滅し、少年の肉体は焼かれたが、寄生虫は特別製の大きい瓶《びん》にアルコールづめにされて大学病院に存在しつづけることになった。

「どうだ、むなしいことじゃないかね？　おれはあいつのことを思い出すたびに、自分の上機嫌《じようきげん》で安穏な生活に、液体空気をそそがれるような気持だよ」と友人はいった。もっとも現在のかれに上機嫌で安穏な生活の印象はなかった。

「それではあの少年の死が、贖罪羊《しよくざい》みたいに、村の大災厄《さいやく》をまぬがれしめることになったというわけで、長老たちが、村への帰還を決定したのか？」

「しかし、番内に行っていろんな連中と話してみるとそんな論理的ないきさつがあって、帰ってきたというのでもないようなんだよ。村から出ていったことと、あの少年のエヒノコックスとを絶対に無関係だと主張する男もいるよ。ただ、なんとなく出発し、また、なんとなく戻ってきた、という風にいっている。まったく訳がわからない連中だよ。いま、かれらは夢中になって荒れた集落をたてなおしている」

「どういうことだろう？」

「すべての出来事が、つねに理解可能とはかぎらないいね、この四国山脈の周辺は、カルテジアンの土地じゃないから。もっとも、東京もカルテジアンの市街ではないが。ひとつブラジル風のポルトガル語の文例を教えよう。リオ・デ・ジャネイロもカルテジアン都市ではないらしいね。こういうんだ」

オ・セニョール・コンプレエンデ？　貴君は理解しますか？

ナウン・セニョール・ナウン・コンプレエンド！　いいえ、小生は理解しません。

五時間余のジープの旅のあと、ぼくは友人の森林組合の会議室で三十分、休息しただけで、小学校の講堂につれてゆかれ、そこで一時間半、講演した。まさに死ぬほど疲れて、ぼくが舞台の袖《そで》にひっこんでゆくと、シニックな森林監視員がまちかまえていて、

「きみは演説口調で話すときに限って、きわめて希望的な人間になるね、頭のなかに薔薇色《ばらいろ》の血が流れているみたいだったよ。もっともきみは早口すぎる、わが森林組合員たちはびっくりして、なにひとつ理解しなかっただろうよ。オ・セニョール・ファロウ・ムイト・デプレッサ。貴君はきわめて早く話した」といった。

かれはいま嘲弄《ちょうろう》であれ語学練習であれ、いったんそれをはじめると、とめどなくつづけたくなる性癖を身につけてしまったようだった。ぼくは惨《みじ》めな気分だった。それでもその夜の森林組合の幹部の招宴で、いちばん先に酔っぱらい、ボードレールを朗唱し、例のポルトガル語を喚《わめ》きたて、いつか大学の教室でかれが演じてみせた磔《はりつ》けにされる百姓一揆《いっき》の指導者さながら青ざめて無念やるかたないしかめっ面をして森林監視員が酔いつぶれてしまい、かれ

の仲間たちがきわめて冷淡にそれを傍観するのに接すると、ぼくは自分がかれに友情をもちつづけているのを感じないわけにはゆかない。いったい、かれが十五人もの逞《たく》ましい盗伐者どもを捕獲したというのは本当だろうか？　盗伐者である以上、かれらは巨《おお》きい斧《おの》をたずさえているだろうではないか？

翌日、ぼくと森林監視員は、ジープをかって深い森を横切った。この季節では、森のなかの道は乾き、朱《あか》い蛾《が》の鱗粉《りんぷん》のように赭土《あかつち》の埃《ほこり》があがった。樹木もまた乾いてそれは匂《にお》わなかった。すでに森は、集落に戻ってきた人々によってふたたび占領され、その侵蝕力《しんしょくりょく》を武装解除されてしまったようだった。われわれのジープが、この深い森の総体に、よく拮抗《きっこう》しうる存在であるとでもいうようにぼくはいま森の威圧を感じなかった。われわれは樹木群の暗渠をゆるがせて疾走した。

われわれが森の出口の高台にジープを乗りあげた瞬間、われわれのまえに展開するはずの窪地《くぼち》の眺めのかわりに、われわれが見たのは暗い乳色の霞《かすみ》だった。霞は森の宏大《こうだい》なひろがりにかこまれた窪地を天蓋《てんがい》のようにおおっている。ぼくが最初にここをおとずれたとき、窪地を閉ざしていたのは、巨大な欠落感と静寂の蓋《ふた》だったが、いまはそのかわりに暗い乳色の霞だ。しかし人びとがその霞のしたの集落に戻ってきていることはあきらかだった。窪地からは、子供らの声、犬の吠《ほ》えたてる声、それに得体のしれぬ様ざまの物音が湧《わ》きおこってきていた。

森林監視員は高台にジープを駐《と》めると、サイド・ブレーキを起した。

「おれは、長老たちと、いまでは親しいんだが、きみという他所者《よそもの》と一緒だし、今日は、忙がしそうだし、集落へ入るのはよそう」と森林監視員はいった。

ぼくは了解した。すでに森にかこまれた窪地の集落は、他人どもを拒む、ひとつの領域《テリトリイ》だった。獣たちにその領域《テリトリイ》があるように、このような森の宏大無辺なつながりのなかの点にもひとしい窪地の集落に住む人間には、やはりかれらだけの領域《テリトリイ》があるにちがいないとぼくは臆測《おくそく》した。しかもかれらは二年間におよぶ放浪の旅から帰還したばかりである。

「この霞はなんだろう?」とぼくは尋ねた。なにか思いがけぬことを答えられるのではないかとわずかに不安を感じながら。その霞の色彩には人を不安にするところのものがあるのだった。

「きみも覚えているだろう、畑地の状態を? あれを焼いているんだ。腐って溶けた作物が土にへばりついて乾いたんだ、干潟《ひがた》の海草みたいな具合になっている。それに二年間に繁茂した雑草がある。焼きはらいでもしなければどうにもならない。連中はもう何日もその仕事をやっているよ。そのあとで、硬くなった土地を耕やすのがまた一苦労だと思うよ。かれらは、牛も馬もすべてなくしてしまったし、耕作機械を買う金もないだろうしなあ。それにお悪いことに、若い働き手たちが何人も、そのまま東京の道路工事に居残って、村へ戻ってこなかったんだよ。かれらこそが、とうとう本当の脱出をやりとげたわけだ。しかし、集落の連中はなんとかのりきるだろう。かれらは森林をいくらか売ることもできる。それに、こんどの事件まで、この窪地の連中は、他の村の農夫たちとおなじに、とくに固い結束を示していたのじゃないんだが、二年間の村を出ての生活のあと、集団で働くシステムを身につけたようなんだ。いま集落じゅうの男と女たちが軍隊みたいに統率をとって働いているよ。このつぎに、また、かれらが村を出てゆきたくなったら、こんどこそじつに効率よく、この窪地を去るだろう」

ぼくは驚いて友人を見つめた。

「このつぎに、また、といっても、きみはかれらが再び出発するとは思わないだろう？」とぼくはいった。

「ポールケ？　なぜかね？」

ぼくは黙りこんだ。ポールケ？　なぜ、かれらが出発したか結局わからない以上、なぜ、かれらがもう二度と出発しないだろうと信ずることができよう？　ポールケ？　しかし、かれらはもう出発すまい、と考えることで、われらの生活の秩序の感覚が保障されるのだ。ポールケ？　まあ、そういうことなんだ、とぼくは考えた。しかし森林監視員は、ぼくとは逆の考え方に固執した。

「このつぎに番内《バンナイ》の連中が、この窪地を出て、どこかへ去ってしまうとしたら、そのときには、かれらはもっと徹底して遠方へ行かなければならないだろうなあ。もういちど、東京へ出たとしても、森林組合が、かれらをすぐ、連れ戻すだろうから。それに、かれら自身、こんど村を離れたくなれば、このまえのときにくらべて、比較を絶するほど、遠方へ行かなければ、本当に、村を離れたという安心感をえられないだろうと思うよ」

「きみは、かれらがまた、絶対に、出発したくなり、出発するだろうと、確信しているようだなあ、それこそ、なぜかね、ポールケ？」とぼくは落着かない気分で反問した、とにかくわが友、森林監視員の声には、えたいのしれない熱いものがこもっているのだ。

友人はぼくが挑戦《ちょうせん》でもしたと感じているような、戦闘的な表情でぼくを見かえした。

「なぜ、ということもない。しかし」とかれはいった。「このまえの出発で、あの少年の奇妙な病気がキッカケをなしたことはたしからしいが、それはキッカケにすぎなかったんだ。それより、出発したいという気分がこの窪地にみなぎってきたのが、そもそもの始りなんだ。長老たちから、小学生どもにいたるまで、みんなかれらの道祖神にまねかれていたわけだ、この窪地で、旅のいざないの音楽が鳴っていたんだ。そうでなければ、だいたいのところコンサーヴァティヴな集落の連中が、一挙に窪地を去っていったりはしないだろう、長老がいったとおり単にひとりの子供の病気くらいのことで。あれが作用したとしても、それはキッカケにすぎなかった。あの子供の病気がなければ、他のキッカケを見つけて、出発しただろうと思うよ。キッカケくらい、自分たちで造りあげたかもしれない。恐ろしい長老たちが生きているからね。容易に造りあげられる、絶対的に禍々《マガマガ》しいこと、たとえばひとくみの近親相姦《そうかん》くらいはしたてあげたかもしれない、あの病気の子供がいて、本当によかったよ。ふたたび、この窪地に、出発したいという希望、または、ここに閉じこめられていたくないという不満がみちみちれば、なにか惧《おそ》るべきことがおこり、かれらの出発のキッカケをなすだろうと思うんだ。そのとき、かれらは東京よりもっと徹底的に遠方へ行かねばならないね。それはどんな地方、どんな国だろう？　おれは、ブラジルがいいと思うんだ」

「きみがいま、その国の独特のポルトガル語を独習しているブラジル？」

「ああ、そうだよ、ブラジル。こんど、かれらが出発したくなり、もしおれのところに相談にきたとしたら、おれはブラジルをすすめるよ。村ぐるみのブラジル移住は、政府だって援助したがるだろうが？　番内の長老はおれにもパルタモス！　といってくれるだろう。すなわち、出発しようじゃないかとな。おれは、かれらと一緒に出発するよ。きみも一緒に出発しないかね？」

窪地には畑の荒廃した作物を焼きすてる煙がたちのぼりつづけ、暗い乳色の霞は濃くなったが、猛《たけ》だけしい風が不意に起り、霞の膜は裂けて、火と焼けただれてタール色をした畑が覗《のぞ》いた。人びとは赤や黄の布で仰々しく頭を覆《おお》い、皮膚という皮膚をすべてくるみこんで、鉤《かぎ》のついた棒をふるい、立ちはたらいている、それはもういちどぼくに、《番内》という言葉のことを思いださせた。それがこの集落の野焼きの風俗にすぎないにしても、ともかくかれらは鬼の群のように異様だ。

沈黙しているぼくに苛《いら》だって森林監視員は、かれのもちまえの性格の内向的屈折をはじめた。ぼくを挑発するための言葉でもあれば、かれ自身を嘲弄するための言葉でもあるような棘《とげ》だらけの口調で、

「じつのところは、あの農夫どもよりも、この、おれが出発したくてうずうずしているのかもしれないがね。きみもまた、どこか、遠方へ出発したいのじゃないか？　おれたちは友情というより、そういう欲求不満でむすびついているのかもしれないよ」とかれはいった。それから叫ぶように、「オ・セニョール・コンプレエンデ？」

貴君は理解しますか？　ぼくもブラジル風のポルトガル語で答えようとしたが、ぼくに使えそうなのは、かれに教わったひとつの文例のみである。ぼくは躊躇《ちゅうちょ》し、それから自分のいじましい躊躇をおしきるべく、やはり叫ぶようにいった、

「ナウン・セニョール・ナウン・コンプレエンド！」

森林監視員は侮辱されたように赧《あか》くなって口をつぐみ、ぼくもまた黙りこんだ。ぼくは自分がいま、自分自身の内部の旅のいざないの声、あるいは逃亡勧告にむかって叫んだのではないかと疑った。ナウン・セニョール・ナウン・コンプレエンド、いいえ、小生は理解しません！

犬の世界

かれは酸のように鋭く、容赦せず、傷つきやすい、とフィリップ・ロスという若い小説家の短篇集にアメリカの批評家が広告を書いていた。《しかしなによりも、かれは若いのだ。かれは人生をフレッシュでファニイな眼《め》で眺《なが》める》

洋書店の雑誌売場の棚《たな》にそなえつけられているカタログで走り読みしたこの一節が、いまもぼくの相当に粗くなった記憶力の網目を漏れおちないで印象深くとどまっているのは、それがぼくに、あるひとりの若者の思い出を喚起するからである。もっとも、この一節がその若者に完全にぴったりする、というのではない。確かにかれは酸のように鋭いところのある少年だった。敵を容赦しないばかりか、自分自身をも容赦しないことがあった。しかし、かれが傷つきやすいタイプであったかどうか、ということになると、それを判断することは、困難だし、いつまでも曖昧《あいまい》さの尻尾《しっぽ》がついてまわるように思われる。かれはいかにも繊細で敏感な不安と恐怖心に充塡《じゅうてん》されたおどろおどろしい夢にとりつかれ、なやまされていたし、ぼくや妻との会話にすばやく反応することもあった。しかしかれは、具体的な暴力にみちた小世界とつながりをもち、追いつめられてしまってからも、自分だけで責任をとって黙りこみなんとなく平常心を保っているところがあった。ぼくは鉈《なた》で仔牛《こうし》を殴り殺す光景を見たことがある。素人《しろうと》の屠殺者《とさつしゃ》はくりかえし失敗をかさねた。仔牛は一撃をうけるたびに凶《まが》まがしく吠《ほ》えたて身震いしたが、攻撃のあいまには傷の痛みをたちまち忘れさったかのようだった。疲労困憊《こんぱい》した、血だらけの屠殺者が林間の窪地《くぼち》に寝そべって一服するあいだ、外套《がいとう》のフードを肩にのせるような具合に、黒と真紅の傷口を太い頸筋《くびすじ》にひらいた頑強《がんきょう》な仔牛は、斜面の羊歯《しだ》のやわらかい新芽を鼻面《はなづら》で吟味して喰《く》ってみようと試みたりしていた。

その若者も、殴りつけられ傷をうけた瞬間には、叫び声をあげて痙攣《けいれん》するにしても、ほんの暫《しばら》くすれば自分がどういう仕打ちをうけたのか忘れてしまったという風にまた暴力の場へ出かけてゆく獣じみて鈍感なところがあった。

また、かれの内部には十九歳という当の年齢よりも若く、おさなく感じられる部分と、年長のぼくよりも格段に手ごわく、したたかに老成している部分とが雑然と同居していた。かれは確かに若かったが、しかしなによりも、かれは若いのだ！　と詠嘆することをためらわせるところのものもあったわけである。そして、かれが生きた人生は、ぼくとぼくの妻とに関《かか》わった小部分をのぞくと、つねに暴力的なるものによって牛耳《ぎゅうじ》られているもののごとくだった。かれがその人生を、フレッシュでファニイな眼で見ていたかどうかは、かれがじつに寡黙《かもく》な人間だったので、数多くの証拠があるわけではない。ただ、ぼくはかれのことを暴力的な世界できたえられた他人への独特な観察力と生活態度をもつ人間ではないかと疑うことがたびたびあった。比喩《ひゆ》的な意味でなくかれの眼そのものの印象には、確かにフレッシュでファニイな感覚があった。しかし、かれの硬くがっちり閉ざされた大きな口を見ると、この若者は子供の時分からの度かさなる殴りあいに、頭のなかの柔らかい脳をどうかしてしまったのではないかという気がしてくるのだった。かれの憂《うれ》わしげな霧のかかったような眼と、いかにも堅固に閉じた口は、あいまってイシガメを思わせるところがあった。どうか、わが国で最もありふれたこの種類の亀《かめ》の眼と口とを思いだしてみてください。それは、これからぼくがその思い出を語ろうとする若者の風貌《ふうぼう》についていちばん手っとりばやく正確なイメージをあたえるものですから。

かれがはじめてぼくとぼくの妻の借家を訪ねてきたのは、ぼくら夫婦が結婚して数箇月たったばかりの夏のはじめで、ちょうどぼくが北海道の網走《あばしり》周辺を旅行していた時だった。ぼくは終戦後、樺太《からふと》からひきあげてきた、ギリアク人とオロッコ人の家族をたずねてあるいていたのである。ぼくは北見《きたみ》盆地の小さな村でギリアク人の巫女《シャーマン》の祈禱《きとう》の踊りを見て、基地にしていた網走の旅館に戻ってみると、妻から電報がとどいていた。それは、ほぼつぎのような電文だった。

アナタノユクエフメイダ　ツタオトウトサンガ　アラワレマシタ」シキユウオカエリコウ

ぼくにはまだオロッコ人の祈禱師の老人に会うプランが残っていた。この老人は、樺太でソヴィエト軍の収容所に同族の人々とともに監禁されていた時、かれの民族の不運な境遇を一挙に挽回《ばんかい》すべく、片方の眼をみずからつぶした。オロッコ人の祈禱師の名において、かれは自分の片眼に民族の悪運をすべて封じこめ、それを犠牲にしたのである。しかしそれでとくにオロッコ人に良き生活が回復したわけではなかった。かれにひきいられて樺太をひきあげたオロッコ人たちは最下級の肉体労働者として北海道を放浪し、しだいに網走周辺に北上した。ぼくを案内してくれた地方紙の記者はそれがおそらくかれらにとって樺太につらなる海から遠ざかっての生活は不安だからだろうといっていた。ぼくは製材工場につとめているオロッコ人の祈禱師の老人の公休日を待っていたのだが、その電報を読むとただちに予定をかえて札幌行きの夜行列車に乗った。

ぼくは非常に昂奮《こうふん》してまさに気も顚倒《てんとう》せんばかりだったので眠れないことをおそれて睡眠薬をのみ、それでもまだ不安でウイスキーの小瓶《こびん》をかかえこんで窮屈な寝台に横たわっていた。戦争の終りの夏、ぼくは集団疎開《そかい》した谷間の村で弟とはぐれてしまったのだった。ぼくは、はじめ、すねた弟が森にかくれているか、谷間の農民の家にとまりこんでいるかするのだろうと思っていた。谷間の底の川は奥山の乱伐のあおりで雨が降るたびにたちまち増水したので、そこにはつねに危険がひそんでいたが、ぼくの弟はチビながらも敏捷《びんしょう》で狡猾《こうかつ》な、頭のいいやつで、まだ五歳だったが泳ぐこともできた。そこで、ぼくはとくに心配もせず弟がぼくらの宿舎だった曹洞宗《そうとうしゅう》の寺に戻ってくるのを待っていたが、かれはいつまでたっても戻らないのだった。十キロ離れた隣村に、おもに木材運搬用のちっぽけな支線がひきこまれていて、その貨車にもぐりこめばぼくらの市に直行できるという噂《うわさ》が、疎開児童のなかにひろまっていた。弟を待ちあぐねたぼくが採用した第二の推測は、かれが十キロの県道を歩き、それからチビの機能を充分に発揮して松や杉の丸太のかげに潜入し、ひとりでぼくらの市に帰ってしまったのだろうということだった。ぼくは市の祖父に葉書をだして弟の単独旅行を報告しただけで、付添の教師には黙っていた。それというのも弟は、祖父が集団疎開に便乗してぼくにむりやりおしつけた非公式のメムバーだったからである。戦争が終り、ぼくが祖父のところへ帰りついたとき、弟はそこにいなかったばかりか、ぼくの葉書すら届かなかったことがわかった。ぼくらの市は戦災に焼けつくし、祖父はひとり防空壕《ぼうくうごう》で暮していた。そしてそれ以来、ぼくは弟を見喪《みうしな》ったままだ。

あれから十四年だ、弟は十九歳になったわけだ、とぼくは考えた。睡眠薬とウイスキーがおかしな具合に作用しあって、ぼくは一種の狂躁《きょうそう》状態におちこみ、どうしても抑制しきれない笑い声を小鳥みたいにくりかえしけたたましく発した。あの独立癖のある滑稽《こっけい》なチビは、この十四年間をいったいどこにひそんでいたというのだろう？　そしてまた、どういういきさつで、十四年ぶりにぼくの前へ出現することになったのだろう？　ぼくはセンチメンタルになって他愛《たわい》なく涙を流したり、また、突発的に笑ったりして、とめどなかった。ついに周囲の寝台の旅行者たちが、国鉄のマークの浴衣《ゆかた》で廊下にあつまり、相談したあげく、代表が寝台車係の車掌に訴え出て、ぼくは車掌から厳重な注意をうけた。そこであらためてぼくはウイスキーを口いっぱいにふくむと睡眠薬をグジグジ嚙《か》みつぶして、ぐっとのみくだし夢のひとかけらもはいりこまない徹底して暗い眠りをねむった。

ところが翌朝すでにぼくは、昨夜の狂躁状態の反動の苦く重い憂鬱症《ゆううつ》の兆候もあって、行方不明の弟の出現を疑いはじめたのだった。いったん疑いはじめてみると、十四年ぶりの弟の帰還などありえる話ではないと思われた。ぼくの家族は戦後の十年間手をつくして弟の行方を捜索したうえであきらめたのである。もし弟が、生存しており、かれがぼくの家族の姓だけでも記憶していたとしたら、かれはとっくの昔に、ぼくらの家に戻ってきていたことだろう。かれが十四年間、記憶を喪失していた、ということが奇跡的な確率において、ありえたとしても、十九歳の人間の頭によみがえった五歳の時分の記憶がかれにどれだけの志向性をあたえるものだろうか？　おそらくその十四年ぶりにあらわれた弟という人物は、奇妙な思いつきにかられた頓馬《とんま》な詐欺師《さぎし》にちがいない。ぼくら夫婦を相手どって詐欺を企《たくら》む詐欺師など、その道の人間にしてもいわばピグミー族級の詐欺師にすぎないだろう。

ぼくは昨夜、狂躁状態におちいっていた自分の鳥みたいな笑い声や甘ったるい涙を愚かしく腹立たしく恥辱的に感じた。

ぼくは札幌のホテルで東京へ長距離電話を申しこみ、通話を待つあいだ食堂で卵の朝食をとりながら、妻との連絡しだいでは、このまま網走へひきかえしてオロッコ人の祈禱師の老製材工に会いに行きたいと考えた。十四年ぶりに出現した弟を信じるくらいなら、オロッコ人の祈禱師のよびだす弟の生霊あるいは死霊を信じたいものだと思いさえもしていたのである。

やがてぼくは卵の黄身を唇《くちびる》のまわりにこびりつかせたまま東京の妻と話した。ぼくは、冷たく否定的に、出現した《弟》について質問したわけだったが、答えてくる妻の言葉の気分はぼくのいかなる予想ともちがっていた。彼女は昂奮してもいなければ、警戒的でもなく、すなわち、ぼくらの家にやってきた人物を本当の義弟だと信じて喜んでいる様子でもなく、にせの義弟だと疑って緊張している様子でもなく、懐《なつ》かしい古い友人の不意の訪問をめぐってのように話した。それは端的に、ぼくの妻が、その《弟》に良い印象をうけていることをしめしている。

妻の話によれば、若者は、ぼくの郷里の地方都市から、そこに住むぼくの大伯母《おおおば》にすすめられて十四年ぶりの《兄》と再会するため、上京してきたのだった。大伯母か！　とぼくはたちまち事件の核心にいたった思いで考えた。ぼくの大伯母は、地方都市の慈善事業の大立者のひとりだが、親戚《しんせき》のすべての者たちから孤立している。ぼくの《弟》を、おなじ市に住んでいるぼくの家族にひきあわせるかわりに、直接、東京のぼくの所へさしむけたのは、大伯母がぼくらの一族でぼくを最も与《くみ》しやすいと考えているからだし、もっと正確にはおなじ市のぼくの家族から煙ったがられていることを知っているからだ。ぼくはあらためて妻に、大伯母が奇矯《ききょう》なふるまいの多い気違いめいた神秘家であることを話した。それにしても大伯母は、今度の気まぐれのいけにえ羊を、どこで見つけだしてきたのだろう？

――あなたの大伯母さんが理事をしていられる、非行少年の試験観察のための民間施設でこの夏、退園にこぎつけた少年たちの名簿を調べていて、かれに気づいたということよ。年齢は十九歳で、名前はあなたの行方不明の弟さんとおなじだし、姓はちがうけれども、かれはずっと小さい時分から独りぼっちで暮してきたので、その姓もどこかの施設でアトランダムにつけてもらったにすぎないらしいわ。

――かれは疎開先での生活や、ぼくとはぐれてしまった時の様子やらを、おぼえているのかい？

――それがまったくおぼえていないというのよ。自分に兄がいたかどうかさえ、はっきりは記憶にないらしいわ。あなたの弟だと主張する気持だって、とくにかれにはないようだわ。ただ、あなたの大伯母さんが、東京までの旅費と、お小遣いと、わたしたちの住所を書いた紙片とをくれたので、かれはやってきたのよ。

――それでかれは昨夜どうした？　どこかホテルを見つけてやったのか？

――内庭の芝生にテントを張って寝袋に入って寝たわ、と妻は笑い声をまじえていった。とても遠慮深い少年で、あなたが留守だと知ったら、玄関でしりごみしているのよ。野宿だってできるというから、あなたのテントと寝袋とを貸してあげたわけ。今朝早く庭の蛇口《じやぐち》で顔を洗ってどこかへ出かけて行ったの。友達がひとり東京にいるといっていたわ。非行少年の時分の友達らしいけれど。

り葉ほり聞きただすのは失礼だ。きみの話だと、元兇《げんきょう》は大伯母で、かれはむしろ犠牲者らしいぞ。

——かれはとても無口な性格だから、根ほり葉ほり聞きただすことなどできないわ。

——かれはぼくに似ているかね？

——あなたをふくめて人間の誰かに似ているというより、むしろイシガメに似ているわ。だけど、もしあなたが、かれの生きてきたような世界に生きたとしたら、あなたもまた、イシガメみたいな顔つきになったかもしれないと思うのよ。

——かれの生きてきたような世界？

——恐ろしいほど暴力にみちた世界。かれは左手の指を二本なくしているわ。無口でおとなしくて鈍い感じもある少年だけど、躰《からだ》じゅうに暴力の世界をただよわせているわ。ともかく、あなたや、あなたのお友達の誰ともちがうタイプの人間であることは確かね。

——それできみは、どの程度かれが本当にぼくの弟である可能性があると思うかね？

——ほとんどその可能性はないと思うわ。

——それじゃ、なぜ、ああいう電報をうったんだ？

——あなたをギリアク人の巫女《シャーマン》から早くひき離そうと思ったのよ。

——四時の飛行機で帰るよ、かれと一緒に空港にこないか？　とぼくはオロッコ人の老祈禱師との会話をあきらめていった。

ぼくはその夕暮、羽田空港で妻と、紺のデニムのズボンとスポーツ・シャツを着た小柄《こがら》な若者に出むかえられた。その瞬間から黙契のごときものが結ばれていたように、ぼくら三人は大伯母の《弟》発見の話を無視した。それ以後、若者がぼくら夫婦の前から姿を消してしまうまで（一度目の別れのあとで、若者は戻ってきた。一度目の別れが決定的な別れだった）ぼくら三人は《弟》発見の話をむしかえすことがなかった。かれはたちまちぼくら夫婦の家庭の友人になったので、とくに《弟》である必要はなかった。むしろ大伯母の考えた十四年目にあらわれた《弟》という着想はぼくらのあいだではひとつの冗談のような性格をおび、ぼくら夫婦はひそかにかれをにせ弟という渾名《あだな》でよんだ。にせ弟は終始、寡黙な男だった。かれはその日、ぼくら夫婦と一緒に都心に戻ってくるバスの中で、正式の中華料理を食べたことがない、ということを話しただけだった。そこで、三人で囲んだ四川《しせん》料理の食卓でも、もっぱらぼくがギリアク人とオロッコ人の話をし、妻とにせ弟は黙ってそれを聴いているだけだった。にせ弟は麦酒《ビール》さえ飲まずオレンジ・ジュースをちびちび飲んで真剣に料理を食べた。テントと寝袋のなかでの睡眠とともに、これはかれのストイシズムをあかしだてていた。かれがあまりに寡黙で、しかも黙っているかれの存在が食卓をぎごちなくするということはなかったので、ぼくはお行儀の良い大きな家畜をつれて食事に来ているように感じたことをおぼえている。

ところでにせ弟は、この夜、傷つきやすいところと、酸のように鋭いところとをも、おのおの示したのだった。

ぼくはギリアク人に文字が無いことを話していた。それはかれらの伝承にこの古代アジア人の祖先が、アイヌ人やオロッコ人たちの祖先と泳ぎに出て、かれひとりだけが岩のうえに置いていた文字の板を盗まれてしまったからである。それ以後アイヌ人やオロッコ人は文字をもっているのに、ギリアク人にはひとかけらの文字もない。ぼくがそう話すと、にせ弟は鱶《ふか》のヒレのスープをすくう手をやめて、途方にくれてあれこれ考えあぐねるようなそぶりをしイシガメみたいに粗暴な顔にどす黒く血をのぼらせた。やがてぼくら夫婦は、にせ弟が満足に読めるのは二種類の仮名だけで、漢字の知識などごくごくわずかであるのを見出《みいだ》した。にせ弟は新聞をふくめていかなる刊行物も読まなかった。ぼくの小説家の職業ほどかれに無意味に思われた仕事はなかったのではないかと思う。とくに興味を示すということもないのだった。

にせ弟が、酸のように鋭いところをあらわしたのは、ぼくが老オロッコ人の祈禱師のつぶれた眼《め》について話した時だ。ぼくが、この老人はかれの少数民族のひとつの集落の首長としての責任感から、自分の眼をみずからつぶした、というと、それまでほとんど反応をみせなかったにせ弟が不意に濃い疑いの表情を浮べてぼくを見かえした。そこで、ぼくら夫婦が執《しっ》拗《よう》にうながすと、かれはこういう意味のことをいった。

――樺太の収容所でつぶされた老人の眼に祈禱《きとう》の意味がこめられているにしても、それは、かれが自発的につぶしたのではなくて、祈禱師をかこむおなじ種族の人々が暴力的に強制したのだと思う。そしていったん眼がつぶされてみると、老人は祈禱師だから、それを訴え出たり怨《うら》んだりしなかったのだ。

ためらいながら、ぼくの郷里の方言をまじえてかたるにせ弟の意見にぼくは同意した。おそらくそのとおりだったのだろう。苛酷《かこく》な話だが、苛酷であるなりに自然なところがある。ぼくがそれを認めると、

――自分はそういう風に眼をつぶすところを見たことがあるので、とにせ弟は照れくさげにいい、ぼくと妻とはショックをうけて食欲をうしなった。

ギリアク人もオロッコ人も、樺太では本来、狩猟民族で、かれらはヤマトナカイのひそむ森や鮭《さけ》の上る川を見つけだすためにもっとも鋭く働く本能を持っている。北海道にひきあげてきてもその本能はうしなわれない。かれらは北海道にヤマトナカイのためのすばらしい森や鮭の大群をむかえるべき豊かな川を発見しては、そこへ出猟しいかなる獲物にもめぐりあえなくて当惑してしまうのである。ここは樺太でなく北海道だから、と民生委員が説得にまわっても、かれらは再びヤマトナカイの森、鮭の川をめざして肉体労働にはげみながら性こりなく移動してしまうので生活保護をあたえることもできない。かれらの民族の本能がいま

やまちがいしかおかさないことをかれらに説得できる者はいないだろうか？

——ひどいねえ、とにせ弟はいった。

——ひどいなあ、と同時に妻もいった。

ぼくもおなじ感想をもって網走から帰ってきたわけだった。食事のあと妻同様に、にせ弟に好意をもちはじめたぼくは、風変りな大伯母の関係妄想《もうそう》の責任をとる必要もあることだし、地方都市へひきかえす前に二週間ほどぼくら夫婦の借家の書庫に滞在することをすすめたわけである。

にせ弟は書庫の書棚《しょだな》にかこまれた狭い間隙《かんげき》に長椅子《ながいす》を置いて寝ていたが、最後まで書物の一冊にたりと手をふれなかった。かれはまさに信じがたいほど徹底して書物への好奇心を欠いていた。ぼくは夜遅く書庫へ辞書をひきに入っては、眠るかわりに長椅子の中央にあぐらをかきじっと頭をかかえこんでいるにせ弟を幾度か見出した。そのように退屈の魔に咬《か》みつかれている時にすら、かれは書物に食指を動かしてみるということがないのだった。ぼくは、その後も、かれのように絶対に書物を必要としない人間を、赤んぼうより他には見たことがない。もっとも書物群に興味を示さないかわり、かれは、書棚の谷間でじっと頭をかかえこんでいるうちに、わずかながら自己主張の欲求を見出すことがあるようだった。ぼくが寡黙《かもく》なにせ弟から、指をつめることになったいきさつを聞いたり、いつも見る夢について相談されたりしたのは、そういう時のことだった。なにやらわけのわからぬ漢字がびっしり書きこまれている数百万ページが、にせ弟に漠然《ばくぜん》とした圧迫を加えることもあったのではないかと思う。そうだとすれば、かれに書庫を提供したのはあまり親切なことではなかった。

にせ弟は、朝、ぼくがまだベッドのなかにいる時間に、ぼくの妻とふたりできわめて素早くしかし充分に楽しんで食事をすませ、街へ出て行った。そしてかれがぼくの借家に帰ってくる時間には、ぼくはすでに夕食を終って書斎に入っていたので、ぼくがかれとちょっとした会話をかわすことのできる機会は、夜がふけてからぼくが調べものをしに書庫へでかけた時、しかもかれがなお眼ざめている時に限るのだった。もっともぼくが書庫へでかける時間が遅すぎると、にせ弟は風の動きのまったくない夏のはじめの書庫で頭から足先までミイラさながら、毛布にすっぽりくるみこまれて眠っているのだった。にせ弟がぼくの書庫に滞在しはじめて暫《しばら》くたって、このような夜ふけにかれは自分がなぜ指をつめることになったかを、吃《ども》りがちの訥弁《とつべん》で永い時間かかって話してくれた。地方都市の暴力団の最も身分の低い成員だった若者は、ある日、喫茶店でひとりの少女と知りあって、その夜のうちに一緒に寝てしまった。ところが少女は暴力団の兄貴株の情人だったので面倒が生じたわけである。兄貴株が若者を狙《ねら》っているという噂《うわさ》を聞くと、かれは逆に兄貴株を市営グラウンドに、深夜呼びだしてナイフで刺し軽傷を負わせてしまった。

――それで自分は仕返しが恐《こわ》くて、とにせ弟は、保護観察の施設で習慣づけられたとおぼしい軍隊調でいった。指をつめれば、仕返しされないかと……

——仕返しされなくてすんだ？

——自分はもうひとつ指をつめられました、とかじかんだような老成した微笑とともに若者はいった。

そこで当惑したぼくが冗談に解消しようとして、

——その恋人は美人だったかね？と尋ねると、少年は真剣な口調で、

——自分とやったのでは不感症でした、といった。

若者の性格のストイシズムについて、ぼくの妻はこういっていた。

——ほんのつまらない朝食を、にせ弟は素晴しい大晩餐《だいばんさん》のように楽しんで食べるのよ。街の愚連隊だった時分もかれはいかにも卑小な快楽にストイックに充足して生きていたにちがいないという気がするの。それは見ていて辛《つら》くなるような非行少年だったにちがいないわ。

かれの滞在のちょうど一週間目の朝、ぼくの妻は一週間かれがただいちども歌わなかったことに気づいた。そこで妻が若者に問いただしてみると、かれは実際に、ただひとつの歌さえもおぼえていず、決して歌ったことがないという答だった。その朝ぼくは、ピアノの音とかれらの叫喚によって眼をさました。それはまったく歌を知らない若者に興味をいだいたぼくの妻がかれの毎日の外出前の時間に、まず《夏は来ぬ》という歌を教えてみようと試みていたのだった。しかしピアノの脇《わき》で二時間にもわたる無益な努力をつづけたあと、妻はもと

よりにせ弟まで疲れきって諦《あきら》めた。

——ある夜ふけにせ弟は書庫で、ぼくに何十回もおなじひとつの夢だけを見ているのは病気か？　と尋ねた。

——自分は頭をさんざん殴られてきたので狂ったのかと思うんですよ。

——どういう夢？

——自分は螺旋《らせん》階段に立っているんですが、眼のまえに銀色の長くまっすぐな髪をした女の子供が向うむきに立っていて、自分はその子供の頸《くび》のまわりに両手をぐっとさし伸べているんです、それだけの夢。

——何十回も？

——ええ、何十回も、自分は両手をぐっとさし伸べるだけです。

——それだけではよくわからないなあ、とぼくは匙《さじ》を投げた。しかしそれはきみにとって重要な夢かもしれないね。

ぼくは無責任にもそういうことをいって、にせ弟からなんとなく余裕のある微笑をかえされた。こういう風に、ぼくら夫婦と滞在者は、おたがいに気持よく暮して、大伯母のまいた毒々しい麦をうまく刈りとろうとしていた。ぼくはにせ弟が地方都市へ帰る際には旅費を贈ろうと考えていた。

ところが二週間目のはじめのこと、ぼくとにせ弟とのあいだにひと騒動おこったのである。

その日はめずらしく、ぼくと妻とが夕食をとっている時刻に早ばやと若者が外出から戻ってきたのだった。かれは、ぼくらがかれにはじめて会って以来、もっとも生きいきと昂揚《こうよう》してむしろ若者らしい直截《ちょくせつ》な粗暴さに輝いているように見えた。しかもかれはぼくらに問いかけられるまえに、ポケットにいれてきたメダルをとりだしてみせて酔っぱらったように幸福な声で、

——国電の駅で、朝鮮人の高校生を土方の連中が殴ってたんですよ。自分も跳びこんで、ぶん殴ってこれをとりあげたんですよ、といった。

——どちらをぶん殴って？

——朝鮮人の高校生をですよ。

——なぜ？　とぼくは蒼《あお》ざめてしまうほど腹をたてて訊《たず》ねた。

——朝鮮人の高校生だから、と若者は無邪気にいった。

——きみは戦争がおわった時、五歳だったろう？　それからずっと、きみと日本に住む朝鮮人とは対等の関係だろう？　とくに朝鮮人から被害をうけたか？　きみが朝鮮人を憎んだり軽蔑《けいべつ》したりする理由があるのか？　なぜ、朝鮮人の高校生だからといって跳びこんで、ぶん殴って、そんなもの盗むんだ？

——…………

——きみが施設にいれられるまえにどういう恥知らずなことをしたか知らないが、今日や

ったことだけで厭《いや》らしい、気違いだ。

　ぼくがそう叫んだ瞬間、にせ弟の眼は十重《とえ》二十重《はたえ》の遮蔽《しゃへい》の膜で覆《おお》われ、唇はがっしりと閉じられた。顔の皮膚自体、厚ぼったく粉をふいたように血の気をうしなってすべての表情を隠匿《いんとく》した。そして、その底から、まったく見知らぬ人間の顔のように思える傲然《ごうぜん》と薄笑いを浮べたしたたかな顔が浮びあがって、鈍く、しかし完全にぼくら夫婦を拒否した。翌朝、若者はかれの唯一《ゆいいつ》の荷物、二つに割ったラグビー・ボールでつくった古ぼけた惨《みじ》めなバッグを提げて姿を消していた。

　にせ弟がぼくらの家から挨拶《あいさつ》もしないで出て行ったあと、ぼくら夫婦はこまごましたふたつの品物が紛失しているのに気づいた。そのひとつは妻が台所で音楽を聴くために食器棚にのせておいたごく小型のトランジスタ・ラジオだった。妻によると、それは、あのポーカー・フェイスのにせ弟が、食事のたびに子供じみた偏愛をしめしていた唯一のもので、もしにせ弟がぼくらの家を円満に去って行ったのだったとしたら、妻としてはかれへの贈物にするつもりだったというのである。したがってそれについては問題がなかった。

　ぼくが当惑したのはもうひとつの品物、書庫の書物机の上にかざっておいたスエーデン製の空気銃ピストルについてだった。それはゼニットの鋼鉄でつくった鼠狩《ねずみが》り用の銃で、十米《メートル》はなれた屋根の上の泥棒猫《どろぼうねこ》を仰天させるほどの威力なら確実にそなえている。ぼくは悪《いた》戯《ずら》ずきの外国人の友達からどういう意図だか結婚祝いにそれをもらったのだったが、それはもし外国旅行の土産に買いもとめてきたとすれば当然、税関で没収される性質のものだった。ぼくは空気銃ピストルを携行して去ったにせ弟に漠然としてはいるものの根深い危惧《きぐ》の感情をいだいた。

　にせ弟が姿を消して三週間たって、妻の問い合わせにこたえる大伯母の手紙が届いた。若いころ、ニューヨーク駐在の商社員の妻だった大伯母はそれが国内の手紙であれ、航空便用の薄い封筒と便箋《びんせん》とをつかうのだ、宛名《あてな》もＴＯＫＹＯなどとローマ字をタイプして。にせ弟が、ぼくの本当の弟でなかったらしい、という妻の婉曲《えんきょく》な報告に、大伯母は平然として自分もそう信じたわけではない、と答えていた。そして、あの若者はぼくの借家を立ち去ったあとも地方都市には帰ってこず、家庭裁判所の調査官を困らせていると書いて、暗にぼくら夫婦の不注意を非難していた。しかし、ぼくらはあの若者がいまなお調査官と連絡をとらなければならない境遇にいるというようなことなどまったく知らされてはいなかったのだ。大伯母の手紙にはにせ弟の非行歴のそれだけ厚く粗悪な罫線紙《けいせんし》の写しがそえられていた。それには、にせ弟が指をつめるにいたった傷害事件および不純異性交遊という項目のほかに、それより数年さかのぼった強姦《ごうかん》事件といくつかの窃盗の項目があった。いつもの奇矯《ききょう》のふるまいの例にもれないとするにしても、この非行歴の写しをなぜ大伯母がぼくの妻におくりつけてきたのかは判断がむつかしかった。結局、ぼくら夫婦はこの手紙を契機に、大伯母にたいして積極的に悪い感情をもったけれども、にせ弟にたいしてはむしろ同情的だった。強姦と窃盗数件といっても、それらはすべて十五歳以前のにせ弟の事件だ。十五歳以後、かれは少年院や保護観察の施設で禁欲的に暮し、自由な身分の期間も暴力団の先輩とひとりの少女をめぐって乱闘したあげく二本の指を喪《うしな》うほかになにもしていない。

ぼくはにせ弟が、朝鮮人の高校生たちに加えた暴行と誇らしげな吹聴《ふいちょう》からなおショックをうけたままだったけれども、しだいにそれは一般的な問題におきかわり、にせ弟への個人的な腹立ちはおさまってきていた。ぼくも妻も、結局にせ弟がきわめて独特な若者であったということに関して一致した意見をもち、たびたびかれのことを懐《なつ》かしんだ。

にせ弟が失踪《しっそう》して五週間ほどたった夏の終りのことだが、ぼくは海浜の行楽地から東京の盛り場にひきあげてきた暴力団員たちの最初の手入れ、という主旨の週刊誌記事をぼんやり眺《なが》めていて、暴力団員から押取された兇器《きょうき》としてぼくの盗まれたスエーデン製の空気銃ピストルとおなじものの写真を見出した。とくに記者は空気銃ピストルについて、大仰にも、人ごみのなかで音なくおこなわれる殺人の可能性というコメントをつけていた。空気銃ピストルはほとんど音をたてずに発射でき、しかも至近距離からならば充分に心臓を貫通する損傷をあたえることができる。暴力団によってこの種の空気銃ピストルが大量に密輸入されることがあればきわめて危険だ、と記者は主張している。

空気銃ピストルを盗んで失踪したにせ弟にたいしてぼくがいだいていた危惧の感情は、より明確に、より直接的になった。にせ弟が、ぼくの空気銃ピストルをもってこの暴力団に加盟したのではないかとぼくは疑った。押収された空気銃ピストルと、にせ弟が盗んでいったそれが別物であったにしても、依然として、にせ弟が、ポケットの空気銃ピストルを不穏な目的に使用することはありえるのだから、ぼくの危惧感はますます濃くなってくるばかりだった。

ところが、それからまた二週間ほどたった秋のさなかに、にせ弟は、ぼくら夫婦の借家を再び訪ねてきたのである、凄《すご》いかぎりの打撲傷を全身におって、イシガメみたいに克己的な小さな顔を二倍に腫《は》れあがらせ苦痛のあまりに呻《うめ》きながら。

真夜中だった、ベルを聴きつけたぼくが、玄関の鍵《かぎ》をあけると、小っぽけなラグビー・ボールのバッグを重たげに提げたにせ弟がベルのボタンの位置から暗い砂利道へいったんしりぞいて待ち伏せするような様子で立っていた。そしてかれは、ぼくがたちまちかれの鼻先にドアを閉ざしてしまうのをおそれるとでもいうように、

——テントと寝袋を貸して泊めてください、と喉《のど》につかえたものを懸命に嘔《は》きだすような吃りがちの声でいった。

すでに野宿できる気候ではなかったし、暗がりのなかでも明瞭《めいりょう》ににせ弟が、負傷をうけ苦痛を耐えて立っているのがわかった。ぼくはひとまずにせ弟を書庫にみちびいてから、妻を呼び起してきた。にせ弟は妻と顔をあわせてもとくに挨拶する気力もなく、ただ苦しげにぐ

ったりと長椅子に腰を沈みこませていた。かれはこの夏ぼくの所へはじめてやってきた時同様、白いふちどりのついた紺のジャージーのスポーツ・シャツにブルーのデニムのズボンをはいているだけなので、シャツからのぞく首筋や腕の皮膚は寒さに鳥肌《とりはだ》だっていた。しかしそれよりも直截にぼくと妻に衝撃をあたえたのは、そのあいだも、にせ弟の顔や指や上膊《じようはく》のあたりが漫画映画じみて機械的にむくむく腫れあがってくることだった。書庫の明るい燈《ひ》のもとでも、にせ弟が躰《からだ》のどこかから出血しているという兆候はなかったが、そのかわりかれが鈍器で躰じゅうをまんべんなく殴りつけられていることはあまりにもあきらかだった。嘔気をもよおすほど動揺し無為にかれを見まもっていた数分間で、かれの腫れあがった左眼はすっかり閉じてしまい、瞼《まぶた》の色はみるみる変って山羊《やぎ》の睾丸《こうがん》のような具合になった。

――医者に電話しよう！　とわれにかえったぼくはいった。

――いや、自分はいらんです！　とにせ弟が思いがけず敵意を剝《む》きだしたようにきびしく拒否した。

――しかし呼吸するたびに痛むんだろう？　きみは肋骨《ろつこつ》を折っているかもしれないぞ。

にせ弟はわずかにまだ使用できる右眼でぼくをちらりと見あげたまま唇《くちびる》をかたく閉じて黙っていた。その右眼もふさがりつつあったし、唇はマウス・ピースがはみでたような具合に腫れあがりつつあった。

――湿布でもすればすこしはいいかもしれないわね、と怯《おび》えた妻が自信なげにささやいた。

——いや、自分はいらんです！　とにせ弟は再び断乎《だんこ》として拒否した。

ぼくは妻に今夜のところかれをこのまま自由にほうっておくほかはない、と眼《め》くばせの合図をした。妻は毛布と枕《まくら》をとりに出て行った。

——きみを殴ったやつはブラック・ジャックをつかったんだ。だから、出血してはいないが、打撲傷はひどいぞ。頭も殴られたろう？　脳に内出血していないか精密検査をしないと危いぞ、とぼくはもうなにも見ずうなだれて黙りこんでいるにせ弟を苛《いら》だたしくもの悲しい気分で威嚇《いかく》しつづけた。明日早く、医者に見てもらわなければ危険だ。

——いや、自分はいらんです！　とロボットみたいに頑強《がんきょう》ににせ弟は反覆した。

——きみは医者が警察にとどけるのを恐れているのか？

にせ弟はびくりと肩を震わせた。それが筋肉に鋭い痛みをひきおこしたのだろう、妙におさない響きのある、アッ、というような悲鳴をあげた。そのあいだもにせ弟は、腫れのために薄笑いしているように細い眼を懸命に見ひらいてぼくを睨《にら》みつけようとしているのだ。かれはグロテスクで厭な表情をしていた。ぼくは嫌悪感《けんおかん》をごまかすために書庫を出ると妻を督促しに行った。妻は新しいシーツをかけた毛布と枕を膝《ひざ》にのせたまま腰をぬかしたようにべったりベッドに坐《すわ》りこみ、蒼ざめて涙ぐんでいるのだった。ぼくもまた、怪我《けが》をして迷いこんできた愚かしい獣に手当てしようがなくて傍観しているといった腹だたしく涙ぐましい気分になった。

——あいつはブラック・ジャックで殴りつけるプロの暴力団、四、五人とひと悶着《もんちゃく》やったんだ、仕方がないじゃないか！　とぼくは妻を叱《しか》った。

そしてぼくは妻から毛布と枕をうけとり、疲れた神経症のオランウータンみたいに茫然《ぼうぜん》と腰をおろして待っていたにせ弟の脇にとどけてやると黙ったまま書庫を出た。それからぼくは書斎にこもって読んでいた本のつづきにとりかかろうとしたのだが、壁ひとつへだてた書庫から抑制されてはいるが、猛《たけ》だけしい強さのある苦痛の呻き声が聞えはじめ、ぼくの眼は活字を追う力をうしなった。ぼくはますます腹だたしく、涙ぐましい気分になって寝室にひきあげると、あの愚鈍でグロテスクなイシガメのやつめが！　いや、自分はいらんです、などと陋劣《ろうれつ》なことをいって！　とにせ弟を罵《ののし》り睡眠薬を大量にのんで眠った。

翌日、にせ弟は終日書庫にこもりきりで、ぼくの妻が打身の薬とタオル、洗面器いっぱいの湯などを運びこみ、傷を手当てしてやろうとすると、あいかわらず、

——いや、自分はいらんです！　と激しく拒んだ。

しかし一時間たって妻が食事を運びこむと、にせ弟は素裸になって躰じゅうに打撲傷の薬をぬりこんでいた。妻はすっかり脅《おびや》かされて戻ってくると、にせ弟の筋肉質の小柄《こがら》な躰は全身、青黒いアザの斑状《まだらじょう》で、ピカソがデザインしたバレエの衣裳《いしょう》のようだったといった。その夜もぼくは壁ごしに書庫からの呻き声を耳にこびりつかせてなにひとつ片づけられないのだった。

それでもその次の朝、ぼくが居間兼用の台所に起きだしてゆくと、にせ弟が書庫から出てきて朝食をとっていた。顔の横幅は二倍ほどにも腫れあがり、瞼は舌みたいにたれさがったままだったが、にせ弟は平常心をとりもどして鈍感なほどにもおちついた態度をとっていた。食事のあいだ、ぼくも妻も注意ぶかくふるまって、にせ弟に、かれの突然の出発や紛失したトランジスタ・ラジオ、空気銃ピストルなどを思い出させるようなことはなにひとついわなかった。それにしてもにせ弟はじつに泰然として、ぼくの妻の言葉によればいかにも卑小な快楽にストイックに充足して、つまらない朝食を心底おいしそうに食べつづけるのだった。やがてぼくの妻が掃除をはじめるので、ぼくとにせ弟とはおのおの自分のコオフィのカップを持って、書斎に移動した。考えてみれば、ぼくとにせ弟とが、朝からじっくり話しあうことのできる機会をえたのはそれがはじめてだった。肱掛椅子《ひじかけいす》に腰をおろすとコオフィに熱中して書棚《しょだな》にも壁の画や地図にも机の上の写真にも、いささかの関心もよせないにせ弟に、ぼくは、

——いったい、どういう連中と殴りあったんだい？　と尋ねてみた。

にせ弟はぶよぶよ腫《む》んだ唇をぎごちなく閉ざすと憂《うれ》わしげに眼をくもらせてぼくを見まもった。そこでぼくは遅まきながらにせ弟の眼が憂鬱《ゆううつ》そうに見えるとき、それはかれが警戒していることを意味するのだということをさとった。ぼくはかれが答えるまで自分も沈黙したままで待っていてやろうと考えていた。しかしいったん黙りこんでおたがいを見つめあって

みるとぼくはにせ弟の霧のかかったような眼にとうてい対抗できはしないのだった。ぼくはたちまち敗退して、矛先を変更すると、

——きみはずいぶんひどく痛めつけられたんだなあ、昨日もまだ、きみは呻いていたじゃないか？　と嘲弄《ちょうろう》してみた。

今度、ぼくの戦術は功を奏した。腫れあがったイシガメの閉鎖的な表情に穴がひらいて、にせ弟は吃《ども》りながらこういった。

——自分は夢を見て魘《うな》されたので……

——あの夢？

——あの夢のつづきの夢、とにせ弟は思い屈した様子でいった。

それからにせ弟がぼくに描写してみせた夢は、確かにかれの第一の夢の産物、あるいは補遺だった。第二の夢で、かれは螺旋《らせん》階段を駈《か》けおりつつある。かれは、あの銀色の髪の少女を扼殺《やくさつ》してしまったのだ。階段の上から数しれない烏《からす》の群のような警官たちがギャアギャア喚《わめ》きたてながら追いせまる……

——自分はこの夢ほど恐ろしいめにあったことはないです、と若者はいって腫れあがった唇をゆったりとめくって微笑を浮べた。

——指をつめた時でもかい？

にせ弟は微笑したまま黙ってぼくの問いを無視すると突然、粗暴きわまる表情にかわって、

——夢のなかの事件が、夢のなかで、どんどん進んでゆくことはあるのかなあ？　と狡猾《こうかつ》にぼくを誘うようにいった。

——きみがこの夏のあいだ、どういう生活をおくったかをみな話したなら、夢の世界のきみが、なぜ第一の夢から、第二の夢へと移ってしまったか説明できるかもしれないよ。

にせ弟は粗暴な表情のまま、うさんくさげにぼくを見まわして考えこんでいた。それからぶよぶよした唇を蠅《はえ》をぱくりと咬《か》みとめたヒキガエルさながら堅固に閉ざし、したたかで挑《ちよう》戦《せん》的に微笑している奇怪なイシガメの顔に戻った。ぼくはにせ弟とのそれ以上の会話を放棄した。

その日ぼくは出版社を訪ねなければならなかった。そして夕暮にぼくが家に帰りつくと、妻が、にせ弟はラグビー・ボールのバッグを置いたまま外出したといった。ぼくはかれの打撲傷のことを考えたがとくに深く心配したというのではなかった。しかしにせ弟は夜が更《ふ》けても戻ってこない。そして真夜中ちかくぼくは玄関で重い砂袋みたいなものが墜落する音を聞いた。ぼくは妻に声をかけて玄関に跳びだしていった。そしてぼくはにせ弟が二日前よりも、もっとひどく徹底的に撲《う》ちのめされて砂利にうつぶせに倒れているのを発見したのである。ぼくはかれの頭と肩を支えて起きあがらせかれの後頭部が掌《てのひら》をぐっしょり濡《ぬ》らすほどにも多量の血に汚れているのを知った。若者の小柄な上躰《じようたい》を自分の胸によりかからせて、血にまみれた自分の掌を見ているぼくの背後から、かれの頭を覗《のぞ》きこんだ妻が逆上して、

──早く医者に見せなければ死んでしまう！　と叫んだ。

その声を聞くとにせ弟は吠《ほ》えたてるような喚き声をあげしゃにむにぼくの腕から逃れて盲《めくら》めっぽうに駈けだすとすぐツツジの植込みに頭から突っこんで倒れ、嗚咽《おえつ》しはじめた。ぼくも妻も暫《しばら》くは腕をこまねいてそれを見まもるだけだった。ぼくが泣きつづける若者に医者をよばないことを約束してなだめすかし、書庫の長椅子に運びこんで、頭の傷に繃帯《ほうたい》をしてやり眠らせた時には、もう午前二時をすぎていたものだ。それでもぼくら夫婦は疲れすぎているうえに神経を昂《たか》ぶらせていて眠るどころではなく、にせ弟の不可解な行動について夜明けまで話しあっていた。妻は、にせ弟が東京の暴力団といざこざをおこし、つけ狙《ねら》われているのだとしたら、警察に保護を申請すべきだとくりかえし主張した。しかしいまやぼくにとってもにせ弟のふたつの夢の話は一種のオブセッションとなっていた。医者に見せようという妻の声を聞いただけで、少年はあのように錯乱したのだからもし警察に保護をねがいでたりすればどういうことになるかわかったものではない。

──警察に保護を頼むかどうかは、明日にでもかれ自身に定《き》めさせよう、とぼくは妻に妥協案をだした。

翌日と翌々日、にせ弟は書庫の長椅子で呻きつづけていた。しかし三日目の朝には、頭に繃帯し、凄《すご》いばかりに蒼《あお》ざめてではあるが、食事に出てくる回復ぶりだった。にせ弟が動物的に負傷への反撥力《はんぱつりょく》の強い人間だったことは確実だ。妻が警察に保護を申請することを提案するとにせ弟は鈍感なお化けのような顔つきでそれを無視した。ぼくはもういちど無益に、どういう連中と闘ったのかと尋ね、やはり質問を黙殺して過度に熱心にコーン・フレイクを食べはじめる若者を、

——次にああいうことをやれば、きみは打撲傷で死ぬよ、と虚《むな》しく嚇《おど》かした。

　ところがその日の夕暮、かれはまた外出してしまったのである。ぼくと妻はずっと玄関の鍵《かぎ》をあけて待っていたが、いつまでもにせ弟は帰ってこなかった。真夜中すぎになるにつれかれがまた全身、新しい打撲傷だらけになって帰ってくるのではないか、という惧《おそ》れや、もっと悪い状態で運ばれてくるのではないかという不吉な予感がぼくら夫婦をとらえた。

——子供のころに隣の家の高校生にルッキーという犬をもらって飼っていたんだけど、と突然、妻がいった。

——その高校生はラッキーという綴《つづ》りをまちがえて発音したんだな、とぼくはいった。

——ルッキーは本当に愚鈍な犬で、いつも喧嘩《けんか》に出て行っては、さんざんに咬みふせられて戻ってくるのよ。それでも傷がいくらかなおると、また性懲《しょうこ》りなく喧嘩に出かけて、またさんざんに咬みふせられて戻ってきたわ。

　ぼくは妻の暗喩《あんゆ》の種明しを聞くまえに、ヒステリー症状におちいろうとしている妻を寝室にひきこもらせた。そしてぼくは夜明けまで書斎で待っていたが結局、にせ弟は帰ってこなかったのである。翌日の朝がすぎさってもかれはなお帰ってこなかった。ぼくらはかれが再

び無断で失踪したのだと思いこみたかったが、今度の場合にせ弟は、ラグビー・ボールのバッグを置いたままだった。昼すぎ、ぼくと妻はかれのバッグを開いて手がかりを探してみようとした。

バッグの中には、まず、にせ弟が妻から盗んで行ったトランジスタ・ラジオが入っていた。電池がきれたのをラジオの故障だと思いこんだのにちがいない、ラジオは皮ケースを剝《は》ぎとられナイフ傷をつけられて廃品然としていた。これはセンチメンタルな判断をさそう材料だ。つづいて、まるめられた三足の婦人用ナイロン靴下《くつした》とおそろしく尖《とが》ったハイ・ヒールの踵《かかと》が出てきた。それらはどういうつもりでそこにつめこまれていたのか判断を躊躇《ちゅうちょ》させるグロテスクな材料だった。そしてNHKのマークのある手帳。ぼくはそれをなにげなくめくるうちに、財布の残高を計算したらしく汚らしい小っぽけな数字でうずめられたページと、次のような記載のあるページとを見出した。

うの花のにおうかきねにほととぎすはやもきなきてしのびねもらすなつはきぬ

ぼくはそれ以上にセンチメンタルでグロテスクな記載を見つけだしてしまうのをおそれてそそくさと手帳をバッグに戻した。

――きみのルッキーなんだが、かれは最後にどうなった？

――咬み殺されてしまったわ、と妻は犬の話をもちだしたことを深く悔んでいる様子でいった。

夕刊が私鉄駅の新聞売場に到着する時間になると、ぼくら夫婦は駅に出かけてすべての種類の夕刊を買いこみ、せわしげに息をつきながら、全身打撲による変死体、という風な記事を探したが、それはどこにも見あたらなかった。帰りに交番の前でたちどまった妻が、届けておこうか？といった時ぼくはその時にもやはり、にせ弟のふたつの夢の話のもたらしたオブセッションにさえぎられてそこを素どおりした。しかしぼくは夕暮になると、古雑誌の山からスエーデン製の空気銃ピストルの記事の載っていた週刊誌をさがしだして、その暴力団の本拠のある盛り場を確かめ、妻とふたりでタクシーに乗りこみ、そこへ出かけて行ったのである。ぼくらは始めにせ弟とぱったり出会う僥倖《ぎょうこう》を希《ねが》って盛り場をぐるぐる歩きまわった。それからぼくは意を決して、玉蜀黍《とうもろこし》を売っている、いささか棘《とげ》にみちた威厳のある若者に近づいて玉蜀黍を二本買うと、ブラック・ジャックでめちゃくちゃに殴られた十九歳の男の噂《うわさ》を聞かないかとたずねてみた。若者はますます棘だらけのウニみたいな威厳のかたまりになってぼくを睨《にら》みつけたまま黙っている。そしてふと気がついてみると、数人の棘ある威厳の持主たちが、ぼくら夫婦をとりかこもうとしているのである。ぼくはやにわに妻の腕をひっつかむと全速力で駈けだした。五米《メートル》ほど駈けてふりかえると、棘ある威厳どもは、突然に大声をあげて罵りながらぼくら夫婦を追ってくるのだった。ぼくは妻をひきずって荒い息を吐きながら、いつも非順応的な職業人だと考えている小説家のぼくも、いま喚《わめ》きたてて追いかけてくる連中のもの凄さの前では、妻を後生大事にひきつれて逃走する、順応主義者のなかの順応主義者だ、と考えて雲を霞《かすみ》と走り去った。

にせ弟の思い出はたびたび不意に湧《わ》きおこってはぼくら夫婦をとらえてきた。ぼくの妻は、にせ弟の二度目の失踪《しっそう》が確定的になったあと、ぼくらの最初の子供が生れるまで、熱烈な映画狂となっていたものだが、ある日、妻がぼくにイタリア映画のタイトルのひとつを説明して、イタリア語で《犬の世界》といういいまわしは、残酷な暴力にみちた世界という意味だそうだ、といった時にも、ぼくら夫婦はたちまち、にせ弟の思い出にがっしりとらえられてしまったものだった。さて、ぼくは最初に引用した広告にひかれてフィリップ・ロスの本をとりよせて読んでみたのだが、そこにおさめられた短篇群に、にせ弟を思い出させるヒーローがあらわれるということはなかった。それでもひとつの短篇の題名は、ぼくを個人的な回想へとおしやるものだった。それは《人が歌う歌によって、かれを判断してはならない》というモラルめいた題名である。もしかしたらぼくの本当の弟であったかもしれない、にせ弟は、ただのひとつの歌も満足に歌えない若者だった。ぼくの妻はかれに単純な歌をおしえこもうとして二時間の徒労な試みをしただけだった。

ぼくは街を歩き、そこここにたむろする非行少年候補たちが声高《こわだか》に歌うのを聞きつけるたびに、なんということもなく安堵《あんど》する。かれらもまた、暴力的な小世界にかかわって、いかにも卑小な快楽にストイックに充足して生きている犬みたいな連中だが、すくなくともかれらは歌うことができるからだ。人が歌う歌によって、かれを判断してはならない、というモラルにぼくは賛成だ。しかし二時間の練習のあと、なお《夏は来ぬ》を歌うことのできない若者に、ぼくが再び出会うことがあれば、それによってぼくはかれがどういう人間であるかを判断せざるをえないだろうと思うのである。

解説

渡辺広士

大江健三郎は一九五七年（昭和三十二年）に『奇妙な仕事』を『東大新聞』の懸賞募集に応じて発表したとき、二十二歳だった。そしてこの本に収められた七編のうち、もっとも早く書かれた『不満足』の発表は一九六二年、二十七歳の時である。七編の発表年月とその間に書かれた大きな作品（下段）は次のとおりである。

不満足　一九六二年五月
叫び声　一九六二年十一月
スパルタ教育　一九六三年二月
日常生活の冒険　一九六三年二月—六四年二月
性的人間　一九六三年五月
敬老週間　一九六三年六月
アトミック・エイジの守護神　一九六四年一月
空の怪物アグイー　一九六四年一月

ブラジル風のポルトガル語　一九六四年二月

犬の世界　一九六四年八月　　個人的な体験　一九六四年八月

この表に見るとおり、『不満足』以下『犬の世界』までの七編は、四つの重要な長編と平行して書かれている。いわばそれらの副産物であり、またこの短い七編のモチーフの中から長編が生れ出たという事情もあるかもしれない。『空の怪物アグイー』と『不満足』には『個人的な体験』と同じモチーフが含まれており、また『ブラジル風のポルトガル語』のモチーフは『万延元年のフットボール』のそれにつながりがある。そこで四つの長編が語る、作者にとってのこの時期を見てみると、『芽むしり仔撃《こう》ち』までの、青春の感受性をはなばなしく謳《うた》った第一期のあと、『われらの時代』で大胆な転換をした第二期に作者はいる。この第二期の始めを特徴づけるのは、六〇年安保という日本の状況と作者の関《かか》わりである。

小説家としての大江健三郎の最初の特殊性は、青春を生きることと青春を書くこととの一致であった。小説家とは青春に対して異常な関心を持ちつづける種族であるが、たとえばスタンダールのように年を重ねてから青春を書きつづける作家と、大江健三郎のように二十二歳で書き始める作家とでは、青春は作品の上に異質な現われ方をする。後者はいや応なく時代に密着する一面を持つことになる。三島由紀夫は自分の最初の青春と敗戦後との裂け目という問題から終生はなれることができなかった。石原慎太郎、開高健らが大江健三郎とならんで世に出た昭和三十年前後は、敗戦後十年たって、青春が新しい表現を求めている時代だったが、大江と対照的な石原慎太郎の場合は青春が〈価値紊乱者《びんらんしゃ》〉の仮面をかぶって現われ、〈価値紊乱〉という流行をつくった。これは人生という現実的な生活の諸条件を含んだ総体に対して、ゲームとしての青春を声高《こわだか》に主張することであった。これに対して大江健三郎の選んだ道は反対である。時代の風に感受性の肌《はだ》で触れる自己の、なお内の世界に夢を抱《いだ》いた青春の抒情《じょじょう》を、第一期の作品が含んでいたとすれば、『われらの時代』以後、大江はしゃにむに時代に参加《アンガジエ》しようとし、冷たい風に裸でさらされた青春を書こうとしてきた。この姿勢は六〇年安保という熱い問題とまっすぐに結びついた。

一九六一年一月に彼は、六〇年安保と直結した作品『セヴンティーン』を書いている。その第二部として発表された『政治少年死す』は、出版社と作者を右翼からの脅迫にさらすことになった。これは大江健三郎にとって大きな経験だったはずである。彼は『スパルタ教育』の中に、脅迫される人間を書いているが、六〇年安保がその締めくくりに彼にもたらした脅迫事件は、まさに若い著名作家が受けたスパルタ教育であったろう。この事件のあと大江健三郎は海外旅行に出て、アルジェリア問題で沸騰《ふっとう》するパリの空気を吸い、サルトルにも会っている。

『スパルタ教育』という作品の題名には、この政治のスパルタ教育のほかに、もう一つのスパルタ教育が予感されているが、それは政治の反対側にあってまたそれと密接につながっている、生活の上でのそれである。大江健三郎は安保という事件と同時に、青春から出つつあった。家庭を持ち、子供をつくるという生活が始まる。日常生活への嫌悪《けんお》を叫んでいた『見るまえに跳べ』『われらの時代』から、もはや日常生活から逃げるわけにはいかないところに来ていた。『スパルタ教育』では生れてくる作者自身の子供のことが予感されている。それはのちに『個人的な体験』で直面される主題になる。また生活という現実状況の問題は六二年以後の作者に、直接の政治状況でなく、日常的なものの中に主題を選ばせることになる。性と実存的恐怖とが重要な主題となってくるのはそのもっとも顕著な現われである。

　このような時期に、『不満足』以下の七編の短編は書かれた。七編はそれぞれに独立した話だが、共通した問題が含まれている。それは恐怖である。もしこの一冊に総題をつけるとしたら、「現代の恐怖」という題をつけることが可能だろう。どんな恐怖か？　それは各編を要約してみれば明らかになるだろう。

　『不満足』の中には、この世は地獄だと思いこんでいる男を夜の街に探してまわる〈僕・菊《きく》比古《ひこ》・鳥《バード》〉の三人が出てくる。最年長の鳥《バード》はこの小説の英雄である。だが人間の世の中では恐れを知らない彼が、男の恐怖を共感している。「その男が極端だけど心底からこの世界を恐《こわ》がっているのを見ていると、その男をつうじて真実の世界がみえてくるようなんだ」「おれたちが安穏と生きていられるのは、かわりのあんな男がこの世界の地獄について考えているからじゃないか」これはおかまが代弁する鳥《バード》の言葉である。この小説は二部構成になっていて、後半では〈僕〉という語り手は消え、鳥《バード》自身の内面へと読者は導かれるが、そこではこう語られる。〈鳥《バード》にはその男が暗い夜の道を自分だけにしか存在しない地獄におびえて駈《か》けているのが見えた……鳥《バード》はあの男が、どのような怪物、怪獣におびやかされてこの急峻《きゅうしゅん》な坂道をあえぎながらのぼるのかと考え、そのまえにあの男を見つけだして港へ案内する話をしてやりたかった〉と。本人だけにしか存在しない地獄、それを作者は自分の中に発見しようとしている。それが〈真実の世界〉だと言っている。その理由は現代という時代が、本当の恐怖が日常的なものの陰にすっかりかくれてしまっている核時代だからだろう。お化けのいない現代において、恐怖は外側に存在せず、ただ自覚者が〈自分だけにしか存在しない地獄〉を語りつづけているほかない。この恐怖はいたるところにある。核時代とは現代の日常世界そのものだから。

『スパルタ教育』のことはすでに述べたが、ここでの恐怖には、脅迫という事件の中での恐怖のほかに、〈他者性〉という恐怖も含まれている。恐怖はカメラマンの主人公に、世間の人間全体を、またその妻を理解しがたい他者として発見させる。主人公と妻が互いに他者になるのは〈恥ずかしさの虫を巣くわせた穴ぼこ〉を自分の内部につくってしまうからである。だが内部に穴ぼこを持ったまま子供を生み生活に責任をとるわけにはいかないので、主人公は〈岩のような恐怖心〉と戦って、しゃにむに脅迫者の集団に突っ込んでいく。この作品が結論として語っていることは、恐怖とは真正面から戦わなければならない、〈負け犬の感覚にくらべたら、まだしも恐怖心のほうがしのぎやすい〉のだということである。『政治少年死す』の中にも、同じように脅迫の恐怖をおびえながら乗り超える小説家が書かれていた。大江健三郎においては、死の恐怖はおびえながら乗り超えられる。乗り超えられたと言っても、それは終りになるのでなく、〈依然として脅迫と恐怖はのこって〉いる。三島由紀夫のように死を聖化する思想は大江にはない。

恐怖と戦って、負けても負けても立ち向って行く人間のイメージは、『犬の世界』の中で一つの具体像になっている。〈恐ろしいほど暴力にみちた世界〉に住む〈にせ弟〉の物語である。話自体にわかりにくいことはないが、この小説で注目されるのは、語り手の〈ぼく〉の方から見られる〈にせ弟〉の暴力の世界が、不可解な謎《なぞ》として書かれていることであろう。〈にせ弟〉は突然いなくなっては、恐ろしく傷ついた姿で〈ぼく〉の前に現われる。彼は本質的に恐怖への対抗意志につき動かされて生きている、別種の人間である。そして〈恐ろしいほど暴力にみちた世界〉とは、彼のようなストイックな人間が求めて存在させている、あちら側の世界である。平和な日常世界のあちら側の世界が、『犬の世界』に見られている。

『ブラジル風のポルトガル語』には、また別の恐怖の具象化がある。深い森がそれである。仏文科出の森林監視員は語る、「こういう深い森はじつに恐ろしいよ、……いつか森の樹木どもに林道をふさがれて、脳血栓《のうけっせん》をおこした老いぼれの頭のなかにとり残された不運な血みたいに、おれは森に閉じこめられるのじゃないかと思うよ」と。この森の恐怖は『万延元年のフットボール』でさらに明瞭《めいりよう》になる。それは〈人間の根底にとぐろをまいている、本当に恐ろしい奇怪なもの〉にほかならない。森の奥には〈良質の水が湧《わ》く窪地《くぼち》〉があるはずだ、と『万延元年のフットボール』の中では蜜三郎の想像力は語っていた。しかし『ブラジル風のポルトガル語』は、集落から村民が逃亡してしまい、〈巨大な欠落感〉にすぎないものとなっている窪地が語られている。

この、中央に〈欠落感〉を持った森とは、現代における日常的なもののことでもあろう。人間の根底の〈恐ろしい奇怪なもの〉は、日常生活の中に潜んでいる。そこから逃れようという出発の歌、〈旅のいざない〉の歌は、いつも作者の中に鳴り響いている。しかし大江健三郎にとって恐怖と戦うということは、出発の歌を、逃亡勧告を拒否することである。出発の歌は『われらの時代』のころにはアルジェリア戦争への参加の夢であったが、六〇年安保以後は逃亡を意味するだけである。世界はどこへ行っても道をふさがれた一つの巨大な森となっている。そこで「じつのところは、あの農夫どもよりも、この、おれが出発したくてうずうずしているのかもしれないがね。きみもまた、どこか、遠方へ出発したいのじゃないか？」と言う森林監視員に対して、〈ぼく〉はノンと答えて、〈自分自身の内部の旅のいざないの声〉を拒否するのである。出発の歌とその拒否は、大江健三郎の小説にくり返しあらわれるテーマである。『不満足』でも、鳥《バード》は男をつかまえることを引受けながら、逆に〈海の向うへ〉逃げる援助をしてやろうと考えて夜の街を探しまわっている。だが彼は首をつった男を見つけることしかできなかった。

以上のような、恐怖の発見、逃亡の拒否というテーマの裏側にある恐怖の前での自己欺瞞《ぎまん》というテーマが、『敬老週間』で扱われている。これはグロテスクなおかしさを持った作品である。不条理で、ユーモラスで、不気味である。話の主役は、二十年後の不可能なユートピアだ。九十歳の老人に〈外の世界〉のことを話すという奇妙なアルバイトに集まった学生たちは、ヒューマニズムという幻のおかげで、信じてもいない二十年後のユートピアを語ろうという気持になる。この条件の選択が学生たちに自己欺瞞を強《し》いることになり、しかも自己欺瞞は真実発見の道となる。真実とは核時代の未来学のグロテスクさである。一九六三年に書かれたこの作品には、まるで五年後を予言したような言葉が書きこまれている。「いま抑圧されている憎悪《ぞうお》が、やがて爆発して、大学生と若い警官とが、ほんとうに血みどろの対決をおこなうというようなことがおこるかもしれないねえ。あなたにそういう予感はありますか？」

『空の怪物アグイー』では、恐怖からの逃亡欲求が肯定されるとも否定されるともつかず、エピソード化されているが、この主題はのちに『個人的な体験』で一つの結論を与えられ、さらに『万延元年のフットボール』でもう一度取組まれるものである。奇型児の赤ん坊を殺した音楽家は幻影の世界の中に逃避し、最後に死を願う。赤ん坊は現実世界の恐怖である。『個人的な体験』の鳥《バード》はその恐怖を最後に責任として背負いこむが、音楽家は逆の選択をしたために欠落感を抱《いだ》いている。欠落した内面の空白は非存在によって埋められるほかないだろう。人間が誰でも持っているそのような不条理な実存の経験を、作者は取出そうとしている。

現実逃避の幻影の世界に対する大江健三郎の姿勢は両義的《アンビバレンツ》なものである。それは普通の人間の本性に沿っている。そうでなければ恐怖と人間の弁証法は発見できないだろう。「アグイー」のただよう世界は、〈ぼく〉が片眼《かため》を失った時に見たと書かれているが、一瞬だけだったとも書かれている。恐怖の絶対化をしないために、つまり恐怖からの逃亡をすっかり肯定してしまわないために、大江健三郎は現代の恐怖の発見と同時に、恐怖する者への批判をもおこなう。それが彼の作品におけるユーモアの出所である。『アトミック・エイジの守護神』では十人の原爆孤児を引取って生命保険をかけている中年男が出てきて、語り手〈ぼく〉はその男の〈頭のなかの地獄〉を信じたり疑ったりする。副人物として、中年男を最初、慈善家として讃美《さんび》し、のちにペテン師と信じこむ新聞記者が登場している。しかし最後に当の原爆孤児たちが出てきて、この、恐怖家の実利的慈善とセンチメンタル・ヒューマニストのドラマをひっくり返してしまう。

以上に見てきたように、この時期の七編の短編は、批判意識をともなって、現代的人間の内奥の穴ぼこの探求に向っている。恐怖という穴ぼこ、非存在の陰の世界につながる実存的欠如感への注目それ自体が、現代のさまざまな——政治的・技術的・未来学的——オポチュニズムと、さまざまな——エロチスム的・神秘主義的・風俗的——ニヒリズムへの批判である。

（昭和四十六年十二月、文芸評論家）

収録作品発表年月

不満足	《文　學　界》	一九六二年五月号
スパルタ教育	《新　　潮》	一九六三年二月号
敬老週間	《文藝春秋》	一九六三年六月号
アトミック・エイジの守護神	《群　　像》	一九六四年一月号
空の怪物アグイー	《新　　潮》	一九六四年一月号
ブラジル風のポルトガル語	《世　　界》	一九六四年二月号
犬の世界	《文　學　界》	一九六四年八月号

大江健三郎著
死者の奢り・飼育
芥川賞受賞
黒人兵と寒村の子供たちとの惨劇を描く「飼育」等6編。豊饒なイメージを駆使して、閉ざされた状況下の生を追究した初期作品集。

大江健三郎著
われらの時代
遍在する自殺の機会に見張られながら生きてゆかざるをえない〝われらの時代〟。若者の性を通して閉塞状況の打破を模索した野心作。

大江健三郎著
芽むしり仔撃ち
疫病の流行する山村に閉じこめられた非行少年たちの愛と友情にみちた共生感とその挫折。綿密な設定と新鮮なイメージで描かれた傑作。

大江健三郎著
性的人間
青年の性の渇望と行動を大胆に描いて波紋を投じた「性的人間」、政治少年の行動と心理を描いた「セヴンティーン」など問題作3編。

大江健三郎著
見るまえに跳べ
処女作「奇妙な仕事」から3年後の「下降生活者」まで、時代の旗手としての名声と悪評の中で、充実した歩みを始めた時期の秀作10編。

大江健三郎著
個人的な体験
新潮社文学賞受賞
奇形に生れたわが子の死を願う青年の魂の遍歴と、絶望と背徳の日々。狂気の淵に瀕した現代人に再生の希望はあるのか？ 力作長編。

空《そら》の怪物《かいぶつ》アグイー

新潮文庫　お-9-7

昭和四十七年三月三十日　発　行
平成十四年九月十日　十八刷改版
平成二十四年四月二十五日　二十刷

著者　大《おお》江《え》健《けん》三《ざぶ》郎《ろう》

発行者　佐藤隆信
発行所　株式会社　新潮社
郵便番号　一六二―八七一一
東京都新宿区矢来町七一
電話　編集部(〇三)三二六六―五四四〇
　　　読者係(〇三)三二六六―五一一一
http://www.shinchosha.co.jp

価格はカバーに表示してあります。

乱丁・落丁本は、ご面倒ですが小社読者係宛ご送付ください。送料小社負担にてお取替えいたします。

印刷・株式会社光邦　製本・憲専堂製本株式会社

ISBN978-4-10-112607-4 C0193